Ciranda
de Pedra

Coleção Lygia Fagundes Telles

CONSELHO EDITORIAL
Alberto da Costa e Silva
Antonio Dimas
Lilia Moritz Schwarcz
Luiz Schwarcz

COORDENAÇÃO EDITORIAL
Marta Garcia

LIVROS DE LYGIA FAGUNDES TELLES
PUBLICADOS PELA COMPANHIA DAS LETRAS
Ciranda de Pedra 1954, 2009
Verão no Aquário 1963, 2010
Antes do Baile Verde 1970, 2009
As Meninas 1973, 2009
Seminário dos Ratos 1977, 2009
A Disciplina do Amor 1980, 2010
As Horas Nuas 1989, 2010
A Estrutura da Bolha de Sabão 1991, 2010
A Noite Escura e Mais Eu 1995, 2009
Invenção e Memória 2000, 2009
Durante Aquele Estranho Chá 2002, 2010
Histórias de Mistério, 2002, 2010
Passaporte para a China, 2011
O Segredo e Outras Histórias de Descoberta, 2012
Um Coração Ardente, 2012
Os Contos, 2018

Lygia Fagundes Telles
Ciranda de Pedra

Romance

Nova edição revista pela autora

POSFÁCIO DE
Silviano Santiago

COMPANHIA DAS LETRAS

Copyright © 1954, 2009 by Lygia Fagundes Telles

Grafia atualizada segundo o Acordo
Ortográfico da Língua Portuguesa de 1990,
que entrou em vigor no Brasil em 2009.

CAPA E PROJETO GRÁFICO
warrakloureiro
sobre detalhe de *Tonga* II,
de Beatriz Milhazes, 1994, acrílica sobre tela,
160 x 160 cm. Coleção particular.

FOTO DA AUTORA
Adriana Vichi

PREPARAÇÃO
Cristina Yamazaki/ Todotipo Editorial

REVISÃO
Valquíria Della Pozza
Carmen S. da Costa

Os personagens e as situações desta obra
são reais apenas no universo da ficção;
não se referem a pessoas e fatos concretos,
e sobre eles não emitem opinião.

Dados Internacionais de Catalogação na Publicação (CIP)
(Câmara Brasileira do Livro, SP, Brasil)

Telles, Lygia Fagundes
Ciranda de Pedra : Romance / Lygia Fagundes Telles; posfácio
de Silviano Santiago. — São Paulo : Companhia das Letras, 2009.

ISBN 978-85-359-1538-9

1. Romance brasileiro I. Santiago, Silviano. II. Título

09-08658 CDD-869.93

Índice para catálogo sistemático:
1. Romances : Literatura brasileira 869.93

15ª reimpressão

Todos os direitos reservados à
EDITORA SCHWARCZ S.A.
Rua Bandeira Paulista, 702, cj. 32
04532-002 — São Paulo — SP
Telefone: (11) 3707-3500
www.companhiadasletras.com.br
www.blogdacompanhia.com.br
facebook.com/companhiadasletras
instagram.com/companhiadasletras
twitter.com/cialetras

À Zazita e ao Durval — minha mãe e meu pai.

*Ó boca da fonte, boca generosa dizendo
inesgotavelmente a mesma água...*
RILKE, *SONETOS A ORFEU*, II, 15

Sumário

Ciranda de Pedra 11

SOBRE LYGIA FAGUNDES TELLES E ESTE LIVRO

Posfácio — *O Avesso da Festa*, Silviano Santiago 205
Carta — Carlos Drummond de Andrade 215
Depoimento — Prof. Silveira Bueno 217
A Autora 221

Ciranda
de Pedra

Primeira Parte

I

Virgínia subiu precipitadamente a escada e trancou-se no quarto.

— Abre, menina — ordenou Luciana do lado de fora.

Virgínia encostou-se à parede e pôs-se a roer as unhas, seguindo com o olhar uma formiguinha que subia pelo batente da porta. "Se entrar aí nessa fresta, você morre!", sussurrou soprando-a para o chão. "Eu te salvo, bobinha, não tenha medo", disse em voz alta. E afastou-a com o indicador. Nesse instante fixou o olhar na unha roída até a carne. Pensou nas unhas de Otávia. E esmagou a formiga.

— Virgínia, eu não estou brincando, menina. Abre logo, anda!

— Agora não posso.

— Não pode por quê?

— Estou fazendo uma coisa — respondeu evasivamente.

Pensava em Conrado a lhe explicar que os bichos são como gente, têm alma de gente, e que matar um bichinho era o mesmo que matar uma pessoa. "Se você for má e começar a matar só por gosto, na outra vida você será bicho também, mas um desses bichos horríveis, cobra, rato, aranha..." Deitou-se no assoalho e começou a se espojar angustiosamente, avançando de rastros até o meio do quarto.

— Ou você abre ou conto para o seu tio. É isto que você quer, é isto?

Virgínia imobilizou-se. Ser cobra machucava os cotovelos, melhor ser borboleta. Mas quem ia ser borboleta decerto era Otávia, que era linda. "E eu sou feia e ruim, ruim, ruim!", exclamou dando murros no chão. Ergueu a cabeça num desafio:

— Pode contar tudo, tio Daniel não me manda, quem manda em mim é meu pai, ouviu? *Meu pai.*

Luciana não respondeu e Virgínia levantou-se, tomada de súbito pavor. Falara alto demais. Teria a mãe ouvido? Pôs-se a enrolar no dedo uma ponta da franja. "Não, não ouviu e se ouviu não entendeu." Abriu a porta e assim que a empregada entrou, sondou-lhe a fisionomia. Tranquilizou-se. "Só se zanga mesmo quando eu falo naquilo." Riu baixinho.

— Onde está a outra? — perguntou Luciana erguendo do chão uma presilha.

— Perdi.

— Então você vai de fita.

— Não, de fita, não! Meu cabelo é liso demais, fica tão feio...

— Então vai sem nada — disse Luciana com indiferença. Dirigiu-se à cômoda que tinha um tom rosa encardido e puxou a gaveta. Estava emperrada. Puxou-a com mais força.

— Dá um pontapé que ela abre logo.

— É um bom sistema esse. Assim, quando arrebentar tudo, você guarda sua roupa no chão. — Tirou da gaveta um par de meias brancas. — Quando estes móveis vieram de lá, ainda eram novos.

— Mentira — disse Virgínia em voz baixa. Falava com cuidado para que a mãe não ouvisse lá embaixo. — Bruna já me deu tudo assim mesmo. O pai deu mobília nova para ela e então ela me deu estes. Tio Daniel disse uma vez que ia me dar uma mobília azul e não me deu nada.

— Ele tem mais em que gastar.

— É, mas ele disse que ia me dar uma mobília e não deu nada. Bruna disse que ele tem *obrigação* de dar tudo pra minha mãe e pra mim. E Bruna sabe.

— É pouco o que ele dá, não?

— Não quero saber, só sei que ele ia me dar uma mobília azul e não deu nada.

Luciana abriu o armário, tirou de dentro um vestido e afrouxou-lhe o laço da cintura. Seus movimentos não tinham a menor pressa. "Assim de costas parece branca", concluiu Virgínia fixando o olhar enviesado nos cabelos da moça. Eram lustrosos e ligeiramente ondulados, presos na nuca por uma fivela. Na fivela estava pintada uma borboleta vermelha. Lembrou-se então da formiga e instintivamente olhou para as próprias mãos. As mãos de Conrado eram mãos de príncipe. Jamais aqueles dedos esmagariam qualquer coisa.

— Escute, Luciana, você acha mesmo que se a gente é ruim nesta vida numa outra vida a gente nasce bicho? Tenho medo de nascer cobra.

— Você *já é* cobra — disse Luciana com brandura.

— E você é mulata — retorquiu Virgínia no mesmo tom.

— E gosta *dele*, por isso faz tudo para parecer branca.

— Ele quem? Ele quem? — repetiu Luciana. Tinha uma expressão zombeteira e seu tom de voz era suave. Mas havia qualquer coisa de dilacerado sob aquela suavidade.

— Ninguém, eu estava brincando.

Deixou-se vestir passivamente. Adiantara-se muito, adiantara-se demais. "Agora ela sabe que eu sei." Cravou em Luciana o olhar aflito. A fisionomia da moça continuava impassível. "Ela finge que não se importa mas está com vontade de me esganar." Quando sentiu no pescoço seus dedos frios abotoando-lhe a gola, teve um arrepio misturado a uma estranha sensação de gozo. Viu-se morta, com a grinalda da sua primeira comunhão. Trazidas por Frau Herta, vestidas de preto, chegavam Bruna e Otávia debulhadas em pranto. "Nós te desprezamos tanto e agora você está morta!" Aos pés do caixão, quase desfalecido de tanto chorar, o pai lamentava-se: "Era a minha filhinha predileta, a caçula, a mais linda das três!". Muito pálido dentro da roupa escura, Conrado apareceu com um ramo de lírios. "Ia me casar com ela quando crescesse." Alguém se aproximou de Frau Herta. "Mas e onde está Daniel, por que não veio ao enterro?" E Frau Herta, em voz bem alta, para quem quisesse ouvir: "Ele fugiu com Luciana, fugiram os dois, a estas horas estão se divertindo juntos, rindo e cantando *era uma vez duas ninfas que moravam num bosque...*".

Grossas lágrimas correram dos olhos de Virgínia. Como ele tivera coragem de fugir deixando-a ali, morta?! Tapou a boca para conter os soluços. E cantar a *Balada das Duas Ninfas*, justamente a balada que a mãe gostava tanto de ouvir!

— Por que está chorando?
— Me deu uma dor de ouvido...
— Quer o remédio?
— Já passou.

Luciana impeliu-a para fora.

— Venha lavar a cara.

Deixou-se levar em silêncio, baixando os olhos ao passar diante do espelho do armário. Tinha vontade de esmurrar aquela sua figura espichada, de cabelos pretos e escorridos, iguais aos da bruxa de pano que Margarida comprara na feira. Pensou nas irmãs. Podia suportar a lembrança de Bruna que era morena e grandalhona como o pai, mas Otávia com aqueles cachos quase louros caindo até os ombros e com aquelas mãos brancas, tão brancas...

Agarrou-se ao avental de Luciana.

— Luciana, eu não quero ir hoje! Hoje não!
— Não quer, como?
— Não, pelo amor de Deus, hoje eu não quero que elas me vejam. Quando a Fraulein chegar, diga que estou doente, pelo amor de Deus, deixa eu ficar com você, eu faço tudo que você quiser, me ajude!

Luciana sorriu.

— Claro que você tem que ir. São suas irmãs, tão bem-educadas, tão bonitas.

— Tenho ódio delas!

— E de Conrado? Tem ódio dele também?

Virgínia afundou os dedos no sabonete. Viu de relance, refletido no espelho do armarinho branco, o rosto de Luciana. "Ela me detesta", pensou arqueando as sobrancelhas. Cansara-se de lutar, queria se fazer agora uma coisa pequenina, uma coisa miserável que inspirasse piedade.

— Meu cabelo é horrível, não?

— Quero ver se faço nele alguns cachos.

— Você sabe que daí não vai sair cacho nenhum, meu cabelo não se anela nem com papelote, você sabe disso.

— Acho tão bonito cachos! Deve ser bom pentear o cabelo de Otávia, passar a mão nele.

— Nem com papelote...

— E cada vez ela está mais parecida com sua mãe, vai crescer igual à sua mãe. Já Bruna saiu parecida com doutor Natércio, mas Otávia é completamente diferente de vocês duas. Tão delicada, parece porcelana.

— Você está molhando minha cabeça à toa, não sai cacho nenhum, deixe eu ir embora.

— Engraçado é que ela é meio parecida com Conrado, nem que fossem irmãos. Há de ver que acabam se casando.

Virgínia mordeu a afta que tinha na bochecha até sentir gosto de sangue na boca.

— Tio Daniel tem loucura por minha mãe. Se outra mulher gostar dele, ele faz assim na cara dessa outra, assim! — repetiu cuspindo furiosamente na pia. Um laivo de sangue escorreu entre a saliva. — Estou cuspindo sangue! Vou morrer, Luciana, vou morrer!

— Você mordeu a boca — disse Luciana colhendo com as mãos em concha a água da torneira entreaberta e fazendo-a escorrer sobre o fio sanguinolento. Virgínia acompanhava-lhe os movimentos com olhar suplicante.

— Luciana, eu vou morrer, ninguém gosta de mim, ninguém! Diga que gosta de mim, pelo amor de Deus, diga que gosta de mim!
— Não chore assim alto. Quer que sua mãe ouça?
Virgínia tapou a boca com as mãos. Soluços fundos sacudiam-lhe os ombros.
— Diga, Luciana...
— Você está se despenteando.
— Quero ficar despenteada, tenho ódio deles! — exclamou puxando os cabelos. Estendeu-se no chão. — Queria morrer...
— Você vai sujar o vestido e não tem outro.
— Ninguém gosta de mim, ninguém. Minhas irmãs não se importam comigo e minha mãe só gosta de tio Daniel... Meu pai é que gosta de mim, só ele me quer bem, ah, meu paizinho querido, me leva embora desta casa, eu quero ir com você!
Os soluços foram se espaçando até cessarem num cansaço. Estendida de bruços, com a fronte apoiada nas mãos, ela cansou de chorar e agora olhava a pequenina poça de lágrimas que se formara no ladrilho. Apertou os olhos para que as duas últimas lágrimas caíssem de uma vez. Quando as sentiu correr, abriu os olhos novamente. "Tem jeito de elefante", admitiu ao vê-las se aderirem às outras formando uma tromba. Corrigiu a tromba com o dedo. "Assim é um passarinho voando. Agora é uma árvore..." Enjoou do brinquedo e olhou em redor. Estava sozinha. Ergueu-se, passou a toalha no rosto, alisou raivosamente os cabelos, cachos! e na ponta dos pés desceu as escadas. Ao passar pela porta do quarto azul, susteve a respiração. "A mãe dormiu." Era tão bom quando ela dormia! Os loucos deviam dormir o tempo todo, de dia e de noite, como as bonecas que só abrem os olhos quando tiradas da caixa. Otávia tinha uma boneca assim, sempre dormindo, as pestanas tão compridas... Dirigiu-se à cozinha. Luciana preparava o chá. Apanhou uma torrada e sentou-se no banco.
— Bruna disse que se minha mãe não tivesse se separado do meu pai não estava agora assim doente. Ela acha que é castigo de Deus.

— Ora, você sabe muito bem que isso começou quando ela *ainda* morava com seu pai. E então? Se é que existe castigo, eu sei quem é que está sendo castigado.

Virgínia ficou pensativa, era como se Luciana tivesse ouvido Bruna falar. Nunca mais Daniel teria uma tarde assim, por exemplo, pensou voltando o olhar para a gravura colorida do calendário. Ali estavam dois namorados sentados debaixo de uma árvore, num piquenique com morangos e flores transbordando de um cestinho. Ela estava radiosa no seu vestido esvoaçante, os cabelos louros soltos até os ombros, o chapelão de palha atirado na relva. O moço vestia um suéter branco, calças de flanela também brancas e estava inclinado sobre a moça, como se lhe aspirasse o perfume. Era um pouco parecido com Conrado assim com seu ar de príncipe. "Mas e essa burra? Com quem ela se parece?", perguntou a si mesma franzindo os lábios. Lambeu lentamente os dedos enlambuzados de manteiga. Um dia ainda esfregaria gordura naqueles cabelos. Podia ainda furar aqueles olhos. E então, adeus piquenique! O namorado fugiria aos pulos. Riu baixinho. Aos pulos. E de tudo só restariam a árvore, a relva e o cestinho de morangos. Ficou séria. "Castigo, não é?" Os piqueniques de Daniel teriam que ser todos dentro do quarto, com as venezianas fechadas. Nem sol, nem árvores, nem relva. E ele não encontraria nenhuma flor para oferecer, só raízes, as raízes que a doente via brotar entre os dedos.

— É, mas se não fosse ele, a estas horas minha mãe ainda estaria com meu pai e minhas irmãs, nós todos juntos.

— Fique quieta que você não sabe de nada.

— Sei, sei — murmurou sem nenhuma convicção. Encolheu os ombros. Por que não lhe contavam direito as coisas? "Ela sabe de tudo mas não diz. E mesmo que diga, vai dizer mentiras porque ama tio Daniel."

Debruçou-se na janela que dava para o quintal. As folhas do pessegueiro estavam amareladas. Verdes, mesmo, eram os pinheirais. Teriam realmente a cor do postal? Encontrara-o na gaveta de Otávia e perguntara-lhe que casarão era aquele no meio dos pinheiros. "Pois foi nesse sanatório que mamãe esteve internada", dissera Otávia no seu tom indiferente. "Se quiser para você, pode levar." Guardara então o postal dentro do bolso e assim que chegou em casa, mostrou-o à mãe. "Onde era a janelinha do seu quarto?" A enferma apontou uma janela no segundo andar. As grades de ferro eram fios de linha preta sobre a vidraça batida de sol. "Aqui. Era horrível", gemeu ela. Mas logo em seguida, sorriu com astúcia, "Um dia o besouro caiu de costas. E besouro que cai de costas não se levanta nunca mais".

Um pardal pousou no pessegueiro, bicou uma folha e prosseguiu seu voo. Virgínia seguiu-o com o olhar. Devia ser bom, também, nascer passarinho. Passarinho não tem essa complicação de pai e mãe assim separados. E passarinho não fica louco nunca. Franziu a testa: ou fica? Beija-flor era um que não parecia muito certo.

— Melhor ser borboleta — disse ela voltando-se para Luciana, que já saía com o chá. Seguiu-a na ponta dos pés.

O quarto estava na penumbra, impregnado de um perfume adocicado e morno. A doente estava deitada no divã. O roupão azul, frouxamente entreaberto no busto, deixava entrever o colo magro, da brancura seca do gesso. O rosto parecia tranquilo em meio à cabeleira em desordem, de um louro sem brilho.

— Você, Luciana? — perguntou, afável. Falava baixinho, como se estivesse num concerto e se dirigisse ao vizinho nesse tom de quem não quer perturbar. Pousou o olhar em Virgínia. — E quem é esta menina?

Virgínia aproximou-se. "Outra vez, meu Deus, outra vez?!"

— Sou eu, mãe.

Laura cerrou os grandes olhos mortiços. Tinha a expressão serena mas desatenta.

— Eu sou sua mãe, eu sou sua mãe — repetiu como uma criança obediente que consegue decorar a lição sem contudo entendê-la. Sorriu. — Eu estava brincando...

"Será melhor esperar", resolveu Virgínia ajoelhando-se ao

lado do divã. Se lhe perguntassem esperar *o quê*, não saberia responder. Apenas esperava. Uma vez surpreendeu uma mariposa presa numa teia. "Fuja depressa, fuja!", desejara sem coragem de intervir. Mas a mariposa se deixava envolver sem nenhuma resistência no viscoso tecido cinzento que a aranha ia acumulando em torno de suas asas. Assim via a mãe, enleada em fios que lhe tapavam os ouvidos, os olhos, a boca. Não adiantava dizer-lhe nada. Nem mostrar-lhe nada. Falas e pessoas batiam naquele invólucro macio e ao mesmo tempo resistente como uma carapaça, batiam e voltavam e batiam novamente num vaivém inútil. Apenas uma pessoa conseguia penetrar no emaranhado: Daniel.

— Tome seu chá, dona Laura, senão esfria — ordenou Luciana enquanto arrumava a mesa de toalete. Apanhou no chão o arminho de pó. — E coma as torradas, não quero ver sobrar nenhuma.

Laura fixou o olhar num ponto distante, como se houvesse uma pessoa sentada além de Virgínia.

— No sanatório eles serviam chá com peixes. Mas, claro, gosto não se discute.

Virgínia tocou-lhe as mãos descarnadas. "Emagreceu e está pior", pensou com vontade de se estender no chão e nunca mais se levantar dali.

— Seu chá, mãe...

Delicadamente ela apanhou a xícara. Sorveu-a sem pressa:

— Sempre gostei de chá morno. E de peixes vermelhos.

— Mãe, ontem a dona Otília me deu dez numa composição sobre a tarde. Ouviu, mãe?

A doente pousou a xícara e durante algum tempo ficou imóvel, o olhar fixo no teto. Depois, lentamente foi voltando a cabeça. Uma expressão terna suavizou-lhe a dureza do rosto cavado. Passou a mão pelos cabelos.

— Então, filha? Está de vestido novo?

Virgínia apertou os olhos brilhantes.

— Era seu, mãe. A senhora se lembra dele? Luciana diminuiu pra mim, não ficou bonito?

Laura acariciou-lhe o queixo num gesto vacilante. Sorriu.
— Sabe, filhota, eu e seu tio gostaríamos de dar a você muitos vestidos novos, brinquedos, tanta coisa... Mas seu tio agora não pode, ele tem gasto muito comigo, entende? Ele tem gasto demais, é por isso.
— Mas, mãe, eu estou cheia de vestidos, não quero mais nenhum. E detesto brinquedos!
— Eu sei, eu sei... Você é uma menina muito boazinha, ouviu? E agora me diga onde vai assim toda elegante. Hum?
Virgínia quis dizer-lhe: "Vou à casa do meu pai". Mas Luciana terminara a arrumação e já se aproximava do divã:
— Vamos, Virgínia?
— Queria ficar mais um pouco.
— Seu tio não quer, *você sabe* disso.
— Só cinco minutos!
— Mas ela não está me incomodando — disse Laura estendendo a mão para apertar a de Luciana. Luciana pareceu não ter entendido o gesto. E a mão descarnada voltou ao regaço. — Nem sei mesmo como agradecer, Luciana. Agora até vestidos... Daniel já disse que não sabe o que faria sem você. E eu, então?
O rosto moreno continuou impassível. Apenas um breve fulgor iluminou-lhe os olhos amendoados.
— A senhora não comeu as torradas — observou ela. E voltando-se para Virgínia: — Então, só cinco minutos. E não fale muito. *Não fale muito*, está me compreendendo?
— Vou ficar quieta — prometeu com humildade. Mas assim que a empregada saiu tomou entre as suas as mãos da mãe. — Vou à casa do meu pai, *meu* pai. Lembra-se dele?
Laura cravou na filha o olhar penetrante. "Está lúcida", concluiu Virgínia. "Está completamente lúcida." E chegou a ter medo.
— Claro que me lembro de Natércio, claro. Como vai ele, filhota? Tanto tempo, imagine...
Virgínia sentiu no rosto uma onda de calor. Ela ainda pedia notícias, coisa que não acontecia nunca. E mostrara-se

interessada, ah, mais dia, menos dia, Daniel e Luciana seriam castigados. "O mal acaba sendo vencido como o dragão de São Jorge!", Bruna dissera. E Bruna sabia. Eles seriam esmagados e o bem triunfaria, o bem que era a mãe curada voltando para o pai, só amando o pai.

— Todas as terças-feiras, você sabe, passo a tarde lá e ele não deixa de perguntar por você, sempre tão triste, quase não fala... Frau Herta disse uma vez que nunca mais ele vai gostar de outra porque ainda não se esqueceu de você. Frau Herta disse isso pra copeira mas eu ouvi, juro que ouvi! E a casa dele, mãe!... Que casa! Você precisa ver essa nova casa com um jeito assim bem antigo, lá no fundo de um gramado que não acaba mais. Tem um caramanchão cheio de plantas e perto do caramanchão uma fonte no meio de uma roda de cinco anõezinhos de pedra, você precisa ver que lindo os anõezinhos de mãos dadas! É bom beber aquela água, tão geladinha! Na semana passada ele trocou o automóvel por um novo, todo preto, com almofada vermelha, uma beleza de automóvel. Bruna e Otávia parecem duas princesas.

— Você gostaria de morar lá?

Virgínia baixou os olhos cheios de lágrimas.

— Mas só se você fosse também.

Laura teve um sorriso cujo sentido a menina não pôde alcançar. Fechou no peito a gola do roupão.

— Um dia você também se vestirá como uma princesa e brincará de roda com os anõezinhos... Quer?

— Ah, mamãe, se a gente pudesse! Eles vivem tão bem, têm tanta coisa! Bruna disse que meu pai está ficando cada vez mais rico e que é o maior advogado que existe. Já tem livros até no estrangeiro!

— Você gosta muito dele, não?

— Adoro meu pai — disse ela. Arrematou em seguida, num fio de voz: — Mas gosto também de tio Daniel.

Laura ergueu-se meio ofegante para ajeitar a manta que lhe chegava até os joelhos. Voltou o rosto para a parede.

— É melhor que seja assim, filha, é melhor — acrescentou

tombando sobre as almofadas. — E Bruna? E Otávia? Não vieram mais me ver? Ou vieram?... Porque era morena ficou sendo Bruna.

— Mãe, escuta — atalhou-a Virgínia. Era preciso não desperdiçar o tempo com outro assunto, tinha que aproveitá-lo inteiro e depressa, antes que a carapaça se fechasse outra vez. — Presta atenção, hoje vou estar com o pai, você quer que eu dê algum recado pra ele? Quer que eu diga alguma coisa? Não conto pra ninguém, confie em mim! Que é que você quer que eu diga?!

A enferma parecia não ter ouvido uma só palavra. Entrelaçou as mãos sob a nuca e moveu doloridamente a cabeça.

— Quero Daniel...

— Ele já vem vindo, já vem vindo, mas agora escuta, escuta! — E Virgínia debruçou-se sobre o rosto devastado, erguendo-o ansiosamente, "Ainda não!" — Mãe, presta atenção, eu posso dar algum recado, eu posso... Mãe, sou eu, Virgínia!

— Ele não deixará que me levem, prometeu... Mas é preciso que ele não entre.

— Ele quem?

— O besouro.

A porta abriu-se sem ruído. Laura sentou-se rápida. Mas, ao ver que era Luciana, tornou a desabar sobre a almofada. Estava prestes a cair em pranto.

— Quero Daniel, Daniel...

Luciana aproximou-se, apanhou a escova e escovou-lhe os cabelos. Trançou-os, enérgica.

— Ele vai ficar triste se encontrar a senhora assim aflita. Por que não dorme um pouco? Vamos, ele já vem, quer ver ele triste, quer?

Virgínia pôs-se a roer as unhas. Daniel, Daniel! Que importava se ele ficasse triste? Que importava se não voltasse mais? "Mãe, diga que não precisa nem dela nem dele, eles mentem, chama o pai que o pai te ama, nós dois cuidamos de você, só nós dois!"

— Luciana, depressa, o meu perfume...
— Já vou dar, mas tome antes esta pílula — ordenou ela tirando um tubo branco do bolso do avental. Despejou chá na xícara. — Vamos, mais um gole...
— Tive tanto medo, Luciana, tanto medo!
— Mas passou, não é?
— Vocês são tão minhas queridas — sussurrou ela relaxando os músculos. Fechou os olhos. — Concordam comigo que há mãos e aranhas, a diferença está apenas no modo como acariciam...
Luciana apanhou a bandeja.
— Está bem, mas agora durma, vamos, fique calma.
— Podem ir mas voltem sempre. Tão minhas queridas... Adeus. A estátua sabe.
Com um pequeno movimento de cabeça, Luciana indicou a porta para Virgínia. Saíram em silêncio.
— Frau Herta está demorando — disse Virgínia debruçando-se na janela da cozinha. — Não passou da hora?
— Ela não virá mais.
— Por quê? Por que, Luciana?
— O chofer veio avisar que suas irmãs foram a uma festa. Não era isso que você queria?
Virgínia pôs-se a assobiar baixinho. Não, não era isso, agora não era mais isso. E Luciana sabia. Olhou pensativamente a unha do polegar roída até à carne. A verdade é que Bruna e Otávia estavam muito bem sem ela. "E nem pedem pra ver a mãe, faz mais de um mês que não aparecem. E a mãe está pior. Bruna diz que é castigo. Conrado diz que é mesmo doença, mas Otávia não diz nada. E Luciana?" Voltou-se para a empregada e ficou a observá-la. Trabalhava sem parar mas estava com o avental sempre limpo e os cabelos penteados. Tudo podia estar em desordem, mas ela continuava com aquela cara lisa.
— Você não precisa de pílulas?
— Que pílulas?
— Essas pra acalmar.

— Eu sou calma — disse Luciana com um meio sorriso. Abriu a cesta de costura. — Já fez sua lição?
Virgínia suspirou. Tantas pílulas! Por que faziam a mãe tomar tantas pílulas assim? Encolheu os ombros. Enfim, talvez fosse mesmo melhor que ela dormisse noite e dia, enquanto dormia não ficava gemendo. Nem falando no besouro.
— Luciana, você acha que minha mãe está melhor?
— Acho.
— Ela conversou tão bem comigo! Não disse nada esquisito, nada mesmo.
— Acredito.
"Ela sabe que estou mentindo. Mas por que tem que saber?" Crispou a boca. "Se não entrasse tantas vezes no quarto, se não entrasse mais no quarto, eu podia dizer: minha mãe melhorou. E ela acreditava. Se só eu entrasse no quarto podia dizer isso pra todos e todos tinham que acreditar em mim. E eu mesma acabava acreditando e isso ficava sendo verdade."
— Luciana, ela estava com medo de quem?
— Você sabe. Andou falando nele, não falou? Não falou, menina?
No primeiro instante Virgínia ainda tentou reagir. Mas teve um movimento de ombros. Baixou a cabeça.
— Falei. No começo ela estava entendendo mas depois embaralhou tudo. E veio com aquela história do besouro.
O relógio em cima do guarda-louça deu cinco pancadas secas. Virgínia olhou-o demoradamente. Era esta a hora em que as duas costumavam ir para o caramanchão. Conrado, que morava na casa vizinha, atravessava a cerca de fícus e vinha brincar também. Ou melhor, brincar, não, que ele era sério demais para brincadeiras, e Otávia não gostava de correr para não desmanchar os cachos. Reconstituiu o grupo: Otávia trazia a caixa de aquarela e ficava pintando, sempre com aquele arzinho de quem não está realmente levando a sério nem ela própria nem os outros. Conrado — que todos os anos recebia medalha por ser o primeiro da classe — não

perdia tempo em conversa, vinha com um caderno ou um livro debaixo do braço e lá ficava a estudar, belo como um deus no verde do gramado. Bruna lia a vida dos santos ou então cosia roupinhas para as crianças da creche. Quanto a Frau Herta, ficava horas e horas entretida com seus potes de avenca, adubando a terra, arrancando folhinhas secas, observando as plantas com aquele mesmo enternecido cuidado com que observava Otávia. Só para Otávia e para suas avencas tinha aquele olhar de servidão. De amor.

Virgínia decepou a cabeça de Otávia e colocou a sua no lugar. Acendeu-se o sol. Passeando pelo jardim, a flutuar como uma fada, veio vindo a mãe de mãos dadas com o pai. Tinha o rosto corado como... "como uma romã", decidiu. Era vermelho demais, sim, mas se usava nos livros dizer que as pessoas saudáveis eram assim como as romãs, "Coradas como uma romã"! Conrado vestia a mesma roupa do moço do calendário e tinha aquela expressão de deslumbramento. "Virgínia, como seus cabelos são lindos! Quando eu crescer, vamos nos casar."

— Será que você não cansa de roer as unhas? Hem, Virgínia?

— E será que não cansa de... de...

— De quê?

Virgínia lançou-lhe um olhar turvo. Ela cerzia um lenço, "o lenço dele". Desviou o olhar para o chão.

— Vou um pouco no portão, volto já.

Na calçada defronte viu Margarida.

— Vai passear? — perguntou Margarida correndo-lhe ao encontro. — Vai passear?

— Minhas irmãs me convidaram pra uma festa mas estou sem vontade de ir. Minhas irmãs são muito ricas. Você já viu prato de ouro?

— Não.

— Pois na casa do meu pai tem prato de ouro. Um dia minha mãe e eu ainda vamos morar lá.

— Sua mãe está melhor?

— Minha mãe sarou, não tem mais nada, está completamente curada, ouviu isso? — Agarrou Margarida pelo pulso.
— Você duvida?
— Eu não disse nada...
— Disse. Disse que sou mentirosa e agora vai ter que pedir desculpas, vamos, peça já desculpas. Depressa!
— Mas, Virgínia... Me larga, Virgínia!
— Peça desculpas, senão aperto mais!
— Desculpa — gemeu a menina libertando-se num último esforço. Ficou um momento imóvel, os olhos atônitos cheios de lágrimas. Em seguida, atravessou a rua correndo.
— Margarida, volte, vem cá, eu estava brincando! Margarida, eu estava...
Suspirou fundo ao ver a amiga sumir pelo portão adentro. Sentou-se molemente no degrau de pedra e acariciou as pontas dos dedos intumescidos. Apoiou o queixo nas mãos. E ficou esfregando o pé num boneco desenhado a carvão na calçada.

II

"Descrição de uma família", Virgínia escreveu no alto da página. Grifou o título e deteve a ponta do lápis na palavra *família*. Arqueou pensativamente as sobrancelhas. "A gente fala *familha* mas escreve *família*." Havia ainda uma porção de palavras assim... Mordiscou o lápis. Podia escrever sobre um homem do campo voltando para casa, a enxada no ombro, contente porque sabe que à sua espera estão a mulher e os filhinhos. Na realidade, o homem devia ser esfarrapado e sujo, cercado de crianças barrigudas e piolhentas, mais encardidas do que um tatu. Mas não usava escrever sobre gente assim, nas composições todos tinham que ser educados e limpos como Conrado, o homem podia mesmo se parecer com Conrado, correndo ao seu encontro, "Virgínia, Virgínia!".

Pôs-se a desenhar uma flor no canto da página. Sorriu. Conrado de enxada no ombro, imagine. Naquelas mãos só podia aparecer o punho de uma espada de ouro com pedras preciosas, mas uma espada só de enfeite, desde que ele era incapaz de matar uma formiga. "Se você matar bichinhos só por gosto, um dia você poderá ser um bicho também..." Empurrou o caderno e levantou-se. Deu uma volta em redor da mesa, cantarolando distraidamente.

Tim-tim ferro macaquinho!
Lá debaixo de uma árvore
um homem vende laranja
um outro vende limão...

Calou-se assustada. Aquele gemido seria de gente? Ou do vento? Desceu a escada e dirigiu-se ao escritório. Daniel ali estava sentado numa poltrona, um pouco encolhido, como se tivesse frio. Olhou-a e sorriu.

— Quer alguma coisa?

Virgínia adiantou-se constrangida. Quis perguntar pela mãe, correra até ele justamente para fazer essa pergunta e agora horrorizava-se com a ideia de ouvir uma resposta. Encarou-o. Ele tinha a roupa amarfanhada e parecia abatido.

— Eu estava fazendo minha lição, preciso descrever uma família... Então me lembrei que o senhor tem um livro sobre família — acrescentou apontando vagamente a estante. — Um desses daí.

Ele lançou um olhar à prateleira. E de repente riu. Há tempos que ela não o via rir assim e surpreendeu-se. Era um riso forçado, de quem já se esquecera de rir naturalmente.

— Não, Virgínia, esses livros não servem, são livros de medicina.

Nessa posição, com uma sombra de barba azulada no rosto fino e com aqueles cabelos crescidos, ele era igual ao cavaleiro da capa de um livro de histórias que ela ganhara na escola, um cavaleiro pálido e triste, seguindo com o olhar um cisne que nadava num lago. Lembrava Conrado, os dois tinham qualquer coisa... Baixou a cabeça. Assim, mesmo malvestido e de barba por fazer, ele ainda era muito mais bonito que o pai. "O demônio toma várias formas", avisara Bruna. Cravou o olhar nos pés de Daniel. E desapontou-se, enternecida com aqueles sapatos tão humanos, já deformados pelo uso.

— Não acho graça nessa descrição de uma família — murmurou ela num muxoxo. — Uma bobagem.

— Não, meu bem, o tema é bom. Cada menina pode descrever sua própria família, certo? Então você descreveria a nossa. — Fez uma pausa. Parecia falar consigo mesmo. — A minha família, Laura e Virgínia. Minha família — repetiu baixinho. E noutro tom: — Por que você não fala sobre a casa do seu pai, sobre suas irmãs?

— Boa ideia! E ponho minha mãe morando lá também, faz de conta que nada mudou, que é como antes.

Daniel entrelaçou as mãos. Depois afrouxou-as. E ficou a olhá-las, abertas sobre os joelhos.

— Sabe, meu bem, um dia desses devo ir falar com seu pai. Dentro em breve você irá morar com ele.

Virgínia aproximou-se mais. Ficou imóvel, perplexa, como se ele tivesse falado numa linguagem desconhecida.

— Sim, meu bem, com seu pai. Lá você ficará melhor, a casa deve ser mais alegre do que esta, mais confortável. E tem suas irmãs, tem a Fraulein para cuidar de você... De acordo?

Ela ajoelhou-se diante da poltrona. Tomou ansiosamente as mãos de Daniel. Continha-se para não gritar:

— Quando, tio? Quando?

— Virgínia, Virgínia, quando você fica assim comigo, quando me olha como olhou há pouco, eu chego a pensar que... Enfim, que seria possível um outro caminho. — Fez uma pausa. E contraiu dolorosamente a fisionomia. — Mas não, eu teria que ser muito egoísta, está compreendendo? Só para você há esperança.

— Que esperança?

Ele soltou-lhe as mãos e acendeu um cigarro. Sacudiu a cabeça.

— Não importa. Quero que guarde apenas uma coisa, Virgínia: você está sendo um menininha maravilhosa porque ama seu pai e é fiel a ele. Haja o que houver, nunca se esqueça disso.

Como se a impelissem violentamente, ela agarrou-lhe os joelhos.

— Mas a mãe não vai pro sanatório!

— Laura ficará comigo. Um dia, quando ela melhorar... — acrescentou ele evasivamente. Afundou na poltrona. Parecia ter sobre os ombros uma enorme carga. O olhar fatigado denunciava-lhe o peso mas a boca contraída dizia que ele haveria de suportá-la sozinho. Ergueu a mão em concha para afagar a cabeça de Virgínia. Mas interrompeu o gesto. A mão tombou. — Minha menininha...

— Ela tem tanto medo do sanatório, tanto medo! O senhor não acha que ela pode ser tratada aqui mesmo? A gente pode dar mais daquelas pílulas, ela pode dormir mais tempo, não pode? Não pode, tio?

— Pode. Acredite em mim, meu bem, eu prometo que não vou permitir que ela saia daqui. Está satisfeita agora?

Virgínia ergueu-se. Quis beijá-lo. E esta simples ideia a fez corar de vergonha.

— Vou fazer minha lição — disse, dando-lhe as costas. Diante da porta do quarto da enferma, parou, olhou furtivamente para os lados e em seguida, torcendo o trinco, entrou sem ruído. Ela estava sentada defronte à mesa de toalete e trançava os cabelos. Vestia-se como se fosse sair. Com sofreguidão, Virgínia buscou-lhe o olhar. Parecia lúcido.

— Que linda você está, mãe! Mas que linda!

O vestido, de um tom azul-acinzentado, caía-lhe tão frouxo e cheio de pregas que se tornava impossível adivinhar-lhe o feitio.

— Hoje vou jantar com vocês — segredou ela olhando para a filha através do espelho. Havia ruge no rosto devastado, apenas um toque leve. Assim mesmo ele se chocava com a pele cor de cera. Olheiras fundas cavavam-se em torno dos olhos brilhantes.

— Você está tão bonita, mãe.

— Verdade?

— Está linda!

— Quero fazer uma surpresa a Daniel, já pedi a Luciana que ponha flores na mesa, jantaremos juntos, um jantar especial, só nós três! Comeremos à luz de velas, já mandei tirar da mala o candelabro.

— Que candelabro?

— Um candelabro de prata, filhota. Apagaremos tudo, só ficarão acesas as velas.

Virgínia apertou ferozmente os maxilares. Ela estava bonita, sim, e não parecia tão magra, o vestido é que era largo demais, estava tudo em ordem, tudo bem, até o quarto com a cama arrumada e o divã intacto, como se nunca ninguém tivesse se deitado ali. A única coisa esquisita, mas a única, era aquela veneziana fechada e a luz acesa quando havia sol lá fora. Mordiscou um fiapo de unha do polegar. "E que tem isso? O sol faz doer os olhos dela, muita gente prefere assim, faz de conta que anoiteceu."

— Mãe, por que você não põe o seu colar de pérolas? Põe o colar, mãe! Faz de conta que é uma festa.

Laura firmava com grampos as tranças torcidas na nuca. Seus dedos finos tateavam trêmulos por entre a massa emaranhada dos cabelos. Concordou num tom de conspiração.

— É, faz de conta, pegue minha caixinha de joias, aí no armário... Pena que minhas mãos estejam um pouco inchadas, não posso pôr os anéis.

Virgínia afundou o rosto nos vestidos dependurados. Havia neles o resquício melancólico de um perfume doce. Apanhou a caixinha. Era prateada e trazia na tampa uma inscrição, *À Laura, oferece Natércio*. Eis aí. Tudo de melhor que ainda restava tinha vindo dele. Mas se o pai lhe dera tudo, por que, meu Deus, por que então ela o deixara?

Lançou em torno um olhar desolado, nunca o quarto azul lhe parecera tão miserável. Abriu a caixa. Enrodilhado na almofada de veludo, o colar de pérolas.

— Este colar foi de minha mãe — murmurou Laura, prendendo-o no pescoço. — Ela morreu com ele, sabia disso? Representava *Romeu e Julieta* e parece que foi um sucesso, mas não me lembro de quase nada, acho que eu era muito criança... — Fez uma pausa. Girava entre o polegar e o indicador a pérola maior do fio e parecia ler no espelho o que ia dizendo. — É curioso, mas quase não me lembro de minha mãe. No entanto, me lembro perfeitamente de um chapéu preto que ela usava, um chapéu de abas largas com plumas vermelhas. Eu gostava de passar a mão nas plumas... Nem retrato tenho dela, tudo deve ter-se queimado naquela noite, sobrou este colar... Lembro-me melhor do meu pai, parece que era alto, magro e passava os dias ensaiando no espelho. Brincávamos às vezes de coruja, um brinquedo engraçado, ficávamos não sei quanto tempo com as testas juntas, um olhando para o outro, bem sérios. Perdia quem piscasse primeiro. Eu perdia todas as vezes.

Calou-se baixando o olhar.

— E daí?

— Daí, nada. Naquela noite do incêndio não dormi no teatro, estava na casa de tia Gabriela, uma amiga deles. Foi assim que escapei. Minha família ficou sendo então essa mulher. Sem dúvida, minha mãe foi uma grande atriz, mas tia Gabriela deve ter sido péssima, nem ao menos era bonita... Fiquei pensando nisso mais tarde, mas quando eu era menina e morávamos juntas, achava que ela era encantadora naqueles vestidos já comidos pelas traças, representando para mim, só para mim, os papéis que representou quando moça. Quer dizer, os papéis que gostaria de ter representado... Era gorda e tinha um vozeirão de ópera. Às vezes punha nos ombros a coberta da cama e ficava andando de um lado para o outro, grande e imponente como um bicho do mar, Laura, preste atenção, agora sou uma rainha!—

O olhar de Virgínia fixou-se com avidez no espelho. Sabia que de fato os avós tinham sido artistas. Mas que história era aquela do incêndio? Se nunca ouvira falar em nenhum incêndio... Também nunca ouvira antes esse nome: Gabriela. Seria tudo invenção? Baixou o olhar e viu, num espanto, que a mãe estava descalça.

— Essa... essa tia Gabriela... Morreu?

— Não sei, sumiu completamente. Completamente. Às vezes as pessoas somem, não?

— É, somem.

O silêncio se prolongou e Virgínia começou a ficar com medo. "Agora ela vai falar na festa, naquilo..."

— Foi com este colar que conheci Daniel.

— Você já me contou...

— Meu vestido era preto, a cinturinha fina assim e aquela saia rodada, enorme! — repetiu fazendo um movimento brusco. Dois dos pentes caíram e a trança resvalou-lhe pelas costas. — Fiz um penteado alto e a única joia que resolvi pôr foi este colar... Minhas luvas eram brancas e branca a mantilha, ah, eu me senti tão feliz quando me olhei no espelho! Tão feliz... Quando já ia saindo, no último instante, vi na caixa o cravo vermelho e não sei por que tive vontade de levá-lo também, era um cravo de um tom violento, profundo. Então Natércio me olhou demoradamente, um olhar que fez murchar meu vestido, meus cabelos, minha flor... Por que essa flor?, perguntou ele. Qualquer prima-dona de subúrbio gostaria de usar uma flor assim.

— Mãe, fale mais na tia Gabriela, conta como ela fazia! Punha nos ombros a coberta da cama, eu sou uma rainha! E depois, o que acontecia depois?

— Seu olhar era mais frio ainda do que suas palavras. Descobri então que ele estava morto, era um morto que me dizia aquelas coisas, que me olhava daquele jeito... Pela primeira vez não tive mais medo. Enfrentei-o. Se quiser, vá sozinha, ele disse com um sorriso que era de morto também. Vamos, ponha essa flor no peito e vá sozinha! repetiu

apontando a porta. Então saí correndo, chego a pensar que fugi correndo, antes que ele me segurasse... Fazia anos que eu não ia a nenhuma festa, a parte alguma, ele detestava sair comigo, nosso passeio era visitar a família, ficar horas e horas na saleta dourada, cheia de mortos e de retratos de mortos, ouvindo as gêmeas tão iguais! Uma recitava, depois a outra cantava, depois a outra recitava, alternadamente... Você tem suas filhas!, ele costumava me dizer. Minhas filhas... Eram minhas? Bruna, que parecia uma inimiga, pronta sempre para me julgar. Tão dura. E Otávia sempre tão distante, lá longe com seus cachos... Era graciosa a minha Otávia com aqueles seus cachos, abracei-a tanto, fica comigo, só tenho você! Então ela choramingava, não, mamã, num quelo, cê dismancha meu tachinho...
 Virgínia apertou-lhe o braço. "Não, aquele pedaço, não!"
 — Mãe, já sei, você já me contou tudo isso, tio Daniel estava na festa, já ouvi isso, não precisa repetir!
 Laura falava agora num tom velado. Ardente.
 — Ele me olhou. Então vi minha beleza refletida nos olhos dele. Havia na festa tanta gente, tanto espelho, tanto lustre! Mas só nós dois vivos, tudo o mais era tão falso, tão vazio, sem sentido como papelão pintado... Só nós dois vivendo. Nos espelhos, nos lustres, em toda parte eu via o reflexo dos meus cabelos brilhando, como eles estavam brilhantes... Não nos separamos mais. Amanhecia quando ele apertou minha mão e antes mesmo de ouvir sua voz já sabia o que ele ia dizer: Laura, eu te amo. Às vezes penso que ele nem me disse nada, Laura, eu te amo, eu te amo, eu te amo...
 Calou-se a olhar para o espelho como se ali ainda estivesse a imagem da antiga face. Riscos de lágrimas foram manchando docemente o colorido de máscara. Respirava com dificuldade.
 — Mãe, a Otávia está aprendendo desenho, outro dia ela fez o retrato de Conrado, ficou tão parecido! Frau Herta disse que ela tem muito jeito, podia ser pintora se quisesse. Podia também ser pianista...

— Então eu fechei os olhos e me deixei levar, tocavam uma valsa. E os lustres todos rodavam e os espelhos rodavam e eu saí rodando também como um pião, rodando e rindo porque era engraçado não poder parar mais, um pião!
— repetiu cobrindo o rosto. Os ombros foram sacudidos por soluços. — Um pião.
— Podia também ser cantora...
Laura levantou a cabeça. Os olhos borrados sorriam envelhecidos, astutos.
— Eu sabia que se parasse caía no chão, perto do besouro. E besouro que cai de costas não se levanta nunca mais.
Virgínia levantou-se de um salto. Daniel entrava. Rápido, tomou entre as suas as mãos da doente. Inclinou-se.
— Então, minha querida?
— Daniel, Daniel...
Ele dirigiu a Virgínia o olhar consternado.
— Eu já lhe pedi que não entrasse aqui sozinha.
— Mas, tio Daniel, ela chamou...
— Você devia ter-me avisado, eu estava no escritório, dormia na poltrona, por isso não vim antes.
— Daniel, o besouro...
— Que é que tem o besouro?
— Ele voltou, Daniel, ele voltou. Eu quis me defender mas as raízes estão muito fundas, olhe aí, nem posso mais mexer os dedos... Não posso mais mexer os dedos...
Gravemente, Daniel examinou-lhe as mãos crispadas. E devagar foi alisando dedo por dedo, tirando algo invisível de cada um e atirando longe.
— Agora esta raiz aqui... Agora esta... Pronto, já arranquei todas, está vendo? Todas!
Ela levantou as mãos num gesto lânguido. Baixou-as de novo, as palmas voltadas para cima.
— Ah, que alívio! Estou tão cansada, queria me deitar um pouco, você sabe, Daniel, você sabe como elas são vorazes.
— São vorazes, sim — repetiu ele tomando-a nos braços como se fosse uma criança. Levou-a para a cama.

— Tão cansada...
— Você já vai descansar, agora o besouro fugiu, estamos sozinhos, nem besouro nem raízes, meu amor.
Virgínia foi recuando. Tinha os olhos assombrados, fixos em Daniel. Ele falava como se estivesse louco também. Saiu atropeladamente e dirigiu-se à cozinha. Sentiu a boca seca. Bebeu água na concha das mãos.
— Agora toma água que nem índio? — perguntou Luciana.
Debruçando-se na janela, Virgínia lançou um olhar interrogativo ao céu. Anoitecia. Então lembrou-se.
— E as flores?
— Que flores?
— As flores pra enfeitar a mesa, ela vai jantar na mesa e encomendou flores.
No rosto cor de bronze de Luciana havia uma expressão de ídolo paciente e irônico.
— Não há dinheiro para flores, menina. E você sabe que ela não pode jantar na mesa.
Virgínia fechou os punhos. "Pode, pode!", quis gritar-lhe. Baixou a cabeça e numa corrida desenfreada, foi para a rua. Chamou Margarida:
— Quero brincar, vamos brincar! — suplicou segurando sôfrega nos pulsos da menina. — Que tal um corrupio daqueles bem fortes, vamos, força, estique mais os braços, um dois e...
O quarto azul não existia, Daniel era uma figura de livro, nada daquilo existia, nada, Mais depressa, Margarida, mais depressa!.
— Já estou tonta, vou cair!
— Mais um pouco, vamos, *tim-tim ferro macaquinho! Lá debaixo de uma árvore...* — cantou aos berros. E atirou a cabeça para trás num riso estridente, desesperado.

III

— Não fique assim espetada, pode encostar — observou Frau Herta batendo de leve nas costas de Virgínia. Na sua voz havia indulgência e ao mesmo tempo uma certa irritação. — E tire a mão da boca.

Virgínia corou ao afundar-se na almofada do automóvel. Por que Frau Herta lhe falava sempre naquele tom? Não era assim nem com Bruna nem com Otávia. "Mas nenhuma delas se senta como eu", pensou num desconsolo. Puxou o vestido sobre os joelhos. Elas eram tão naturais, sem inibições, com um ar assim de donas do automóvel, donas de tudo mas sem constranger as pessoas. Jamais Frau Herta lhes precisaria dizer: "Estejam à vontade".

O carro ia vagaroso e Virgínia começou a ficar com medo do silêncio. "Agora ela vai perguntar", pensou girando o olhar em busca de um assunto. Chegou a sentir os lábios da mulher formulando a frase, como fazia sempre antes de dizê-la. E preferiu ir ao seu encontro.

— Minha mãe está melhor.

— Ah, que curioso, eu já ia mesmo pedir notícias dela. Então melhorou?

— Já está quase boa.

Houve uma pausa de suspeita.

— Quase boa? Enfim, louvado seja Deus — acrescentou sem muita convicção.

O casarão cinzento e largo ficava no fundo de um espaçoso gramado em declive, sinuosamente cortado por estreitas alamedas de pedregulhos. Quatro ciprestes inflexíveis pareciam montar guarda à casa. Além desses ciprestes, nenhum arbusto, nenhuma flor na grama que tinha o aspecto de ter sido recentemente podada, "Podada demais", pensava Virgínia a olhar pesarosa as folhinhas tenras, ceifadas ferozmente. No extremo esquerdo do gramado, em meio da roda dos anões de pedra, jorrava a fonte. Um pouco adiante, já quase encostado à cerca de fícus, erguia-se o caramanchão, ninho fresco e verdejante de avencas, a planta bem-amada de Frau Herta.

Virgínia parou no meio da alameda e lançou um olhar demorado à casa vizinha. Aquele vulto que espiava através da cortina da janela... Seria Conrado? Frau Herta guardou no armário do vestíbulo seu desbotado chapéu de feltro azul-marinho. Ajeitou os cabelos curtos e ralos e examinou-se no espelho com olhos severos, como se a imagem refletida fosse a de uma inimiga a quem devesse imparcialmente inspecionar. Esses eram seus gestos habituais sempre que chegava e Virgínia já os sabia de cor, mas desta vez sentiu vontade de rir. "Tem cara de bruxa. Se tivesse um cabo de vassoura podia sair voando pela janela afora."

— A senhora hoje está bonita, Frau Herta. É vestido novo?

— Não sou bonita e isto não é vestido, é um *tailleur*. Sabe pronunciar essa palavra? Mas não tem importância, também pode dizer *costume* — concedeu complacente. Impeliu-a para a escada. — Vamos subir que suas irmãs estão lá em cima.

Ela resistiu, voltando-se para a porta do escritório. Estava fechada.

— Queria antes ver o pai...

— Agora ele está trabalhando e não gosta de ser interrompido, na saída você fala com ele. E deixe essas meias!

— O elástico está frouxo — desculpou-se Virgínia esticando-as até os joelhos. Sentiu a vermelhidão invadir-lhe o rosto. "Agora está olhando para minhas unhas. Por que não me deixa em paz?"

Sons abafados de um piano romperam a quietude da casa. Frau Herta deteve-se na escada e inclinou a cabeça. Sua fisionomia abrandou-se, deliciada.

— É Otávia. Tem tanto talento para a música como para pintura. Uma artista! — suspirou. E dirigindo-se a Virgínia: — Vou tomar a lição dela, espere com Bruna na saleta.

— Conrado também está lá?
— Que foi que você disse? — perguntou a mulher segurando-lhe o queixo. — Quando se dirigir a alguém, não fique assim, olhando o chão, vamos, levante esta cabeça! Bruna e Otávia falam tão corretamente, elas têm tanta classe. Preste mais atenção nelas, menina, precisa aprender!
Virgínia recuou. O marido de Frau Herta fora um oficial prussiano que acabou morrendo na guerra. Um homem terrível, Bruna dissera, um verdadeiro soldado de bigodes vermelhos e voz de trovão. Pela primeira vez via agora os olhos da mulher, frios como bolinhas de vidro azul: era como se estivesse diante do oficial.
— Eu dizia que Otávia toca bem.
A mulher concordou com certa impaciência. Não conteve um suspiro de alívio ao introduzi-la na saleta:
— Pronto, fiquem aí conversando, não demoro.
Bruna estava ajoelhada no tapete, arrumando os livros nas prateleiras da estante. Era morena e roliça. A franja compacta que lhe cobria a testa dava uma certa agressividade ao rosto de traços bem-feitos mas pesados.
— Puxe a almofada e sente-se aqui — ordenou ela à irmã. Deu-lhe um rápido beijo. — E então? Como vai mamãe?
Virgínia sentou-se e enlaçou as pernas. A voz saiu sussurrante:
— Não diga a ninguém, Bruna, mas acho que ela está pior. Nestes últimos dias quase não sai da cama, nem a luz ela deixa acender, fica lá encolhida na escuridão sem dizer uma palavra, sem comer nada, olhando não se sabe o quê... Só confia *nele*. Já faz não sei quantas semanas que ele nem vai mais ao consultório, fica o tempo todo cuidando dela, você precisa ver, Bruna, você precisa ver! Às vezes ela pede que ele cante e ele começa então a cantar. E fala como se também estivesse... — Calou-se. Teve o sentimento de que aquilo era uma traição. — Mas às vezes ela melhora de repente e se lembra de tudo e conversa tão bem, você precisa ver como ela conversa!

Bruna girou sobre a almofada.

— Então está pior — disse num tom em que não havia nem surpresa nem consternação. Apenas verificava um fato. — Eu já sabia.

— Quem disse? Pensativamente ela colocou o livro na prateleira e tirou o seguinte, mas ficou com ele esquecido sobre os joelhos. Os olhos escuros pareceram menores.

— Não podia deixar de acontecer isso, Virgínia. Nossa mãe está pagando um erro terrível, será que você não percebe? Abandonou o marido, as filhas, abandonou tudo e foi viver com outro homem. Esqueceu-se dos seus deveres, enxovalhou a honra da família, caiu em pecado mortal!

Virgínia quis saber o que era *enxovalhar*. Conteve-se. Bruna seria capaz de se irritar com sua ignorância. Puxou um fiapo de linha solto na almofada e pôs-se a enrolá-lo no dedo. Mas por que a mãe tinha que pagar? Por que só ela?

— Foi sem querer, Bruna, foi sem querer.

— Que é que foi sem querer?

— Isso que ela fez... Isso de enxovalhar.

Bruna arregaçou até os cotovelos a manga do suéter, subitamente invadida por uma onda de calor. Cruzou os braços sombreados por uma penugem densa.

— Como sem querer? Como? — Apertou os lábios e dilatou as narinas: — Já está em tempo de você ficar sabendo certas coisas, não tem cabimento falar a vida inteira como uma criança, preste atenção: nosso pai adorava a mamãe, sempre lhe deu tudo, ela vivia como uma rainha, sim senhora, como uma rainha! Depois que Otávia nasceu, recomendado por não sei quem, entrou em casa um novo médico, um moço bonito, de boas maneiras... — Fez uma pausa. Um sorriso entreabriu-lhe os lábios polpudos. — Era o doutor Daniel. Nosso pai descobriu logo quem ele era e expulsou-o de casa como se expulsa o demônio. Durante algum tempo andou sumido, parece que viajando. Quando voltou, você tinha acabado de nascer e mamãe já estava meio esquisita,

com umas manias, papai teve que interná-la no sanatório. Então ele também foi para o sanatório e ficou tratando dela, chegou a alugar um chalé ali perto e todos os dias ia visitá-la no quarto. Você está me entendendo, não? Quando ela melhorou, está claro que nosso pai não podia mais aceitá-la, imagine um escândalo desses.
— Então ela foi embora porque ele mandou?
— Mas o que é que você queria que ele fizesse? O quê? Apaixonada como estava por outro homem, todo mundo comentando o escândalo. — Apanhou o livro que esquecera nos joelhos e começou a limpá-lo devagar. — Ainda me lembro como se fosse hoje, quando entrei no escritório de papai para perguntar se era mesmo verdade que mamãe ia viajar com você, quando entrei ele estava tão triste, mas tão triste que comecei a chorar. Disse me abraçando que mamãe precisava ir embora, mais tarde eu saberia o motivo, mas por enquanto era melhor não falar mais nela. Eu era uma criança, mas juro que nesse instante senti que ela devia ter feito alguma coisa horrível, juro que senti isso e senti também que nosso pai é que estava certo.

Virgínia entrelaçou as mãos e deixou-as cair desconsoladamente no regaço. Imaginava a cena igual à capa daquele folhetim que fora distribuído na rua: um homem com roupa de ópera — devia ser um conde — expulsava furioso pela porta afora uma bela mulher desgrenhada, que soluçava apertando contra o peito uma criancinha. A neve caía densa, em grandes flocos azulados. Estremeceu.

— Fazia muito frio? — perguntou. E ao ver que Bruna voltara-se exasperada, acrescentou rapidamente: — Ela chorava muito?

— Até que não. Estava era muito bonita — começou Bruna num tom mais brando. — Seu vestido era de lã verde e o chapeuzinho era preto com um véu. Quando me abraçou, vi de perto sua orelha descoberta e me lembro que achei a orelha delicada como as conchinhas cor-de-rosa que Otávia guardava num balde. Vou viajar, disse. E lá se

foi levando você pela mão. A tarde toda a sala ainda ficou com o perfume dela...
Virgínia comoveu-se, Bruna não confessava, mas bem que sentia saudade da mãe. Tocou-lhe no braço, tentando uma carícia:
— Decerto ela já estava arrependida, não?
— Arrependida por quê? Pois não era isso que ela queria? Por acaso o outro já não estava na esquina, à espera? Um segundo ao menos ela pensou em mim, em Otávia, em você? Pensou no pai?
Baixando o olhar, Virgínia tateou à procura de um caminho diferente. Sentia-se terrivelmente culpada.
— Mas ela estava doente, não sabia o que estava fazendo!
Bruna apertou os lábios. E voltando-se para a estante, apanhou um volume de capa preta quase tombado na penúltima prateleira. Folheou-o impaciente.
— Sabe o que é isto? É a Bíblia.
— A Bíblia... Mas diz que é pecado ler a Bíblia, Bruna!
— Pecado é *você* ler, que você ainda é criança. Eu já posso — acrescentou detendo-se na página onde havia um trecho marcado com um traço de lápis vermelho. Leu em tom solene:
Se um homem dormir com a mulher do outro, morrerão ambos, isto é, o adúltero e a adúltera, e tu arrancarás o mal do seio de Israel.
Fechou o livro com um baque seco e recolocou-o na estante. Virgínia concentrou-se. E de repente empalideceu. Agarrou o pulso da irmã.
— Mas a mãe, não! Só ele, não é? Só ele!
Com um gesto brusco, Bruna desprendeu-se e recomeçou a limpar os livros. Parecia perturbada.
— O castigo já caiu sobre ela — disse num tom vacilante. Franziu a boca em forma de pirâmide. — Mas ele não escapa. Ah, Virgínia, só eu sei o que o nosso pai tem sofrido! Você é a caçula, ficou lá com os dois, não compreende certas

coisas. Otávia, a bela Otávia, só pensa nos seus cachos, nos seus desenhos, dá mais atenção a Alice do que ao pai.

— Alice?

— É uma gata que apareceu por aqui. Só comigo que meu pai conta. Como posso ter pena deles? E do pai? Quem tem pena do pai?

Virgínia remexeu-se na almofada. A conversa ia tomando novamente um rumo perigoso.

— Bruna, o avô e a avó, os artistas... Eles morreram no incêndio, não morreram?

— Que incêndio?

— O incêndio do teatro... Não houve um incêndio? — Calou-se. Os sons débeis do piano recomeçaram no exercício. — Ouvi dizer que eles morreram queimados...

Com um gesto impaciente, Bruna empurrou a almofada e ergueu-se.

— Que bobagem, menina! Não houve incêndio nenhum, eles morreram naturalmente, que ideia é essa agora? Quem disse isso?

— Ninguém, acho que sonhei — desculpou-se ela enquanto esticava as meias. Notou então que Bruna já usava meias compridas. Os sapatos sem salto eram os mesmos, os tanques de subir montanha, como Otávia os chamava. Mas as meias já eram compridas. Olhou-a de baixo para cima, com respeito. "Ainda é capaz de ser freira."

— Você é esquisita, Virgínia. Precisa deixar dessas tolices — acrescentou fazendo-lhe uma carícia desajeitada. — Seria bom se viesse morar aqui.

— Tio Daniel disse que vai falar com o pai, Bruna! Já sabia disso? Eu venho pra cá, ele disse ainda outro dia que logo-logo vai falar com o pai!

— Ótimo. Você precisa de nós.

Frau Herta entrou empurrando o carrinho de chá. Atrás vinha Otávia toda vestida de branco, os sapatos brancos também, rigorosamente limpos. A única nota colorida do vestuário era o laço de fita verde que lhe prendia os cabelos alourados, caindo em fartos cachos até os ombros. Ao contrário de Bruna, seu ar era vago e frágil. Delicadamente apanhou a jarra de laranja.

— Como vai esta Virgínia? Por que não tem aparecido? — perguntou com voz polida mas fria. Inclinou-se para afagar uma gata malhada que se insinuava pela porta entreaberta:

— Você conhecia esta lindura? Vamos, Alice, cumprimenta sua irmã.

Bruna empurrou a gata com o pé. Com um gesto enérgico, cortou o bolo.

— Não pede notícias da mamãe?

Otávia pousou o copo e limpou cuidadosamente os cantos da boca com a ponta do guardanapo. Voltou para Virgínia o olhar sereno.

— Eu bem que gostaria de visitá-la, você sabe, mas papai não tem deixado, achei melhor não insistir... Como vai ela?

Virgínia baixou a cabeça. Pensou no pobre rosto com aquele sinistro colorido de máscara. Pensou no corpo sumido sob as roupas. E tentou engolir o pedaço de bolo que se esfarinhava na boca.

— Melhorou — disse num fio de voz. — Emagreceu um pouco, mas está tão bonita.

Frau Herta apanhou do chão uma torrada que Otávia atirara para a gata. Inclinou-se e tocou no ombro de Virgínia:

— Não fale nunca com a boca assim cheia.

Sentindo o rosto em brasa, ela ficou à espera do risinho cascateante de Otávia ou do olhar severo de Bruna. Mas Otávia folheava uma revista e Bruna tirava da sacola as agulhas de tricô. Nenhuma das duas deu a menor demonstração de ter ouvido a censura. Então emocionou-se. "Ficaram com pena de mim."

— Virgínia, pare de roer as unhas, filha! — pediu a Fraulein em meio a um suspiro, enquanto levava o carrinho.

— Quando você crescer será uma moça de mãos feias. Não faz mal, querida? — perguntou Otávia. Tinha os olhos voltados para a revista, como se falasse com alguém que estivesse ali. — Ficam uns dedos grossos, tortos...

Bruna sentou-se na poltrona. Ajeitou no colo os novelos de lã. Examinou as agulhas.

— E o que tem se ela crescer de mãos feias? Há coisas mais importantes do que as mãos, não é?

Virgínia afundou na poltrona e piscou repetidas vezes para disfarçar as lágrimas. Mais do que tudo perturbara-a a defesa de Bruna. Ah, Otávia, Otávia!... Lançou-lhe um olhar. Mas agora Otávia retomara aquela expressão desligada de quem não ouve nem vê. "Parece a mãe", pensou, sentindo arrefecer o rancor. Era intocável quando ficava assim. E teve vontade de se esmurrar nas faces que coravam por qualquer motivo, nos olhos que facilmente se enchiam de lágrimas. *Delatores* — era a palavra com a qual a professora repudiava os que denunciavam os companheiros. Delatores.

— E como vai Daniel? — quis saber Otávia fechando a revista. Acariciou a gata. — Ele é bonito, não? Tem umas mãos...

— Otávia! — atalhou-a Bruna. A boca em triângulo crispava-se feroz. — Papai não quer que se fale nesse nome, você sabe disso.

Ela voltou para a irmã a face inocente.

— Mas papai não está aqui agora.

— Não estou brincando! Você se esquece, Otávia, que nossa mãe perdeu o céu por causa dele.

— Mas ela não pensa assim, querida.

Fazia agora parte do silêncio o atrito frio das agulhas de tricô. Virgínia sorriu veladamente. Sentia-se solidária com Bruna mas, ao mesmo tempo, provava de um secreto prazer todas as vezes que Otávia falava em Daniel. Voltara a elogiar-lhe as mãos... Por que tinha mania com mãos? "Que nem a mãe", pensou voltando o olhar apreensivo para o armário envidraçado, ao lado da estante.

Através do vidro podia ver parte dos brinquedos que Frau Herta guardava ali. Há muito as duas já não brincavam. Mas os brinquedos ainda continuavam como que à espera que viesse alguém para despertá-los: uma boneca de porcelana dormia sobre um trem elétrico, a mais bonita boneca de Otávia, parecia mesmo com Otávia. Virgínia sorriu para a boneca e arranhou o braço da poltrona num afago dissimulado. Aconteceu então o imprevisto: como se lhe tivesse adivinhado o pensamento, Otávia foi ao armário, tirou de lá a boneca e colocou-lhe no regaço.

— Fique com ela, querida — murmurou no seu tom desatento. E inclinando-se para Bruna: — Que perfeição de casaquinho! É para os órfãos da creche? E sem esperar resposta, apanhando um caderno de desenho: — Gostaria tanto de ajudar, mas sou uma desajeitada, só consigo fazer esses rabiscos...

Bruna inclinou a cabeça para o ombro.

— Modéstia.

Virgínia teve um risinho. Era maravilhoso quando as duas rompiam. Sentia-se então mais forte, quase integrada no grupo.

— Se não fosse Conrado viver me animando... — prosseguiu Otávia como se não tivesse havido a interrupção. Apoiou o caderno nos joelhos e começou a desenhar. — Sabia que ele entrou em exames? Letícia também.

Bruna não respondeu. Virgínia apertou a boneca contra o peito. E se ele chegasse ali agora?

— Que exames? — perguntou, só para dizer alguma coisa.

— Ora, exames... — disse Otávia com frieza. Afastou o caderno para examinar o desenho a uma certa distância. — Letícia está com medo de repetir o ano, mas Conrado já está garantido.

Virgínia franziu as sobrancelhas. Letícia. Lembrava-se meio vagamente dessa irmã de Conrado: era alta, ossuda e tinha dentes amarelos.

— Ela ainda está no colégio interno?

— Ficou semi-interna como nós — respondeu Bruna sem erguer o olhar do tricô. — Agora é nossa vizinha.

Otávia recomeçou a desenhar. Um cacho fofo de cabelo resvalou-lhe pelo rosto.

— Conrado está cada vez mais bonito e ela cada vez mais feia... E acrescentou com uma vozinha polida: — Ninguém acredita que aqueles dois são irmãos, incrível. Cada dia que passa ela vai ficando mais magra, parece sabonete.

— Mas ela já era tão magrinha — arriscou Virgínia habilmente. Notou que Bruna, há pouco tão ressentida, animara-se de repente. — Piorou então?

— Piorou — gemeu Otávia mordiscando a ponta do lápis. — Virou um menino tão sem graça, ih!

Virgínia desviou o olhar para a boneca. Então descobriu: Bruna não gostava de Letícia, devia ter havido alguma coisa entre ambas. E Otávia valia-se disso na tentativa da reconciliação.

— Não acho que tenha piorado propriamente — começou Bruna afetando cansaço. — De fato, emagreceu e está alta demais, parece um rapazinho.

— Ah, Bruna! — exclamou Otávia abrindo mais os olhos claros. — Não existe no mundo ninguém tão sem graça, você sabe disso. Voltou-se para Virgínia: — Domingo fomos à chácara de Afonso e inventamos umas danças. Você precisava ver a pobre a rodar com aqueles braços e pernas que não acabam nunca, se enrascando inteira como uma aranha... Os cabelos são bonitos, concordo. E joga bem tênis. Mas não lhe peça mais nada.

Bruna tentou recuperar a expressão dignamente magoada. Não conseguiu. Deliciava-se.

— Afonso não gostaria de ouvir você falar assim...

— Afonso? Por que Afonso não gostaria? — repetiu Otávia candidamente. — Mas se ele foge o tempo todo dela!... Eu sei *em quem ele está interessado,* eu sei.

Houve uma pausa. Furtivamente, Virgínia lançou um olhar a Bruna que agora tricotava com mais rapidez. Então não havia mesmo dúvida: ela gostava de Afonso e tinha ciúme de Letícia. Mas como era possível alguém gostar de Afonso — estranhou abotoando o vestido da boneca. Era desengonçado, burro, vivia chateando todo mundo com

aquele queixo pontudo sempre erguido. E o sorriso detestável. Morava com os avós numa chácara e dizia-se poeta. "Eu sou Afonso", foi logo dizendo na primeira vez em que a encontrara. "Já ouviu falar muito em mim, não? Se ainda não ouviu, ainda ouvirá, minha menina. Ainda ouvirá."
— Você precisa conhecer a chácara — murmurou Otávia tocando com o lápis em Virgínia. Teve um olhar para o desenho. Arrancou a folha, amassou-a devagar até transformá-la numa pequena bola. Recomeçou a desenhar na página seguinte. — Lembra, Bruna, que delícia aquele piquenique? Sabe, Virgínia, na beira do rio tem uma árvore enorme, os galhos mais baixos quase tocam a água. A gente então se dependura neles e fica com os pés na correnteza, mas isso quando Frau Herta está longe, porque senão ela tem um ataque, nunca vi ninguém com mais medo de se afogar, parece a Alice.
— Quem foi ao piquenique?
— Nós... Eu, Bruna, Conrado, Letícia e Afonso. Estávamos abrindo o lanche quando Conrado subiu na árvore, foi até o último galho e ficou na ponta dos pés, de braços abertos, atenção, vou voar! Um, dois, três... e poft na água! Caiu vestido, com sapato e tudo!
Riram-se as duas e Virgínia acompanhou-as com um sorriso. Era essa a espécie de conversa que temia e ao mesmo tempo desejava. Por que Afonso nunca se lembrara de convidá-la? Por quê? Fechou nas mãos os cachos louros da boneca. De todo o grupo, só Conrado a tratava com a mesma paciente doçura com que tratava Otávia e Bruna. Mas Conrado estava sempre com eles, acompanhava-os o tempo todo, jamais se lembraria de perguntar por ela, de exigir sua presença, "Mas por que vocês não convidam Virgínia?". Sentiu-se abandonada, largada lá atrás.
— Não fosse ele um bom nadador — observou Bruna. — E quando te coroou, lembra? Que loucura...
— Coroou? — repetiu Virgínia como um eco.
— Pois ele fez uma linda coroa de heras e não sossegou

enquanto não conseguiu coroar Otávia em pleno galope, os dois galopando como doidos, foi uma loucura, os cavalos podiam se assustar... — E noutro tom: — Por que Letícia não quis entrar no rio com vocês? Aquele trecho era raso, até a Fraulein tinha deixado... Nem o maiô ela vestiu.
— Fraulein não deixou?
— Claro que deixou. Mas a dona Letícia Sabonete não quis que o Senhor Afonso Queixo-Fino descobrisse que na hora em que ela tira a roupa, não sobra nada, um fio de macarrão dentro d'água... Pequena esperta, hem?
Bruna concordou gravemente. E como se obedecessem ao mesmo sinal, desataram a rir. Virgínia esboçou um sorriso. A verdade é que quando as duas se uniam, ela teria mesmo que ficar de fora.
Frau Herta entrou de chapéu enterrado até as sobrancelhas. Trouxe um livro, que entregou a Bruna.
— Preparem-se, meninas, que está na hora da aula de francês. — Dirigiu-se a Virgínia. — Vamos, minha filha, o carro está esperando. Deixe aí a boneca, vamos.
— Mas Otávia me deu...
As sobrancelhas ralas se contraíram sob a aba do chapéu. Não escondia um ciúme feroz de tudo quanto era de Otávia.
— Você deu, Otávia?
— Claro. A senhora pensa então que ainda brinco com bonecas? — perguntou ela com sua voz delicada. Pousou a mão no ombro de Virgínia. — No próximo sábado a gente vai fazer um piquenique na chácara. Você gostaria de ir também?
Virgínia voltou para a irmã o rosto iluminado. Se gostaria? Ela ainda perguntava? Se gostaria!
— Posso mesmo?
Otávia não respondeu. Apanhou o caderno e mostrou-lhe o desenho.
— Adivinha quem é.
Havia no papel um rosto oval e frágil, emergindo em

meio da cabeleira esvoaçante. Os olhos eram plácidos mas havia qualquer coisa de terrível sob aquela placidez.

— É você, Otávia?

— Não, é mamãe. Somos parecidas, não? — murmurou ela examinando o desenho com uma expressão insondável. E já ia amarfanhar a folha quando Virgínia a impediu. Ofereceu-lhe então o desenho com um gesto indiferente. E deixou-se beijar na face. — Diga a mamãe que penso sempre nela. Quando ficar melhor, a gente vai fazer uma visita, agora não adianta nada.

Os cabelos de Otávia eram perfumados e frescos como se tivessem sido lavados há pouco. Num impulso de entusiasmo, Virgínia quis apertá-la nos braços, como fizera com a boneca, mas Otávia já se esquivava. Bruna despediu-se com um aceno.

— Não esqueça de dizer a mamãe que tenho rezado muito por ela. Todas as noites rezo um terço. Deus te acompanhe.

Virgínia seguiu Frau Herta em silêncio. Mas ao passar pela porta do escritório tocou-lhe no braço, suplicante.

— Posso?

— Está bem, mas só um instante, seu pai está fazendo um trabalho importantíssimo, não deve ser incomodado.

O escritório era espaçoso mas sombrio, com estantes que forravam as paredes até o teto. As cortinas cor de vinho estavam descerradas. Contudo, embora o dia estivesse luminoso, a luz que chegava até a mesa era tímida e frouxa. Virgínia aproximou-se na ponta dos pés, respirando compenetrada aquele cheiro morno de livros, fumo e couro. Natércio pousou a caneta e ergueu a cabeça. Estendeu a mão morena e peluda.

— Como vai, Virgínia? Deus te abençoe — acrescentou, recostando-se na cadeira. Acendeu o cachimbo e encarou-a com firmeza. Parecia procurar alguma coisa nela.

Virgínia sentia as meias escorregando pelas pernas abaixo mas não teve coragem de puxá-las. "Que será que ele procura em mim?"

— Estava com saudades do senhor, pai.
— Eu também estava com saudades. Quais são as notícias?
— Ainda sou a terceira da classe, mas dona Otília já avisou que no mês que vem vou passar para o segundo lugar.
— Verdade? Que bom — disse ele acariciando-lhe a cabeça. O gesto era pesado, duro. — Você é bem mais estudiosa do que suas irmãs. Otávia, então, caiu muito.
Virgínia baixou os olhos brilhantes. "Ele me ama, sim, ele me ama!"
— Não gosto é de fazer contas.
Ele franziu a boca num sorriso para fora. Mordiscou o cachimbo.
— Quero que tenha boas notas porque logo você vai frequentar o mesmo colégio das suas irmãs. É um colégio de freiras, um excelente colégio. Será semi-interna como elas, vai cedo, almoça lá. Esse regime vai ser bom para você.
— O senhor está falando sério?! Ah, papai, estou tão contente! Eu queria tanto... — Calou-se, emocionada demais para poder prosseguir. Viu-se no uniforme de larga saia pregueada, cor de azeitona. E a blusa branca. E as solenes meias pretas, fascinavam-na aquelas meias compridas e pretas. — O almoço é mesmo no colégio?
— No colégio. À tarde o carro irá buscá-las.
Virgínia encarou-o. Tremia de emoção. No canto direito da boca, ele tinha um sulco mais profundo, denunciando o lugar onde ficava o cachimbo. Reparou então que esse lado do rosto era mais velho do que o outro. "E do pai? Quem tem pena do pai?"
— Um dia desses minha mãe perguntou pelo senhor.
Ele baixou a cabeça. Tinha cabelos negros e luzidios. Pousou o polegar na brasa amortecida do cachimbo.
— Não lhe falta nada, Virgínia?
— Nada.
Frau Herta torcia impaciente a maçaneta da porta.
— Vamos, queridinha?

— Vá com Deus, filha — disse ele estendendo-lhe a mão. E só então notou o rolo que ela apertava debaixo do braço.
— Que é isso?
Virgínia desenrolou o desenho. Durante algum tempo ele ficou a olhar a folha. Mas a fisionomia continuou impassível.
— É o retrato da mamãe.
— Eu sei. Otávia desenha bem — comentou com voz neutra. Retomou a caneta. — Então você já pode avisar sua professora para que providencie o boletim, precisamos do seu boletim. E de um atestado para a transferência, a professora sabe como fazer.
Virgínia quis perguntar-lhe quando ele iria buscá-la, quis dizer-lhe ainda como esperava pelo instante em que se mudaria, "Pai, estou tão contente de vir morar aqui!". Mordeu o lábio. Saiu. Era errado ir embora e contudo sentia que seria errado também se ficasse. Encontraram Otávia que vinha vindo do jardim.
— Que é que você está fazendo, Otávia? — indagou Frau Herta. — Devia estar preparando sua lição, não devia?
— Pensei que tivesse esquecido minha gramática lá fora...
Esgueirando-se por entre a coluna de fícus, Conrado passou para o jardim da outra casa. Virgínia empalideceu. Tinha certeza de que a governanta o notara também. Mas a mulher não demonstrou ter visto nada.
— Ah, essa cabecinha! Vá lendo os verbos que volto já. *Vite, vite!*
Otávia inclinou-se numa reverência graciosa. Sorriu candidamente ao se voltar para Virgínia.
— Ia-me esquecendo de uma coisa... — começou baixinho. Alargou o sorriso num risinho sonoro. — Imagine que todas as manhãs um anjo vem acordar Bruna com um beijo, já pensou? — Abriu os braços num movimento lerdo de asas. — Um anjo...
A cara de Frau Herta se tingiu de um vermelho feliz. Afastou-se simulando irritação e Virgínia seguiu-a, rindo

só para lhe ser agradável. Mas de repente lembrou-se da chácara.
— Então, nós vamos lá no sábado, hem, Otávia?
Otávia encostara-se no umbral da porta. Enrolava distraidamente no dedo um anel de cabelo.
— Vamos aonde?
— Na chácara!
Ela inclinou-se para acariciar a gata que se insinuara por entre suas pernas.
— Alice, estenda esta patinha e diga adeus a nossa irmã, assim... Adeus, Virgínia, adeus! *Talvez te escreva, oh, sim, talvez...* — cantarolou tomando a gata ao colo.
Virgínia afundou na almofada do automóvel. Sábado ninguém mais se lembraria de convidá-la. Lançou um último olhar às duas casas tão próximas quanto parecidas. E Conrado? Quis vislumbrar a cerca de fícus por onde ele fugira. A solidão baixara em torno como uma cortina. Ali deixava o pai, as irmãs, os vizinhos Conrado e Letícia — todos os que mais a fascinavam, embora sentisse medo em meio desse fascínio. Ali ficavam os chás com bolos fofos e xícaras de florinhas azuis, tudo tão perfumado, tão calmo. Os jantares. O pai ocupava a cabeceira da mesa. E o copeiro de jaqueta engomada vinha trazendo os pratos. O apetite que sentia e o esforço que precisava fazer para não demonstrar a voracidade com que se atirava às tortas douradas que Otávia aceitava com ar enfastiado e Bruna recusava, "Não quero engordar". Falavam pouco, sim, mas nos intervalos de silêncio ninguém esperava, em suspense, o grito que poderia vir de um dos quartos. As noites eram suaves, entremeadas de conversas e brincadeiras. Conrado aparecia quase todas as tardes e agora havia ainda Letícia para aumentar a roda. Afonso, embora morando na chácara, estava presente a tudo. E os assuntos comuns. Os jogos. Às vezes Otávia cantava com voz fraca mas melodiosa, "*Au clair de la lune, Mon ami Pierrot...*".
Viu-se no meio do grupo. Falava desembaraçadamente e todos ouviam, deslumbrados. Conrado podia tocar

piano, mas desta vez não era Otávia quem cantava. "Canta mais, Virgínia!", pediam. E Frau Herta concordaria: "Uma artista!". O sábado na chácara. Tinha o mesmo chapelão de palha da moça da folhinha e o mesmo vestido, a longa saia aberta sobre a relva florida. Conrado chegaria a galope, trazendo triunfante a coroa de heras... Fechou os olhos. Agora ele subia no galho mais alto da árvore, "Vou voar, Virgínia, vou voar!...".
Frau Herta pousou no seu joelho a mão ossuda:
— Estava dormindo? Chegamos.

IV

O botão de rosa desabrochava dentro do copo d'água. "Roubou de algum jardim", concluiu Virgínia ao se lembrar das mãos morenas de Luciana mergulhando a haste dentro do copo. "Sempre traz uma flor pra mesa dele."
Percorreu com olhar atento o pequeno cômodo que era o escritório de Daniel. Tudo continuava exatamente igual ao dia em que entrara ali pela primeira vez. No entanto, nos móveis, no tapete puído, nos livros, parecia haver uma poeira muito fina, quase imperceptível de tão fina, mas suficiente para dar a tudo uma embaçada atmosfera de abandono. Desde que Laura piorara ele não saía quase do quarto e há muito não o via estirar-se naquela velha poltrona, como sempre fizera depois do jantar e ali ficar ouvindo música. Deixava a porta aberta para atender à enferma caso ela chamasse. Mas nesse tempo ela dormia cedo, disciplinada como uma colegial. E ele se punha a ler pela noite adentro, a música em surdina na vitrola. Os discos que punha para tocar eram sempre os mesmos e tinham um som um pouco gasto, como se estivessem esgotados. Mas ele os repetia dez, vinte vezes sem parar. Da cama, Virgínia habituara-se àquela música remota e contudo nítida. A princípio, achara-a sem

sentido. Mas certa noite, na escuridão do quarto, ao ouvir os discos que já sabia fazerem parte do álbum de Beethoven, recebera-os com um obscuro sentimento de cumplicidade. A música tinha um enredo e desfiava esse enredo como uma pessoa amiga que entrava para uma visita, uma pessoa muito amiga mas muito estranha, que ora chorava, ora ria, repetindo de vez em quando o começo da historinha: "Sabe, Virgínia, eu vou contar, era uma vez...". As histórias começavam bem, mas de repente tomavam um rumo imprevisto e vinha um assunto que nada tinha a ver com o início, ramificavam-se. Eram queixas, protestos, ela já os conhecia de cor, "Agora vem a raiva, mas já vai passar". E de fato, logo após vinham sons brandos, lentos, como que cansados devido ao acesso. E a história recomeçava numa obsessão, "Sabe, Virgínia, mas eu estava contando"... Era um amigo difícil, triste, por isso mesmo era preciso ter paciência com ele.

Virgínia deslizou a mão pelo álbum de discos. Contornou com as pontas dos dedos, uma por uma, as letras douradas: Beethoven. Assobiou baixinho o começo daquela história que ele nunca conseguia terminar: "Parece a mãe falando. Vai ver que era louco também".

Desviou o olhar para o botão de rosa em cima da mesa. E sua fisionomia enrijeceu-se. Via na corola que se entreabria a face escura de Luciana. Aproximou-se mais. Ao lado da pasta de couro, de um verde amadurecido, estava o porta-retrato também verde, com raminhos de trevo nas cantoneiras da moldura. Em outros tempos as folhas deviam ter sido douradas mas agora lhes restavam vestígios apenas de um ouro já sem brilho. Na fotografia ensolarada, Laura sorria para o fotógrafo invisível. Tinha o tronco teso e as mãos docemente pousadas nos braços da cadeira de vime. Parecia despreocupada como uma menina de cabeleira solta e suéter. Virgínia ainda olhava o retrato mas pensava agora na manhã anterior, quando encontrara a enferma assim tranquila, a blusa abotoada até o pescoço e os cabelos puxados levemente para trás, desatados na nuca. Animara-se ao vê-la tão bem, chegara a acreditar ser mesmo possível. E por que não? pensou tomando entre as suas as mãos descarnadas. As faces estavam macilentas e o olhar tinha qualquer coisa de estagnado, visto mais de perto. Contudo, na voz, nos gestos, no olhar havia algo que a fazia mais real, mais palpável, ela que se tornara uma figura tênue como um sonho na escuridão. Mãezinha, escuta! — começou sofregamente. — Houve uma festa tão bonita na escola, você precisava ver! — acrescentara ajoelhando-se ao lado do divã. E contara-lhe os últimos acontecimentos, exagerando alguns, inventando outros, dando à narrativa um tom febril de alegria. — Cada menina representava uma estação do ano. Eu... — reviu-se entre as rejeitadas no fundo da sala, os olhos pregados no palco, as mãos torcendo o programa. — Eu fui a Primavera. Dona Otília fez nossos vestidos de papel crepom, o meu era cor-de-rosa, todo cheio de flores, e na cabeça eu tinha... Num galope desenfreado passou Conrado coroando Otávia. Na cabeça eu tinha uma coroa de heras! Minha colega Natividade foi o Outono, entrou dançando na pontinha dos pés com uma bandeja de frutas. Mas de repente escorregou numa papoula e caiu com bandeja e tudo em cima dos convidados, ah! mãe, você não faz ideia como foi engraçado! — Laura riu inclinando a cabeça para o peito, mas quando ergueu novamente o rosto tinha uma expressão desamparada. Torceu as mãos: "Meu amor, você prometeu! O sanatório, não, você prometeu, diga que me ama e que vai ficar comigo, diga!", suplicara com voz quente de paixão. "Decerto me confundiu com tio Daniel", pensou Virgínia recolocando o porta-retrato na mesa. "Mas por que com ele? Por quê?" Encolheu os ombros. Os loucos têm umas coisas, nunca se sabe.

Abriu o tinteiro. Estava seco. Evasivamente, contornou a pasta de couro, raspando de leve os pingos de tinta perceptíveis num dos cantos. Em seguida fez girar o cinzeiro de vidro riscado no meio por um profundo rachão. Revolveu superficialmente a cinza e avançou até tocar no copo.

Então, num gesto rápido, preciso, agarrou o botão de rosa e escondeu-o no bolso do avental. Foi quando sentiu que havia alguém atrás, parado na porta. Estremeceu. "É Luciana." Resistindo ao desejo de se voltar para ver, pôs-se a assobiar baixinho, fingindo examinar os livros da estante. "Digo que guardei o botão para pôr dentro de um livro", resolveu e voltou-se para a porta. Era Daniel. Tinha as mãos metidas nos bolsos e uma expressão ansiosa no olhar. A barba crescida punha uma sombra azulada na pele cor de cera.

— Posso ajudar, Virgínia?

Nos lábios dela o assobio era agora um soprozinho sem melodia. Surgindo assim inesperadamente, Daniel parecera-lhe uma outra pessoa, um desconhecido, mas tão cansado que seu primeiro impulso fora correr para abraçá-lo e retribuir-lhe a pergunta: "Posso ajudar?". Reparou na gravata verde que ele trazia frouxamente retorcida. "O dragão esverdinhado que São Jorge esmagou pode ficar às vezes tão branco como um cordeiro. É preciso enfrentá-lo", advertira-lhe, a boca em forma de pirâmide. "Enfrentá-lo!"

— Eu queria o dicionário — mentiu ela cravando as unhas na corola da flor. — Tem uma palavra que não sei o que quer dizer.

Lentamente ele deslizou a mão pelas lombadas dos livros. Apanhou um e abriu-o.

— Qual é a dúvida?

— Deixa, tio Daniel, eu mesma encontro — interveio rápida. Pôs-se a folhear afobadamente o volume, procurando uma palavra qualquer que servisse de pretexto para sua presença ali. E de repente lançou a Daniel um olhar malicioso. Começa com e... A palavra é *enxovalhar, enxovalhar...* Está aqui! E leu triunfante: — *Sujar, manchar, enodoar.*

— Você precisava desta palavra? Uma palavra tão pesada, ruim.

— Mas tem gente que faz isso com os outros. Bruna disse que *conhece* algumas pessoas que enxovalham as outras. E Bruna não mente.

Daniel sentou-se na poltrona. Baixou os olhos para os sapatos embaçados.

— Virgínia, você é uma menininha ainda e não devia...

— Bateu as mãos espalmadas sobre os joelhos. Parecia agora falar consigo mesmo, abstrato e exausto. — O Senhor sabe que eu faria tudo para que ao menos ela se salvasse. Tudo, meu Deus, tudo.

Calou-se apertando os maxilares. Virgínia aproximou-se cautelosa. E viu então que os olhos dele estavam cheios de lágrimas. Ah! como era difícil odiá-lo naquele momento. "Bruna, ele está tão aflito, eu não estou mais com raiva, depois posso ficar, mas agora não!" Dentro do bolso, suas mãos se abriram e se fecharam em torno da corola dilacerada da flor. Um espinho picou-lhe o dedo. Foi o sinal. Profunda como a dor da picada, a voz de Bruna voltou implacável: "E do pai? Quem tem pena do pai?". Retrocedendo, ela desviou de Daniel a face enrijecida. Vagou o olhar pela mesa e acabou por fixá-lo no retrato de Laura, que parecia esperar pacientemente por um sinal do fotógrafo para então se levantar e ir embora.

— Ela piorou?

— Você ia me dizer outra coisa, Virgínia. Não quer dizer mais? Hum?

O vento descerrou a janela. Agitaram-se as cortinas emurchecidas. Ela inclinou a cabeça para o ombro e abriu as mãos.

— Não sei, tio Daniel, não sei o que eu ia dizer antes.

Ele recostou a cabeça no espaldar da poltrona.

— Não? Virgínia, você fez agora um gesto que fazia quando era pequenina assim... Quando qualquer pessoa se despedia e ia embora, você ficava olhando para o lado por onde a pessoa tinha desaparecido, abria os braços e repetia, ah!... cabou!... cabou!... Então dava uma certa tristeza porque a gente ficava com a impressão de que a pessoa não voltaria nunca mais, que estava mesmo tudo acabado, acabou-se! Pois é, acabou-se.

— Acabou-se o quê?
Ele abriu os braços, imitando-lhe o gesto. Em seguida, acendeu um cigarro. Sorria ainda.
— Nada, meu bem, eu estava pensando noutra coisa.
Virgínia aproximou-se. Baixou o tom de voz:
— Ela piorou, sim. E Bruna disse que... que depois de um certo ponto...
— Eu sei. Mas ela não vai chegar a esse ponto.
— Então vai sarar?
Ele demorou para responder. Encarou-a:
— Também não.
Inclinando-se dolorosamente, Virgínia agarrou-o pelos ombros.
— Mas não vai morrer, hem, tio Daniel? Não é isso?! Fala, tio Daniel, fala!
Uma lufada de vento escancarou a janela. As cortinas quase tocaram no teto. E no mesmo instante tudo se aquietou novamente. Ele voltou o olhar para o céu de aço.
— Que é que você entende por morrer?
A pergunta fê-la vacilar. Levou o polegar à boca e ficou passando a ponta da língua na unha roída. Morrer, morrer... Pensou em Isabel, a irmã gêmea de Margarida. Tinha morrido um mês depois da primeira comunhão e todas as alunas do catecismo foram vê-la. Estava vestida de branco, com a coroa de lírios de pano no alto da cabeça e um ramo de jasmins na mão. Parecia mais branca e tão satisfeita no seu caixão cor-de-rosa que ninguém tinha vontade de chorar ao vê-la assim. "É a vontade de Deus", dizia a mãe assoando-se no lenço limpo, nesse dia tudo pareceu-lhe mais limpo e mais calmo naquele porão. Também a morte lhe pareceu uma coisa clara. Simples. Era a vontade de Deus. "E essa é uma vontade forte", pensou. Mas havia a andorinha que sepultara certa manhã numa caixa de sapatos, debaixo do pessegueiro: desenterrara-a alguns dias depois para ver o que havia acontecido. Aquilo era a morte.
— Os bichos comem a gente.

Ele tocou-lhe a mão.

— Mas a gente não é só isso, entende? Dentro desse corpo, Virgínia, há como que um sopro, isso é o que a gente é de verdade. E isso não morre nunca. Com a morte esse sopro se liberta, vai-se embora varando as esferas todas, completamente livre, tão livre... O corpo se apaga como uma lâmpada, esfria como... — E Daniel fez uma pausa, vagando o olhar em redor. — Exatamente como um ferro de engomar que você desliga: assim que a tomada é arrancada, o ferro vai esfriando, esfriando e se transforma apenas num peso morto, sem calor, sem vida. A diferença é que o calor do ferro elétrico se perde quando é desligado, ao passo que esse calor das suas mãos, esse brilho dos seus olhos, esse sopro, esse alento... — Calou-se. Apertou um pouco os olhos que refletiam uma intensa paz. — Ah, meu bem, se eu pudesse fazê-la entender! Triste é o que está acontecendo agora e não o que vem depois.

— Entendo, tio Daniel, entendo. O senhor quer dizer que a morte, para a minha mãe, será muito melhor do que a vida. Mas... e se ela sarar, se puder viver como todo mundo?

Ele deixou cair no cinzeiro o cigarro que se apagara.

— Uma vez, quando eu era menor ainda do que você, brincava com um espelhinho à beira de um poço da minha casa, eu morava numa fazenda meio selvagem. O poço estava seco e era bonito o reflexo do espelhinho correndo como uma lanterna pela parede escura, sabe como é, não? Mas de repente o espelho caiu e se espatifou lá no fundo. Fiquei desesperado, tinha vontade de me atirar lá dentro para ir buscar os cacos de meu espelho. Então alguém — acho que foi meu pai — levou-me pela mão e me consolou dizendo que não adiantava mais nada porque mesmo que eu juntasse um por um os cacos todos nunca mais o espelho seria como antes. Sabe, Virgínia, vejo Laura como aquele espelho despedaçado: a gente pode ir lá no fundo e colar os cacos, mas tudo então que ele vier a refletir, o céu, as árvores, as pessoas, tudo, tudo estará como ele próprio, partido em mil pedaços. Veja bem, triste não é o que possa vir a acontecer... A morte, por exemplo. Triste é o que está acontecendo neste instante. Ela tem a cabeça doente, o coração doente. E não há remédio. Só o sopro lá dentro é que continua perfeito como o espelho antes de cair no chão.

— E ele vai até Deus?
— Depois da morte? Sim, vai até Deus.

Virgínia fixou o olhar no céu. No catecismo, o padre chamava aquilo de *alma*. Se era pura, ia diretamente para o jardim divino que resplandecia como um sol, com anjos corados e gordos voando em bandos pelo espaço afora, com flores e mais flores brotando dos canteiros de nuvens dispostas em círculos em redor de um trono de ouro. Harpas eram tocadas pelos anjos maiores. Concentrou-se. Como seria o som das harpas? Não, harpa não servia, violino mesmo, que este conhecia bem. Anjos maiores tocavam violinos. E em meio dos resplendores, a mãe linda, linda, ajoelhada aos pés de Deus.

Voltou-se para Daniel. Mas ele agora parecia absorto na leitura de um livro que apanhara na mesa. Leu brandamente:

Last night I flew into the tree of death;
Sudden an outer wind did me sustain;
And I, from feathered poppet on its swing,
Wrapt in my element, was bird again.

Calou-se, fechou o livro e teve um sorriso para o pequeno rosto interrogativo e grave.

— Esses versos, Virgínia, são de um poeta inglês, um dia você ainda vai conhecer tudo isso — acrescentou estendendo-lhe o livro. — Fique desde já com ele, esse é um autor que você vai amar.

Ela recebeu o livro e apertou-o contra o peito. Bruna não a perdoaria nunca se a visse assim. Mas Bruna estava longe. "Ninguém saberá", Daniel parecia lhe dizer com um olhar de conspiração. Sorriu para si mesma. E deu alguns

passos vacilantes em direção à porta. Deteve-se e indicou o álbum de discos:
— Tio Daniel, ele também era louco?
Daniel levantou-se. Acendeu um cigarro.
— Beethoven? Não, não era louco. É que todos eles eram assim diferentes, entende? Principalmente Beethoven, que era muito infeliz. Surdo, feio...
Ela atalhou-o com vivacidade:
— Então foi por isso.
— Por isso o quê?
— Ele era feio, tio Daniel. Por isso ficava às vezes tão furioso, como se quisesse xingar... Então tocava. É muito ruim ser feio.
Daniel tomou-lhe o queixo. Acariciou-o.
— Mas, meu bem, por que você fala assim?
— Eu sou feia.
— Você, feia? Que ideia! Ouça, Virgínia, agora você é uma menininha ainda e nada disso tem a menor importância, as meninas precisam ser boas e saudáveis, só isso é importante. Mas quando você crescer, então, sim, então vai ficar bonita, eu tenho certeza que vai ficar uma moça tão bonita! Passou de leve a mão pela cabeça desalinhada. — Será morena e quieta como a tarde, de uma beleza quase velada. E terá olhos de espanto, lustroso, como os da gazela.
— Gazela?
— É um bichinho de pernas compridas e olhos graúdos assim como os seus. Amará a música e a poesia. E um belo dia conhecerá um príncipe que se ajoelhará aos seus pés. Virgínia, meu reino te espera!
— Não, não! — exclamou ela em meio a um riso estridente. — Eu digo que não e o príncipe vira um sapo!
No silêncio que se seguiu ela pôde ouvir o próprio riso ir-se desfazendo aos poucos. A mãe pairando entre nuvens de anjos, o príncipe montado num cavalo branco, a fascinante imagem do seu rosto futuro — tudo desapareceu como uma bolha ao tocar o chão.

— E Luciana?
Ele desviou o olhar do pequenino rosto que se recompunha, desconfiado. Astuto. Quebrara-se o encantamento.
— Que é que tem Luciana?
— Ela vai continuar aqui com vocês? Quero dizer, depois que eu for embora...
— Sim, continuará aqui, se quiser. Tem sido tão nossa amiga, não é mesmo? Mas ouça, Virgínia, não se preocupe mais com os outros, eu cuidarei da sua mãe, Luciana cuidará de mim, alguém há de cuidar dela, não pense tanto em nós, pense agora em você morando com suas irmãs e seu pai naquela casa tão bonita, pense na sua vida lá com eles, nos seus estudos, nas suas festas... Nós nos arrumaremos, fique tranquila. Faça de conta que isto é um barco que está querendo afundar, você precisa ir depressa para um outro, entendeu?
— E... e você?
Ele riu baixinho.
— Pois já disse, meu bem, eu tenho que ficar até o fim, sou o comandante. E o comandante não pode fugir! — acrescentou empertigando-se. Mudou o tom de voz. Apertou os olhos úmidos. — Quero que saiba que fiz o que pude, Virgínia. E que lhe quero muito, ouviu? Não faz mal que você não goste de mim, eu compreendo, não se preocupe com isso também. Agora vá almoçar que deve estar na hora da sua aula.
Ela chegou a ficar na ponta dos pés para beijá-lo no rosto. "Mas eu gosto de você, tio Daniel! Não devo gostar, Bruna proibiu, mas apesar de tudo, eu gosto!" Deixou cair os braços, confusa. Irritou-se consigo mesma. E odiando-o ao perceber que ele adivinhara o gesto, deu-lhe as costas e fugiu.

V

Ah! aquela tarde... Otávia fechada no quarto, sem querer ver ninguém. Bruna e Letícia completamente reconciliadas. Conrado ausente. E Afonso com aquele risinho detestável, "Ih, sua mão vai ficar toda melada!". Virgínia abraçou-se ao travesseiro e mordeu a ponta da fronha. Por que não lhe atirara o sorvete na cara? Se ao menos Conrado tivesse aparecido... Ele era tão bom, tão delicado, mesmo sem fazer o menor gesto, sem dizer qualquer palavra, sentia o quanto a amparava. Mas Conrado estava sempre tão longe! Por que até Frau Herta tinha que estar diferente? "Bruna, Letícia e Afonso se enfurnaram no caramanchão, fique lá com eles", ela foi logo dizendo à entrada. Perguntara-lhe por Otávia, embora estivesse pensando realmente em Conrado. A mulher demorara para responder enquanto alisava os cabelos diante do espelho do vestíbulo. Parecia desapontada, sem a habitual energia de militar que se inspeciona severamente. Compusera com certa simpatia a gola da blusa. E escovara com brandura o chapéu de feltro, antes de deixá-lo no cabide. Suspirara: "Otávia fechou-se no quarto, toda mal-humorada, nem eu ela quer ver". Quisera saber o motivo mas a governanta apenas franziu os lábios, como fazia antes de formular qualquer frase. E não respondeu. Notara então, sob o punho da sua blusa, um arranhão recente e profundo que lhe chegava até a palma da mão. "Frau Herta, a senhora se machucou?" A mulher escondeu depressa o arranhão. Impacientou-se: "Não é nada. Vá, filha, vá com eles, levo lá o lanche".

No caramanchão só encontrara Afonso, molemente estirado no banco, o queixo pontudo voltado para cima. "Boa tarde, menina Virgínia." E como se tivesse dito a coisa mais engraçada do mundo, abriu o sorriso numa risada. Ela sentara-se constrangida, encolhendo as pernas para esconder as meias que escorregavam sob os joelhos. Sentiu que ele lhe analisava o vestido, devia mesmo desconfiar que era um vestido reformado. Odiou-o. "E Bruna?", perguntou-lhe. Ele deu de ombros: "Acho que foi comprar sorvete com Letícia, voltam já". Esquecido na mesa estava um caderno de desenho. "Otávia está doente", ela lembrou-se de dizer, abrindo o caderno. Preferia que ele falasse porque pior do que a voz ácida era aquela boca sorrindo sem motivo. "Doente nada, é por causa do gato, nunca vi ninguém chorar tanto a morte de um gato." Ela surpreendeu-se: "Alice morreu?". Ele então bocejou alto, batendo indolentemente nas barras das calças para tirar alguma poeira invisível. Conrado e ele já usavam calças compridas. Embora Conrado se vestisse corretamente, parecia não se preocupar com isso, ao passo que Afonso não só estava sempre atento à roupa dos outros como também à própria, alisando constantemente os punhos ou examinando os sapatos. "Chamava-se Alice?", perguntou num tom afetado. "Pois hoje cedo foi encontrada morta, envenenada." Fez uma pausa. E em meio de um gesto dramático: "Mistério! Otávia e Conrado enterraram a bichinha lá embaixo do cipreste, numa caixa com flores. Foi emocionante. E agora ela está chorando potes". Virgínia baixou o olhar assustado. Lembrara-se do arranhão no pulso de Frau Herta. "Mas por quê?", pensou pasmada. "Por quê?" Aproximou-se de Afonso. Na sua excitação, nem reparou no sorriso com que ele a observava. "Mas Otávia desconfia de alguém?", perguntou-lhe. Ele pousou o dedo na boca em sinal de silêncio: "Todos desconfiam de todos! Eu vou averiguar, como dizia Sherlock". E na ponta dos pés, fazendo sinais de suspeita, foi saindo do caramanchão.

    Virgínia afundou a cabeça no travesseiro. Que tarde aquela... Como é que Bruna e Letícia podiam gostar dele? E por que ficaram de repente tão amigas? Correra ao encontro de ambas assim que as vira. Mas Bruna cumprimentara-a friamente. E Letícia estava preocupada demais com a ausência de Afonso para ser cordial.

    — Mas ele não estava aqui com você? — quis saber antes mesmo de cumprimentá-la.

— Estava, mas saiu sem dizer aonde ia, também não sei...
Bruna ofereceu-lhe o copinho de sorvete:
— Comprei para ele, mas você quer?
Sabendo que Bruna esperava que não o aceitasse, ela não teve forças para recusar. Foi quando Afonso voltou inesperadamente.
— Fui em busca de vocês! — exclamou afetando cansaço. Baixou a voz: — Virgínia está investigando o caso da gata, não é, Virgínia? — E apontando-lhe o sorvete: — Olha aí, está pingando no seu vestido. Ih, sua mão vai ficar toda melada.
Lambendo rapidamente o creme que se desfazia escorrendo pela borda do copo, ela decidiu engolir de uma só vez aquele gelo que queimava, ah! por que aceitara e por que Afonso não parava de sorrir? "Está olhando minhas unhas", pensou afundando os dedos na massa do copinho já deformado. O sorvete saltara como um caroço. Então abocanhara-o, piscando furiosamente para conter as lágrimas. Letícia atirou para trás a cabeleira de um louro-acinzentado. Seus cabelos lembravam os de Conrado, os cabelos e os grandes olhos também cinzentos, de cantos docemente caídos. Devido à magreza, os pés e as mãos pareciam maiores ainda. Tomou Afonso pelo braço.
— Mas não vamos ficar aqui parados a tarde inteira, vamos inventar um programa, dê alguma ideia!
Bruna consultou o relógio:
— Podíamos ir a um cinema depois do lanche. — Afonso bocejou novamente. — Conrado está lá? — perguntou, indicando com o queixo a casa vizinha. — Eu estava pensando em prosear um pouco com ele — acrescentou com indolência.
Letícia animou-se:
— Pois podemos tomar o lanche em casa, mamãe está recebendo algumas amigas, vai ficar radiante de ver vocês. Vamos? — insistiu, voltando para ele o olhar suplicante. — Tem aqueles pastéis que você adora.

Virgínia arrumou depressa as meias. O lanche na casa de Conrado? Ah, que maravilhoso rever a mãe deles, aquela mulherzinha afável que a tratava com a mesma doçura dispensada a Bruna e Otávia: "Como você está bonita, Virgínia!", haveria de dizer ao conduzi-la pela mão. E a mostraria às amigas: "Esta é a Virgínia, amiguinha do meu filho. Vão-se casar um dia...". Todos os olhos se fixariam nela com curiosidade e dentre todos, os olhos de Conrado, iguais aos da mãe, cinzentos e de cantos ligeiramente caídos. Num rasgo de entusiasmo, segurou Afonso pela mão, animando-o como fazia Letícia. Ele então a encarou. E com o olhar vagaroso percorreu-lhe o vestido. Parecia perguntar: "Você vai também? Mas *assim*?". Ela sentira o rosto arder sob aquele olhar. Baixou a cabeça fingindo arrumar o cinto. Bruna tomou-a pelo braço:

— Você não prefere nos esperar? Dona Lili está com visitas, não há de gostar dessa invasão.

Letícia atalhou:

— Invasão? Mas mamãe adora vocês! Deixa Virgínia vir também.

Bruna alisou as pregas da saia do uniforme:

— Mas a Fraulein já vem com o lanche, vai ficar aborrecida se não encontrar ao menos... Você fica, hem, Virgínia?

Letícia teve um gesto, "Enfim, vocês é que sabem". Observou-a com afetuoso interesse: "Ela continua não se parecendo nada com Otávia nem com você". Bruna teve um sorriso. "Virgínia não se parece com ninguém."

Piscando, piscando num esforço desesperado para conter as lágrimas, Virgínia correu em direção à fonte: "Vou lavar as mãos", avisou sem se voltar. Transpôs a ciranda de anões, sentou-se numa pedra e mergulhou os dedos no fio de água murmurante. Ouviu ainda a voz arrastada de Afonso a fazer qualquer comentário e em seguida a risada de Bruna. Apertou os maxilares, "Não vou chorar, não vou chorar!". Quando olhou para trás, Afonso transpunha por último a cerca de fícus. Chegou-lhe ainda aos ouvidos um ruído abafado de vozes. Depois, o silêncio. Enxugou as mãos na barra do vestido, sentindo prazer em amarfanhá-lo mais. E deixou-se cair de costas no gramado úmido, melancolicamente entretida em descobrir figuras no contorno das nuvens: uma bruxa... um castelo... uma árvore... Quando Frau Herta chegou com o lanche e perguntou pelos outros, apontou-lhe então a casa vizinha. "Por que não foi com eles?", estranhou. "Porque eles não me quiseram", disse simplesmente. Pela primeira vez a mulher mostrou-se solidária, afável: estava sofrendo também, Otávia fechara-lhe a porta, "Nem eu ela quer ver"... E ofereceu-lhe leite, bolo. Recusou. Não, não queria nada. Nada? Queria, isto sim, voltar imediatamente para casa e ficar ao lado da mãe. Contar-lhe-ia uma porção de histórias e em resposta a enferma falaria no besouro, nas raízes... Não importava. Cada qual ficaria fechada na sua concha. Mas juntas.

Virgínia largou o travesseiro e sentou-se na cama. Apanhou o caderno que deixara no chão e abriu-o no momento em que Luciana entrava no quarto.

— Acordada ainda?

— Eu estava estudando, tem aqui um problema complicado.

Luciana encostou-se no umbral da porta, tirou do bolso uma lixa e começou a acertar as unhas.

— A cara da moça do calendário está toda engordurada. Alguém, de propósito, esfregou gordura nela. Foi você?

— Todas as vezes que entrei hoje na cozinha você estava lá, Luciana, não venha dizer que...

— Não estou dizendo nada, só contando.

Virgínia enlaçou as pernas. Sorriu.

— Tenho novidades. Não quer saber?

— Não interessa. Vamos, vista a camisola.

— Mas tenho que resolver este problema, meu exame é amanhã!

— Você passa de ano?

— Ora se! Agora sou a segunda da classe, dona Otília disse que nunca viu memória igual à minha.

— É bom ter memória.
Deitando-se de bruços, Virgínia meteu o rosto por entre as barras de ferro da cama.
— Você estudou, não, Luciana? Onde?
— Fui criada num asilo de freiras.
— Elas eram boazinhas?
— Boazinhas — repetiu Luciana como um eco. — Um domingo, enquanto servia o almoço, tirei do prato de uma freira um pedaço de carne. Ela gostava tanto de carne.
— Ela quem?
Luciana lixava suavemente a superfície da unha do polegar. Tinha a expressão obstinada de quem tenta desembaçar um espelho.
— Minha irmã. Estava doente na enfermaria. Tirei a carne para ela, mas a Madre viu. Como castigo, fiquei sem almoço e fechada lá na torre da capela. Fiquei agachada debaixo do sino a tarde toda, a noite toda, esqueceram que eu estava lá. No começo tive muito medo. A noite estava escura e eu não podia enxergar nada, só a boca do sino aberta em cima de mim, como se fosse me engolir. Mas o tempo foi passando e de repente não senti mais medo nem frio. Fiquei ali a noite inteira, acordada...
— E sua irmã?
— No dia seguinte, quando a Madre foi me buscar, eu já não queria mais descer, que me deixassem na torre, tudo era melhor do que lá embaixo. — E noutro tom, como se então tivesse ouvido a pergunta: — Minha irmã morreu num sábado de Aleluia. Era mais delicada do que eu.
Virgínia imobilizou-se, pensativa. Luciana era forte, corajosa, seria bom se pudesse tê-la ao seu lado. Animou-se.
— Se você me ajudasse, Luciana, quem sabe minha mãe ainda voltava para meu pai. Se ela voltasse, tenho certeza que acabava sarando!
— Está claro que sarava.
"Está claro..." Apertou as barras da cama até as pontas dos dedos ficarem esbranquiçadas. Tinha vontade de se

atirar àquela cara impassível e unhá-la até arrancar o sorriso lá no fundo. "Você sabe muito bem que ela não vai sarar nunca, você sabe que não!", quis gritar-lhe. Baixou os olhos turvos de lágrimas.

— Tenho tanta novidade pra contar...

— Já disse que não interessa.

— Interessa, sim! Tio Daniel já me avisou que vou morar na casa do meu pai, acho que esta semana mesmo já vou de mudança. Ouviu isso?

Luciana guardou a lixa no bolso.

— E sua mãe?

— Minha mãe? Você quer saber se ela vai para o sanatório, quer saber? — Aproximou o polegar da boca e chupou-o como se ele estivesse untado de mel. Em seguida deixou-se cair pesadamente na cama, voltada para o teto. — Luciana, sabe quantas tabuinhas tem aqui? Outra noite eu contei, adivinha! Diga mais ou menos...

— Vista a camisola.

— Luciana, espera, não vá embora ainda! — pediu virando-se de bruços. Ergueu-se sobre os cotovelos. E sorriu com candura. "Finge que não se importa mas não vai enquanto eu não falar. Ficou até mais preta. Se pudesse, me matava."

— Tio Daniel disse que é o comandante do barco e que por isso precisa ficar até o fim. Mas que este barco está afundando, devo passar para o outro...

— Está certo, os ratos fogem primeiro.

— Luciana, escute! Fique mais um pouquinho! — Agarrou-se aos ferros da cama. A voz saiu baixa mas de uma nitidez feroz: — Ela não vai pro sanatório, tio Daniel não vai deixar, entendeu? Minha mãe vai sarar, vão ficar juntos a vida inteira, ouviu bem? Ouviu, Luciana? Luciana!...

Os degraus da escada rangeram de leve. E voltou a quietude na casa. Rolando devagar até a cabeceira da cama, Virgínia abraçou-se novamente ao travesseiro e cravou o olhar na parede onde havia ramagens verdes pintadas sobre fundo branco. No primeiro instante, não passavam mesmo de inocentes samambaias entrelaçadas umas nas outras e formando uma renda. Mas aos poucos começavam a surgir por entre os contornos das folhas narizes aduncos, cabeleiras eriçadas, olhos vigilantes. Em cima da cômoda, o borrão numa folha criara um monstrozinho com saiote branco de bailarina. Virgínia divertia-se agora em fechar um olho e abrir o outro, alternadamente: assim o monstrozinho se punha a dançar. E de repente teve a impressão de que ele se aproximou. Fechou os olhos e afundou a cabeça no travesseiro. "Bobagem, é só samambaia, em casa de Margarida tem um vaso, quando eu for morar com meu pai deixo a boneca com ela, tão boazinha a Margarida. Luciana também é boazinha, nunca mais vamos brigar..." Puxou as cobertas e cobriu a cabeça. "Com Deus me deito, com Deus me levanto, com Deus me deito, com Deus..."

No sonho colorido, viu-se num imenso gramado com o mesmo vestido e o mesmo chapelão da moça do calendário. Conrado apareceu montado num cavalo com arreios de ouro: "É neste reino que mora a donzela Virgínia?", ia perguntando ansiosamente, a olhar para os lados. Quis dizer-lhe: "Estou aqui!". Mas sentiu que uma densa camada de gordura escorrera-lhe da cara. Correu para se lavar na fonte dos anões. Quando voltou, Conrado já tinha desaparecido. Quis chamá-lo, mas alguém tapou-lhe a boca: ali estava Bruna, descalça, de braço dado com um anjo. "Vou ser santa", disse apoiando a cabeça no ombro do anjo. O anjo concordou gravemente, a enrolar no dedo um cacho de cabelo. Era moreno, mas havia nele qualquer coisa que lembrava Otávia. "E a gata?", perguntou, tocando-lhe nas asas. O anjo então se pôs a rir frouxamente, apontando um casarão que subia numa nebulosa. Reconheceu-o: a casa do pai. Laura surgiu numa das janelas. Estava lúcida como no porta-retrato da mesa de Daniel. "Mãe!", tentou gritar. Mas o casarão foi crescendo, crescendo esguio e branco em meio dos pinheirais. Numa janela com grades, em lugar da mãe apareceu uma velha desdentada, rindo estupidamente. Olhou apavorada em redor: Bruna e o anjo tinham desaparecido. Tentou correr, mas os pés pesavam como se estivessem metidos em sapatos de ferro. Caiu então de joelhos, escondeu o rosto e nesse instante ouviu um grito remoto e ao mesmo tempo tão próximo que parecia vir debaixo do travesseiro. Virgínia sentou-se na cama. Sentia a boca seca, as mãos molhadas de suor. Olhou na direção da porta. Aquele grito... Seria sonho? Enrolou-se tremendo no cobertor, saltou da cama e na ponta dos pés foi até o corrimão da escada. A casa inteira parecia dormir. Que horas seriam? Ah, se ao menos já fosse dia!

— Tio Daniel, tio Daniel!...

A porta do quarto azul abriu-se sem ruído e um pálido facho de luz se projetou no corredor. Daniel apareceu vacilante. Vistos assim do alto, seus olhos eram dois buracos cavados na face. Os dentes brilhavam num sorriso forçado.

— Precisa de alguma coisa, Virgínia?

Ainda estava vestido e trazia uma seringa de injeção.

— Ouvi um grito...

— Ela teve uma crise, mas passou, agora já está quase dormindo. Vá se deitar, meu bem, já está tudo em ordem.

— Lançou um olhar para dentro do quarto. E teve um gesto vago. — Está tudo em ordem, vá se deitar. Boa noite.

Evitando olhar as samambaias da parede, Virgínia deitou-se de costas, benzeu-se e cobriu a cabeça. "Não vou sonhar mais sonho ruim, não vou, não vou!", disse em voz alta, como se alguém a tivesse contestado. Fechou os olhos. "Com Deus me deito, com Deus me levanto, com Deus me deito..."

Havia agora no gramado um enorme sol vermelho, e no meio do sol São Jorge, montado num cavalo branco, enterrava a lança na boca do dragão. Daniel, que de modo obscuro estava ligado a Conrado, veio vindo com um rolo de gaze na mão. Pôs-se a desenrolar a gaze, que foi serpenteando pelo gramado até o casarão com janelas de grades...

Debatendo-se para não ver de novo a megera desdentada,

tapou os olhos. Apagou-se o sol. Ouviu então a voz de Conrado. Podia ser também a voz de Daniel: "Boa noite, Virgínia!". Relaxou os músculos. Sorriu. E estendendo os braços deixou-se mergulhar na escuridão.

VI

Ficou a contar as florinhas azuis na borda do prato. E pensou nas flores dos jardins do céu, elas deviam ser assim também, tão delicadas... Todas as manhãs eram regadas pelos anjos louros que passeavam de mãos dadas, em bandos. Todos louros? É, todos louros, até Isabel que morrera preta mas que no céu virou branca, muito mais bonito anjos só brancos, podiam soltar os cabelos até os ombros, como Otávia. Ser preto era triste e no céu só tinha que ter alegria.

— Coma, Virgínia. Seu almoço já deve estar frio.

Ela estremeceu. Aquela voz era ainda mais fria do que a comida refugada no meio do prato.

— Não, pai, já comi muito.

— Você quer dizer que está satisfeita.

O resto do sorriso que ainda conservava esquecido na boca desfez-se rápido.

— É, estou satisfeita.

— Não encha assim o prato para depois deixar tudo, não é certo fazer isso. E descruze esse talher, ponha a faca ao lado do garfo simplesmente, os dois lado a lado.

Ela olhou os miolos esbranquiçados destacando-se no arroz. Por aquele labirinto tinham corrido, um por um, todos os pensamentos do boi, alguns ainda deviam ter ficado perdidos por ali, os últimos: pensamentos da hora da morte, quando sentira o cheiro do sangue dos companheiros sacrificados lá na frente. Afastou o prato, repugnada. Era sinistro mastigar pensamentos, poderiam ressuscitar e ela ficaria conhecendo o boi. Pior do que isto, ficaria o próprio

boi! Mas seria tão ruim assim ser um boi completamente solto num pasto verde...
— Virgínia, você não me ouviu?
Despertou da campina onde já se deitara, ruminando ervas tenras. Voltou-se para Natércio e viu que ele tinha contraído os lábios como fazia Bruna quando se encolerizava. Sentiu a face afogueada. E recomeçou a comer. O leve tilintar dos talheres se fragmentava em sons de uma pequena luta metálica, gelada. Por que aquele olhar a perturbava tanto? Que teria o pai a lhe dizer? E por que não dizia? Com Bruna e Otávia presentes aos jantares, tudo era muito mais fácil: Bruna tecia comentários em torno do colégio ou da creche, ele fazia perguntas sobre os estudos e embora Otávia falasse pouco, desatenta e enfastiada, era sempre uma pessoa a mais na mesa. Mas no almoço ficava só com ele porque as duas almoçavam no colégio e a Fraulein preferia comer na copa. Então precisava enfrentá-lo sozinha. Nos primeiros dias ela ainda falava, ria. Mas começou a notar que suas palavras e risos, na maioria, ficavam sem resposta. Aos poucos os assuntos foram definhando e agora já não sabia o que dizer.
— Quer mais doce?
— Não, estou satisfeita — disse afastando o prato. Lembrou-se de que não devia afastá-lo e trouxe-o rapidamente para junto de si. — Muito obrigada.
Dobrou pensativamente o guardanapo. Já fazia mais de uma semana que se mudara. Uma semana. E a verdade é que as coisas se passavam de modo bem diferente do que imaginara.
"Seu pai não quer que você venha com as suas roupas", Frau Herta avisara. E ela entrou no carro levando apenas a pasta da escola e a boneca de Otávia. Sem olhar para os lados, sentara-se rígida na beirada do banco, ansiosa para que o chofer desse logo a partida: a mãe podia acordar a qualquer momento, já estava na hora de Daniel voltar e Margarida era capaz de aparecer. E se Luciana inventasse de se despedir com aquele sorriso, "Os ratos fogem primeiro". Cravara os

dedos na almofada do assento. E só depois que o carro saiu é que voltou bruscamente a cabeça, como se a tivessem puxado pelos cabelos. Ao ver através do vidro a rua comprida e estreita, lentamente sugada pela distância como água num sorvedouro, lembrou-se de que desejaria partir assim mesmo, em silêncio, sem testemunhas. Mas desde que tudo se passava exatamente como esperava teve a vontade absurda de gritar pela mãe, ouvir-lhe a súplica, "Não me abandone, Virgínia!". E o abraço de Daniel, "Vamos sentir sua falta, meu bem". E ver Margarida pela última vez. E pedir a Luciana que ficasse acenando do portão, embora pensando nos ratos, paciência! mas presente até o fim. Eis que uma semana já tinha transcorrido e nem uma visita, nem uma notícia, nada. "Eles me abandonaram. Quem está se importando comigo, quem?" A mãe lá ficara, sonolenta e abstrata. Margarida mal dera pela sua ausência e quanto a Daniel e Luciana... Apertou os olhos. "Agora vão ficar sossegados", pensou possuída por uma revolta misturada a uma estranha sensação de gozo. "Não era o que queriam? Não era?"

— Pode se levantar, Virgínia, que ainda vou tomar o café.

Ela desviou para o chão o olhar magoado. "Até o pai." Afinal, esperara tanto que ele viesse recebê-la no portão, tomando-a alegremente nos braços. "Que bom, meu bem, que bom você ter vindo morar comigo!" Corrigiu: *meu bem*, não, que quem a tratava assim era Daniel. O pai dizia apenas *Virgínia*. "Sim, Virgínia. Não, Virgínia." Era até um pouco... A palavra quase veia à tona, mas energicamente a empurrou para o fundo. Não, não é que ele fosse *seco*, não era isso. Apenas tudo teria sido muito melhor se ele a recebesse mesmo sem dizer nada.

Foi saindo na ponta dos pés. Ainda voltou-se para vê-lo, mas ele parecia olhar através da janela. "Por que está sempre fugindo de mim?"

Por um breve instante ela ficou no topo da escada, acompanhando com o olhar inundado de luz um passarinho que irrompera de dentro do cipreste e seguia reto em direção ao sol. Um impulso de alegria sacudiu-a. E atirando a cabeça para trás, desandou a correr pelo gramado, dando voltas e mais voltas até cair atordoada. Riu tapando a boca. "Conrado agora é meu vizinho", lembrou-se. "Meu vizinho!", disse em voz alta. Rindo ainda, aproximou-se dos anõezinhos que dançavam numa roda tão natural e tão viva que pareciam ter sido petrificados em plena ciranda. No centro, o filete débil da fonte a deslizar por entre as pedras. "Quero entrar na roda também!", exclamou ela apertando as mãos entrelaçadas dos anões mais próximos. Desapontou-se com a resistência dos dedos de pedra. "Não posso entrar? Não posso?", repetiu mergulhando na fonte as mãos em concha. Atirou a água na cara risonha do anão de carapuça vermelha. Ficou vendo a água escorrer por entre seus dedos. Pensou em Natércio. "Por que está sempre fugindo?", insistiu, olhando fixamente a boca da fonte, como se a resposta pudesse vir dali.

Há mais de uma semana que a outra casa desaparecera como se nunca tivesse existido. E ninguém lhe falava na mãe, nem em Daniel, nem em Luciana — sumiram todos como os pombos que o mágico do circo tirava da cartola. Estirou-se penosamente na grama. Quis evitar a lembrança da noite anterior, mas já era tarde: "Como é que eu fui fazer aquilo?". Contraiu a fisionomia pesada. Após terem passado a tarde estudando na casa vizinha, Bruna, Otávia e Afonso voltaram antes do jantar. Conrado e Letícia chegaram em seguida. Estavam excitados e de bom humor. "Chega de estudar!", decidira Otávia, abrindo o piano. Deslizara as mãos pelo teclado, "Que é que a gente podia fazer?!". Conrado fechou o livro que trouxera. "Podíamos jogar." Bruna pareceu excepcionalmente satisfeita. Correu ao armário e trouxe uma caixa. "Que tal a Caça à Raposa? Somos cinco, é a conta certa." Acomodaram-se alegremente em redor da mesa e abriram o tabuleiro. Conrado então se voltou para ela, que ficara imóvel num canto, olhando. "Você sabe jogar isto, Virgínia? Se não souber, eu ensino, fique no meu lugar." Bruna protestou: "Vai atrapalhar a partida!

E depois, ela não gosta desse jogo, não é mesmo, Virgínia?". Otávia franziu as sobrancelhas e Afonso suspirou: "Não é tão simples assim, Conrado, melhor que por enquanto ela fique assistindo". Letícia envolveu-a num olhar consternado. "Ah! coitada... Que graça tem em ficar só assistindo?" "Mas eu detesto jogar", murmurou ela, cruzando os braços. Sentira o alívio com que aceitaram essa desculpa. E a partida começou em meio de zombarias e risos. A princípio ela afetara uma calma absoluta, o olhar vagando distraidamente por entre as pedrinhas coloridas que se cruzavam no tabuleiro. Mas ninguém tomou conhecimento da sua indiferença. Sentindo-se então completamente esquecida, resolveu vingar-se através de uma violência. E acontecera aquilo: de um salto, aproximou-se da mesa, agarrou o tabuleiro e sacudiu-o brutalmente. As pedrinhas rolaram pelo tapete. Então ela recuou. Em meio da nuvem que lhe turvara a visão, pôde distinguir apenas dois rostos, o de Bruna, pálido, rijo, e o rosto de Conrado, mais pesaroso do que interrogativo. Pusera-se, então, a rir, a rir aparvalhadamente. E recuando a rir ainda, fugiu correndo pelas escadas, perseguida pelo próprio riso que ecoava inumano na quietude do casarão.

"Por que fui fazer aquilo?!", lamentou, agitando-se no gramado. A umidade acabara por lhe molhar o vestido, mas sentia-se melhor assim. Podia ser que ficasse doente, podia ser até que morresse... Pensou em Frau Herta e na gata: "Não foi pra Alice que ela deu veneno, foi pra mim". Enrijeceu os braços. Revirou os olhos. E já se comovia com a cena do seu envenenamento quando deu com o riso malicioso de um dos anões. "Afonso!", exclamou arrancando furiosamente um punhado de grama e atirando-a na cara de pedra. As folhinhas resvalaram e a figura continuou limpa. Virgínia então subiu nos ombros do anão, "Vamos, abra a roda que eu quero passar!". Perdeu o equilíbrio e sacudida por um riso forçado, deixou-se cair. Ficou de bruços, observando uma formiguinha que arrastava com dificuldade um pedaço de folha. "Diz aonde quer ir e eu te levo", sussurrou-lhe. Tinha a obscura

esperança da formiga ser uma fada. "Disfarçou-se assim só para me experimentar." E já ia arrancar-lhe a carga, "Deixa, querida, que eu a carrego", quando a formiga se enfurnou na terra e desapareceu. Olhou para o alto à procura de nuvens, mas não as encontrou desta vez. Até os gigantes e os bichos tinham sido tocados do céu. "Desapareceram todos."
Foi indo sem pressa pelo gramado, os braços caídos ao longo do corpo, o olhar perplexo. Se ao menos a tivessem repreendido pela cena de véspera! Mas ninguém fizera qualquer comentário, limitaram-se a observá-la e esses olhares eram mil vezes piores do que palavras. "Vou falar com o pai", decidiu de repente, apressando o passo em direção à casa. "Ele gosta de mim, tem que gostar, é meu pai. Meu pai!"
Entrou meio ofegante no vestíbulo e só diante da porta do escritório é que viu como estava despenteada, o vestido amarrotado, as meias desabando sobre os sapatos. Puxou-as, alisou os cabelos com as mãos e já ia se precipitar pela porta adentro quando ouviu uma voz. Era o pai.
— Será melhor elas irem amanhã, um pouco antes do enterro. Que é que a senhora acha?
Virgínia estacou. Enterro. Enterro de quem?
— Precisamos então prepará-las desde hoje — disse Frau Herta. — O choque será menor.
Choque? Que é que os dois tramavam em voz baixa? Retrocedendo alguns passos, ela levou a mão à boca e pôs-se a procurar avidamente a unha na qual restasse ainda algo a roer. Agitava-a um vago desejo de fuga, mas ao mesmo tempo sentia-se presa ali, o olhar cravado na porta como se ela fosse vidro transparente: via o pai inclinado sobre a mesa, as feições contrafeitas, o cachimbo fechado na mão. Falava meio entre os dentes, tentando controlar o tremor da voz. Sentada defronte, a governanta, tamborilando com os dedos espalmados nos braços da poltrona.
— Sim, será preciso prepará-las — disse ele lentamente.
— A senhora pode ir chamar Virgínia, falarei já com ela. E assim que as duas chegarem do colégio, que venham aqui.

— E Otávia, que anda tão acabrunhada! A pobrezinha não se esquece da gata, faz alguns dias, o senhor se lembra... Precisamos pensar num jeito de dar essa notícia a ela.

O silêncio foi riscado por um fósforo, ele devia estar acendendo o cachimbo.

— Será mais fácil com Bruna e Otávia, estou pensando é em Virgínia... Ela estava certa de que a mãe tinha melhorado, que ia ficar completamente curada, ainda ontem conversou comigo.

Virgínia concordou evasivamente, é verdade, é verdade, tinha falado nisso. Foi se afastando sem ruído, aconchegada à penumbra dos cantos. Lá dentro o diálogo prosseguia, mas as vozes foram ficando reduzidas, abafadas como se viessem de dentro de uma caixa. "Da caixa de charutos. Se cair a tampa, a gente não ouve mais nada." Deslizou a mão pelo espaldar de uma poltrona, lançou um olhar distraído à tapeçaria, "Aquilo era um coelho?", e chegou até a porta. Aguçou os ouvidos. Sorriu. O pai e Frau Herta eram duas pessoinhas menores do que uma avelã, presas numa caixa, a tampa caíra e as vozes ficaram para sempre encerradas lá dentro, "Não vão sair nunca mais!", pensou, abrindo a porta.

A luz do sol atingiu-a de chofre. Instintivamente quis recuar, mas era tarde. O enterro seria amanhã. "Não!", sussurrou saindo em desabalada corrida pelo gramado afora. "Não sei de nada, não ouvi nada, não ouvi!" Escondeu-se debaixo da mesa do caramanchão e fixou o olhar na casa, "É mentira, não aconteceu nada, ela não vem me chamar, eu sonhei!".

O vulto escuro da governanta surgiu na porta. Surgiu e veio vindo rápido no sentido do caramanchão, crescendo cada vez mais, ah! a caixa ficara aberta e ela escapara de dentro, enorme, cada vez maior, já podia ver-lhe as feições, já podia até ver-lhe os lábios franzidos a ensaiarem a frase antes de dizê-la: "Venha que seu pai quer falar com você".

Olhou em redor, desvairada, pensou ainda em fugir. Mas estava presa no emaranhado das trepadeiras, só havia uma saída e por esta vinha a mulher, reta, implacável:

— Virgínia, seu pai quer falar com você.
Desabou então de joelhos encolhida como um bicho.
— Não! Não! — gritou tapando os ouvidos. E escondeu a face lívida nos pedregulhos do chão.

VII

Agora, aquela estrela cor de brasa podia se apagar, aquela nuvem preta podia cair — agora tudo que acontecesse não tinha mais a menor importância. "Enterrada", disse Virgínia recostando a fronte na vidraça. Mas embora os lábios se movessem, não saiu som algum. Vagou o olhar pela escuridão do céu. Lá no fundo da terra devia ser assim escuro e a mãe gostava de ficar no escuro. Mas tinha as raízes e os besouros tentando se infiltrar pelas frestas do caixão. Por dois dias já eles forçavam a tampa. Dois dias! Crispou as mãos como se com elas pudesse agarrar as rédeas do pensamento que corcoveava por aquele caminho detestável, ah, era preciso puxá-lo para outro lado, com força, com força! Fungou, achatando o nariz na vidraça. Respirou de boca aberta. Nos jardins de ouro, a mãe sorria entre anjos, os cabelos soltos, vaporosa como uma fada indo ao encontro de Deus. Fechou os olhos, quis ainda sustentar a visão, mas não conseguiu.
— Otávia, você disse que ela parecia dormir...
Otávia tinha o caderno aberto sobre os joelhos e a cabeça inclinada para o peito, numa atitude indolente. Desenhava.
— Parecia.
— Conta, Otávia! E daí?
A mão branca e fina riscava o papel com firmeza.
— Daí o quê? Daí o quê? Eu, Bruna e a Fraulein saímos antes que chegasse o caixão. Não vimos nem caixão, nem panos pretos, nem padres, nem velas... Não vimos nada disso, parecia um dia comum. E ela parecia dormir.

Virgínia sentou-se defronte da irmã. Apesar da escuridão, podia ver um dos ciprestes através da vidraça; mas assim que a nuvem cobria a lua, ele se transformava num velho alto e seco, curvando-se e gemendo sob o açoite do vento.
— As venezianas estavam fechadas — começou Virgínia. Calou-se à espera de uma confirmação. — E daí?
— Daí, nada.
— E tio Daniel? Chorou muito?
— Não. Nem achei que estivesse triste, parecia cansado, isto sim. Parecia muito cansado...
— E Luciana?
— Também estava quieta, olhando. Deitaram mamãe no divã, com um vestido comprido de um rosa meio lilás, vestido ou camisola, não sei bem o que era aquilo. Mas estava bonito... — Fez uma pausa. E de repente, num gesto exasperado, amarfanhou o desenho e atirou-o num canto. — Já repeti isso não sei quantas vezes, você já sabe tudo de cor, não respondo mais nada, entendeu? Pergunte agora à Bruna. Seu nome agora é Dona Chata Perguntona, ih, que coisa! Bruna sabe melhor do que eu, pergunte a ela, ora!
— Bruna logo vem com as bíblias, não conta direito... Por favor, Otávia! Prometo que depois não falo mais!
— Bruna cismava com a caixinha de joias — murmurou Otávia. E um sorriso manso aflorou-lhe no rostinho delicado. — Nem que fossem as joias da Coroa!
— Era uma caixinha de prata — disse Virgínia, baixando o olhar. Reviu no fundo do espelho a imagem devastada. Entre os dedos descarnados, as pérolas luziam singularmente. "Daniel então me tomou pela cintura e fui rodando, rodando como um pião!..." — Estava dentro do armário.
— Eu sei, Bruna encontrou logo. Tinha dentro um colar, um aro de turquesa, algumas medalhinhas, uns brincos... Acho que só. Na gola de uma blusa, no meio de guardados antigos, ela achou ainda um broche de ouro em forma de G. De quem seria? Bruna perguntou ao papai mas ele não respondeu.

Um broche em forma de G. Então era verdade, tia Gabriela tinha mesmo existido. "Às vezes punha nos ombros a coberta da nossa cama e ficava representando, olha, sou uma rainha!" Então era verdade. Contudo, aquela história que ela lhe contara dos avós mortos no incêndio do teatro... Mas o que era verdade? E o que era mentira? E o pai? O que era o pai? Por que se fechava assim, sempre arredio, gelado, por que não dizia as coisas claramente, com naturalidade?! Seria mesmo *aquilo* que ela dizia, um homem que só pode inspirar medo? Nesse caso, não tivera culpa nenhuma em ir com Daniel que era delicado, bom. Pois não lhe fizera as vontades, sempre? "O sanatório não, Daniel, você prometeu." E Virgínia esfregou os olhos úmidos. Até o fim.

Uma pequena mariposa voejou estonteada pelo teto e se precipitou no interior do abajur. E Luciana? "Deve estar contente", deduziu Virgínia com calma sombria. Agora estava só com ele. Não era isso que ela queria?

— E Luciana? Disse alguma coisa?

— Não falei com ela — murmurou Otávia. Atirou o lápis na mesa e aproximou-se, alisando os punhos da blusa branca. — Você já fez muitas perguntas, chega! Tenho ódio desta conversa, não me fale mais nisto, chega, ouviu, Virgínia? Se você continuar, vou falar com o pai, está me ouvindo? Se queria tanto ver tudo, por que foi ficar daquele jeito?

Frau Herta entrou trazendo a cestinha de costura. Foi até a janela, fez um comentário sobre a tempestade prestes a desabar e dirigiu-se a Otávia. Acariciou-lhe os cabelos presos na nuca por um laço de fita preta.

— Então? Estudou muito?

— Não. Desenhei.

— Que feio! Você deve se lembrar que suas notas em Matemática são baixíssimas — suspirou ela voltando-se para Virgínia. — E você? Já se preparou para o jantar? — Fez uma pausa, analisando-a: — Esse casaco de Bruna está grande demais, vista um de Otávia. E por favor, penteie esse cabelo!

— Eu não quero jantar.
Otávia deu uma risadinha.
— Quer é fazer perguntas, não é mesmo? Seu nome agora é Dona Virgínia Perguntona. — Bateu-lhe no ombro: — Mas não precisa ficar assim brava, está bem, eu estava brincando... Ih, que bico feio!
— Já disse que não quero.
— E quem te obriga? — perguntou Frau Herta, encolhendo os ombros. Lançou-lhe um olhar indiferente: — Ah, ia-me esquecendo, está aí embaixo aquela moça, a Luciana. Veio trazer um livro e se despedir de você. Eu disse que era impossível, seu pai já me avisou que não quer mais contatos com... — Hesitou, vacilante: — Com a outra casa. Mas ela insistiu, que é só uma palavrinha... Deixei, enfim é a primeira vez. Mas diga a ela para não voltar.

Quando Otávia e a mulher saíram da sala, Virgínia ergueu-se de um salto da poltrona. Luciana! "Que será que ela quer?" Ouvia agora aqueles passos tão conhecidos subindo a escada, cada vez mais próximos, amortecidos pelo tapete e assim mesmo tão nítidos.

— Difícil falar com você...
Virgínia encarou-a. Parecia mais magra, mais escura. Vestia saia de lã e casaco cinzento. Na gola do casaco havia uma grande nódoa. Sim, ali estava ela, os mesmos cabelos luzidios, o mesmo sorriso... Mas os olhos, sem dúvida, diferentes, fundos como dois buracos feitos pela brasa de um cigarro. E ainda aquela nódoa na gola, nunca Luciana usara antes uma roupa assim manchada, mesmo em casa seu avental era limpíssimo. A cara também parecia manchada.

— Está na hora do meu jantar.
— Não demoro, vim só por um instante. Queria saber se você está satisfeita aqui. Então?...
Virgínia sorriu. Devia mostrar que estava tudo bem, que não se decepcionara, mas era preciso ir com cuidado porque Luciana era esperta demais.
— Tenho tudo que quero, brinquedos, roupas... — Puxou

a manga do casaco: — Este aqui meu pai comprou ontem. É do estrangeiro.
— Está grande demais para você.
— Eu sei, vou ganhar outro — apressou-se em acrescentar. — Esta semana mesmo Frau Herta vai me comprar vestidos e também uma mobília de quarto azul, ele já deu ordem. — Lentamente foi voltando o olhar para Luciana. Apertou os olhos: — Agora você também está contente, não? Não era isso que você queria? Não era?
— Não era bem assim — murmurou Luciana tirando do bolso um livro. — Olha aí, você esqueceu isto lá... Foi presente dele, não foi? É bom guardar.
Virgínia apanhou o livro. E atirou-o na poltrona. Crispou as mãos. Sim, ele lhe falara no quanto era bela a morte e contudo continuava vivo, ele e Luciana, vivos, sozinhos dentro da casa, dormindo os dois na mesma cama! Nem ela nem a mãe para perturbá-los, só os dois juntos, radiantes, sem ninguém mais. E ele agora podia voltar a trabalhar no consultório, podia voltar a cantar, a cantar até a *Balada das Duas Ninfas,* que a mãe gostava tanto de ouvir... Lá estava ela entregue aos besouros e às raízes, escondida no fundo da terra, bem fechado o cadeado do caixão! E os dois soltos para sempre. Livres. Sentiu-se miseravelmente traída.
— Ela agora está morta, vamos, pode ficar com ele. — Continha-se para não gritar. — Não era isso que vocês queriam, não era?
— Eu já disse que não era bem assim.
— Era! — exclamou aproximando-se de Luciana. E pondo-se na ponta dos pés, como se quisesse lhe dizer um segredo, cuspiu-lhe na cara.
Luciana descerrou a boca num sorriso lento. Apertou os olhos que se reduziram a dois pontinhos opacos.
— Não fale assim — pediu com doçura. — Não fale assim do seu pai, não se fala mal do próprio pai.
— O quê?!
— Daniel é *seu* pai. Ele é *seu* pai. — Fez uma pausa. Sorria

ainda. — Uma vez você me perguntou por que doutor Natércio deixou você morando com os dois. Eu disse que era por ser a caçula, que foi por isso, mas não foi esse o motivo, minha queridinha. Você é filha dele, entendeu agora? Primeiro, eu só desconfiava. Agora tenho certeza. Daniel é *seu* pai.
— Mentira! Mentira! — rebateu Virgínia entre os dentes. Encolhia-se como um animalzinho prestes a atacar. — É mentira! Você é uma negra mentirosa.
— Mentira? — Luciana já não sorria. Aproximou-se mais e tocou-lhe o queixo. — Você é a cara dele. Tem até os mesmos gestos, o mesmo jeito de andar assim na ponta dos pés, para não chamar a atenção dos outros... Olha aí — observou com brandura. — Ele também entrelaçava os dedos assim mesmo. Não, não adianta! Não adianta esconder as mãos, não adianta! Você vai ver mais tarde que não adianta. Meu pai era preto e minha mãe era branca. Fiz tudo para tirar meu pai de mim, tudo. E não adiantou, ele está nos meus cabelos, na minha pele, no meu sangue... Essas coisas a gente tem que aceitar. Olhos de gazela, você não veio me dizer? Tenho olhos de gazela, está lembrada? Ele também tinha os olhos assim.
— É mentira!
— Se eu te encontrasse em qualquer parte da terra, diria logo, olha a filha de Daniel. Entre mil, te apontaria: a filha de Daniel.
— É mentira! — repetiu Virgínia num tom dilacerado. Cravou em Luciana o olhar suplicante: — É mentira, você é uma mentirosa! Por que então ele não me contou, vamos, responda agora, por quê? Não acredito. Pode dizer o que quiser, eu não acredito, ouviu bem? — Tapou os ouvidos. — Mentira, mentira!
— Você tinha ódio dele, Virgínia. Então ele pensou, não digo nada, ela gosta mesmo do outro, vai morar com o outro, está registrada como filha do outro. Se sua mãe não fosse louca, tudo teria sido simples, eles podiam contar a verdade ou então nem precisariam dizer, você descobriria sozinha.

Mas ele sabia que ela não ia viver muito, não queria mesmo que ela vivesse para acabar num hospício. E então? Que adiantava você saber?
— É mentira. É mentira.
— Todos esses anos fiquei lá por causa dele. Tinha ódio dela, de você, de tudo. Mas ia ficando e ficaria o resto da vida sem pedir nada, sem querer nada, que me deixassem perto dele, servindo a ele. — Fungou apertando a boca num ricto doloroso. — Todos esses anos cuidando dela para que parecesse menos louca, eu não queria que ele sofresse e então ficava arrumando as coisas, fazia milagres com o dinheiro que me dava para que a comida fosse um pouco melhor, para que tivesse um pouco mais de conforto... Ele sabia de tudo e era bom para mim, tão bom que, no fundo do coração, eu tinha esperança de que um dia ainda viesse a me amar, por que não?! Seu rosto se contraiu como um pedaço de papel ao ser queimado. — Você sabe o quanto eu o amei, você sabe. Fiquei tão feliz quando você veio para cá, pronto, pensei, agora a mãe será internada e eu posso ficar com ele para mim, por que não? Estudei, passei anos estudando naquele asilo, sei mais do que sua mãe sabia, ele não se envergonharia de mim, uma *negra* disfarçada e sabendo tanta coisa... Por que não?
— Luciana, é mentira tudo isso, diga que...
— Mas agora não adianta mais nada. — Franziu a boca. E cruzou os braços. — Pois é, queridinha, ele era seu pai, ouviu bem? *Seu* pai.

Virgínia passou as pontas dos dedos nos lábios ressequidos. Imobilizou-se, os ombros curvos, os olhos pasmados fixos no chão. "Meu pai. Tio Daniel é meu pai..." Cenas e frases, gestos e olhares — tudo, tudo foi se acumulando em seu redor como as peças de um jogo de *puzzle*. Ao acaso, foi pegando as peças, uma por uma. E instintivamente as colocava no lugar exato, sim, umas se ajustavam às outras, misteriosamente, como que se buscavam para formar o todo, único e inevitável. O quadro estava perfeito.

— Mas se ele é mesmo meu... — Hesitou ao erguer o rosto pálido. Um tremor violento sacudiu-a. — Meu pai, então prefiro ficar com ele.

Luciana sorriu com mansidão.

— Aí é que está a coisa. Agora não adianta mais.

— Não adianta?

— Não — repetiu ela vagarosamente, como se as palavras, viscosas, pesadas, se recusassem a sair-lhe da boca.

— Daniel se matou ontem com um tiro no ouvido. Ele está morto.

— Morto?

— A bala entrou por um ouvido e saiu pelo outro, não é assim que se diz?

— Mas se ninguém me contou nada!

— E nem é para contar mesmo. Se não fosse eu, você nunca saberia ou então só mais tarde... Doutor Natércio é de pouca fala, um homem corneado como ele foi não tem mesmo muito assunto. Mas achei que você tinha que saber tudo e vim depressa avisar. Não me agradece? Hum?

— Está morto...

— Ele planejou tudo tão bem. Deixou um bilhete como que se desculpando por não ter podido me amar. E me fez presente de móveis, roupas, Luciana, minha amiga, não tenho dinheiro mas há os vestidos dela, os objetos, fique com o que quiser... Ao *seu* paizinho deixou apenas duas linhas e nem era preciso escrever mais, "Entrego-te Virgínia porque acima de tudo confio no seu espírito cristão". E deixou os livros para você, você herdou os livros. Encaixotou tudo antes, você precisa ver com que perfeição arrumou esses caixotes.

Virgínia baixou a cabeça. Duas grossas lágrimas correram-lhe pelo rosto, pesadas como gotas de mercúrio.

— É mentira, diga que tudo isso é mentira.

— Como ele planejou bem as coisas! Mas achei que você devia saber e agora o plano dele falhou, o meu também. Nossos planos todos falharam — acrescentou consigo mesma. Encolheu os ombros. Sua fisionomia parecia menos dura: — Entrou por um ouvido e saiu pelo outro...

Virgínia torceu as mãos. Era como se delas saísse a voz espremida, entrecortada.

— E ele... Ele sabe?

— Do suicídio? Ora, menina, como não havia de saber?! Nem sei como a alemã me deixou falar com você, precisei jurar que não tocaria no assunto, queria só me despedir — murmurou, fechando no pescoço a gola do casaco. A nódoa, seria sangue?, desapareceu sob a lapela erguida. — Vou-me embora.

— Não, espera! Espera, Luciana, eu não quero ficar aqui, não me deixe, pelo amor de Deus, não me deixe! O pai não gosta de mim, ele também sabe de tudo, ele sabe! Agora eu sei que ele sabe!

— Eu não queria nada, nem dinheiro, nem móveis, nem roupas, nada. Queria só uma palavra, anos e anos à espera dessa palavra. E ele morreu e não disse, podia ter dito ao menos... Não disse. Era um fraco, era um covarde, ele não podia fazer isso comigo. — Soluçou tapando a boca com a mão. A voz saiu por entre os dedos: — Ainda é cedo, mas um dia vou ter ódio dele.

Virgínia tocou-lhe de leve no braço. Nos olhos brilhantes já não havia vestígios de lágrimas.

— Quero ir embora com você.

— Comigo? Você está brincando...

— Com você, Luciana, me leva embora com você, eu não quero ficar aqui, tenho medo dele, me leva embora!

Luciana voltou-se lentamente.

— Então prefere ficar *comigo*? Comigo? Mas esta casa não é uma maravilha, você não está estourando de feliz aqui dentro, hem? Responda! — Desvencilhou-se bruscamente. — Mas se nem sei para onde vou, menina.

— Espera!

Com um gesto brando, Luciana tocou com as pontas dos dedos no queixo de Virgínia. O olhar ficou enevoado.

— A cara dele — disse com voz quase inaudível. — A cara... — repetiu ainda antes de sair.
Virgínia debruçou-se na janela. As primeiras gotas de chuva começaram a cair. Um relâmpago iluminou o jardim e pela última vez ela viu, sob a luz lívida do clarão, o vulto de Luciana batido pela ventania. Quis localizá-lo mas o vulto desapareceu de repente. Entrelaçou as mãos, os ombros sacudidos por soluços. "Papai, papai!", chamou baixinho. Mas só o cipreste pareceu ter ouvido o apelo: fez um meneio sob o vento e em seguida curvou-se como um velho galhofeiro numa reverência.
A voz de Bruna vinha lá de baixo, autoritária.
— Virgínia! Você não está me ouvindo? Virgínia, responda!
Instintivamente ela se voltou para a estante e procurou sôfrega o livro de capa preta. Achou-o logo com suas letras de um ouro já gasto: Bíblia Sagrada. Reviu aqueles lábios rígidos. *Se um homem dormir com a mulher de outro, ambos morrerão...* Apertou o livro tentando cravar as unhas na capa. Aproximou-se da janela. E atirou-o com força na tempestade.
— Virgínia, não está me ouvindo?
Sentou-se na poltrona, apanhou o livro que Daniel lhe dera e aconchegou-o contra o peito, como se quisesse aquecê-lo. "Fique com ele, um dia você vai ler e vai gostar." Inclinou a cabeça para o ombro, entregando-se humilde àquela carícia que ele começara sem terminar. "Era meu pai."
Uma risada cascateante cortou o silêncio. Virgínia estremeceu. Otávia! Nem três dias tinham se passado, nem três dias e ela conseguia rir e jogar damas. E Bruna reiniciara o bordado no bastidor. E Letícia e Afonso discutiam qual era o mais hábil nas partidas de tênis. E Conrado sorria para Otávia, permitindo complacente que ela o trapaceasse no jogo. Lá estavam todos sob o olhar afetuoso de Frau Herta, lá estavam eles como se nada tivesse acontecido. A chuva caía sobre os mortos mas ninguém pensava nos mortos. Talvez Conrado ainda se lembrasse, mas ele falava pouco, ninguém podia saber... Vira-o na véspera, rapidamente. "Quero que você seja uma menina corajosa,

Virgínia. Não se esqueça nunca de que foi melhor assim." Esmagou a boca contra o livro, tentando sufocar os soluços. Agora era Frau Herta quem a chamava repetidas vezes. Não respondeu. Conrado era amigo, sim, e no entanto se descesse naquele instante ele era capaz de cumprimentá-la de longe, com um aceno apenas, era capaz até de nem notá-la. Todos eles eram assim, às vezes pareciam amigos e de uma hora para outra, sem se saber por quê, mudava tudo, "Não sei lidar com eles, não sei!".
Alguém subia a escada. Aguçou os ouvidos. Não era a Fraulein, nem Bruna, nem... Levantou-se rápida e escondeu o livro debaixo da almofada da poltrona.

— Então, Virgínia, resolveu agora não atender mais aos chamados? Mas o que é isso?

Ela passou as mãos nos cabelos que lhe caíam no mais completo desalinho pela cara.

— Eu já ia descer... pai. É que estava sem fome.

Natércio aproximou-se. Ela então olhou-o como se o visse pela primeira vez. Baixou o olhar para os sapatos dele, reluzentes como se tivessem sido engraxados há pouco. Lembrou-se dos sapatos embaçados de Daniel.

— Por que não atendeu quando eu chamei? Hem?

— Não ouvi o senhor chamar.

Ele bateu com o punho fechado no espaldar da poltrona.

— Frau Herta tem-se queixado, suas irmãs também, não sei mesmo o que está acontecendo com você. Temos feito tudo para que se acomode, para que se sinta bem mas tenho a impressão de que você piora cada dia que passa. Só quer ficar aí pelos cantos, roendo as unhas, despenteada feito bicho... Tenho tido paciência, Virgínia. Mas você não colabora. Infelizmente tem aqueles mesmos impulsos da sua mãe, misturados a outros defeitos que não vejo como corrigir. Teve uma grande tristeza, concordo, mas por que reage só com desobediência? Com agressão?

Ela o encarava, mas agora via ao seu lado, vindo do fundo de um espelho, uma mulher resplandecente com um cravo vermelho no peito. "Qualquer prima-dona de subúrbio gostaria de usar uma flor dessas." Crispou as mãos dentro dos bolsos. Compreendia afinal por que ele a evitava tanto, por que vivia se desviando, "Ele sabe, ele sabe". Lançou-lhe um olhar incisivo. Por um segundo seus olhares se encontraram. Foi ele o primeiro a se desviar.

"Não é meu pai", ela concluiu ao vê-lo de costas, os ombros um pouco curvos, os braços caídos ao longo do corpo. "Não é meu pai." E horrorizou-se. Veio-lhe de chofre a repulsa pela revelação. E com toda a energia que lhe restava, tentou ainda reagir, sufocar lá nas profundezas aquela ideia que a possuíra com tamanha naturalidade. "Luciana inventou tudo, não pode ser, meu pai é esse e ele me ama, me ama!" Aproximou-se da janela. A chuva amainava, caindo quase brandamente. "Meu pai...", ficou repetindo num ritmo cansado. Não teve forças para prosseguir. A certeza subia à tona, poderosa, absoluta. "E ele também sabe."

— Aquela moça esteve aqui e trouxe um livro, não? Foi *só isto* que ela veio fazer?

Virgínia quis então dizer-lhe que sabia da morte de Daniel, que sabia tudo, "Ele era meu pai!". Conteve-se. Pela primeira vez aprendia a se calar.

— Queria também se despedir de mim.

— E onde está o livro?

— Era um livro da minha escola, eu disse que não precisava mais e ela levou de volta.

— Frau Herta já lhe avisou? Não gostaria de vê-la aqui novamente, esses contatos não são bons para você. O que passou, passou.

Com o punho do casaco, Virgínia enxugou os olhos. Vinha-lhe agora a certeza de que não a veria nunca mais. O relâmpago a iluminara e a devolvera à escuridão, lá onde também estavam os outros. Estendeu a mão para fora e ficou olhando a chuva a escorrer por entre seus dedos.

— Pai, quando é que vou pro colégio?

— Sua matrícula já está feita. Na próxima semana, assim

que Frau Herta tiver providenciado seu uniforme. Será semi-interna como suas irmãs.

Um dia as freiras a prenderiam na torre do sino. Não se lembrariam depois de ir buscá-la e ela ficaria lá, completamente esquecida debaixo do vento e da chuva.

— Pai, eu queria ficar interna.

— Interna?

— Queria morar no colégio mesmo. Posso?

Ele titubeou, vacilante.

— Bem, não há inconveniente... Mas por que você resolveu isso? Não vai poder sair, você sabe como é? Vai aguentar?

Virgínia mantinha o rosto voltado para a noite, mas sentia na sua cabeça aquele olhar que já conhecia bem. Sorriu. Apenas desta vez ele não a perturbava nem a obrigava a recuar. "Besouro...", lembrou-se escondendo o sorriso. "Besouro."

— Sempre quis ficar interna num colégio. Por favor, pai, eu não quero morar aqui.

Houve uma pausa demorada.

— Talvez seja mesmo melhor assim — assentiu ele antes de sair.

Virgínia debruçou-se na janela e ofereceu o rosto à chuva. Ele sabia, Luciana sabia, decerto todos os outros também sabiam. Só as freiras não saberiam nunca. Ia viver num lugar onde ninguém sabia de nada, não sabiam do quarto azul onde a mãe via plantas crescendo entre os dedos, "Arranca, Daniel!". Não sabiam do pai, "Um dia virá um príncipe de um reino vizinho perguntando pela donzela Virgínia...". Não sabiam de Luciana, "A bala entrou por um ouvido e saiu pelo outro". Lá ninguém sabia de nada. Quando chegasse o dia do castigo na torre, não teria medo. Que importava a escuridão? E nem se abrigaria atrás dos anjos, atirara-os há pouco pela janela juntamente com a Bíblia. "Besouro que cai de costas não se levanta nunca mais. Besouro e anjo", acrescentou em voz alta. Ergueu o rosto desafiante para o céu roxo. Ficaria assim, sozinha debaixo da boca do sino.

Segunda Parte

I

— Quer que ajude? Gosto tanto de arrumar malas.
Virgínia lançou um olhar à sua companheira de quarto. A gorda e afável Luela era prestativa, vivia se oferecendo para auxiliar em tudo, mas não tinha habilidade para nada.

— Só falta esta, acabo num instante — disse abrindo a maleta em cima da cama. Dentro, havia apenas um pequeno maço de cartas atadas com uma fita. — Nem sei mesmo por que guardei estas cartas.

— Você recebeu poucas.

— Tenho pouca gente lá fora.

— E vieram sem censura? — estranhou Luela atentando para o primeiro envelope.

— Sem censura. Irmã Mônica tinha confiança nos meus missivistas.

— Tão bom ter uma freira amiga. Eu nunca consegui fazer amizade com nenhuma — lamentou Luela. Deu uma volta indolente pelo quarto. — Também não fiz amizade com nenhuma colega, só com você. E agora você vai embora. Quando penso que também eu poderia estar a estas horas arrumando malas... Mais um ano de chatice! Você sabe que foi injustiça que fizeram comigo.

— Claro que foi injustiça.

Luela voltou para Virgínia a grande cara perplexa. Encolheu os ombros.

— Estou morrendo de dor de cabeça, vou dar um giro. Se precisar de mim...

Assim que se viu só, Virgínia tirou a carta do primeiro envelope. A letra era grossa e um pouco trêmula. Natércio. Recebera-a no segundo ano da sua chegada ali e dizia pouca coisa: tinha sido nomeado juiz e ia aproveitar as próximas férias numa longa viagem pelo exterior. "Bruna e Otávia irão também e escrevo justamente para convidá-la." Respondera-lhe laconicamente: "Não tenho nenhuma vontade de viajar, queria passar as férias aqui mesmo, com uma colega que não tem para onde ir". Rasgou o papel em dois pedaços e abriu a outra sobrecarta. Apenas dois cartões que Bruna lhe remetera durante a viagem. Um deles vinha da Palestina e numa letra enérgica contava-lhe o quanto se emocionara ao pisar a Terra Santa. "Caí de joelhos chorando." Agora podia imaginar melhor Bruna em pleno êxtase, as narinas frementes, a boca aberta... Ficou séria diante do envelope seguinte. Mais uma carta de Natércio. Fora escrita um ano após a viagem e em resposta a um bilhete que lhe mandara. "Pergunta-me pelos livros que ele lhe deixou. Estão guardados e à sua disposição. Conforme deve saber, na maioria são livros de poesia. Confesso que estranhei o fato das freiras permitirem que as alunas recebam livros desse gênero, mesmo em período de férias. Mas desde que elas deram consentimento, não farei nenhuma objeção. Amanhã mesmo o chofer irá levá-los." No fim da página, um P.S.: "Bruna e Otávia vão com Frau Herta passar alguns dias na chácara de Afonso, mas eu estarei aqui. Não lhe falta nada? Qualquer coisa que precisar, me avise".

Pensativamente, Virgínia foi rasgando a carta. Naquele pós-escrito estava o máximo que lhe poderia oferecer aquele espírito cristão ao qual Daniel recorrera na sua última hora. Espírito cristão... Baixou a cabeça. Desdobrou uma carta de Bruna. Por essa altura, já devia estar certa de que conquistara Afonso. "Foi uma pena você não ter vindo! A chácara desabrocha em flores e a avó de Afonso é uma verdadeira colherada de mel. Nunca ele esteve de tão bom humor, pudera, é o mais moço engenheiro da turma. E acabou afinal o livro de poesias, fala o tempo todo nele, mas por puro capricho não nos deixa ler nenhum verso. Otávia não larga os pincéis, Conrado anda ainda mais sonhador do que de costume, Frau Herta está felicíssima com as mudas de umas avencas raras que encontrou no bosque. Só a nossa pobre Letícia parece que não se diverte muito, ninguém sabe por quê... Nas tardes quentes, nadamos no rio. E à noite, enquanto Otávia canta, ficamos na varanda olhando a lua. E tem sempre uma lua enorme, nunca vi uma lua tão grande."

Au clair de la lune... — devia cantar Otávia com aquela voz delicada. Virgínia rasgou a folha. Quanto aquelas palavras a fizeram sofrer! E Bruna ainda lamentava, "Foi uma pena você não ter vindo!". Como se ignorasse que jamais Afonso se lembraria de convidá-la. Por essa época, todos já estavam acostumados com a ideia de não vê-la aparecer nas férias. "Sabemos que prefere ficar no colégio." Natércio lhe dissera numa das raras vezes em que fora visitá-la: "A Superiora me informou que você é uma aluna excepcional, nem nas férias deixa de estudar. E isso só pode me dar alegria", acrescentara forçando um sorriso. Como sempre, tudo o que fazia por ela evidenciava um cunho tão marcante de dever que era mesmo impossível mascará-lo com o mais remoto sentimento de afeição. Abriu o envelope cinza-pérola, subscrito com letra delicada mas infantil. Otávia escrevia do mesmo modo como falava, meio distraidamente, misturando os assuntos: "Armanda deu cria e está contentíssima porque não tem leite. Viu que arrumei uma mamadeira para os gatinhos e agora nem quer mais ficar no cesto. A avozinha de Afonso também não quer mais ficar na chácara, disse que não está disposta a passar a vida num lugar tão triste, imagine, ela já tem uns mil anos. Conrado então propôs a troca, desde que ele e Letícia estão mesmo sozinhos, gostariam de morar na chácara e ceder a casa à velhinha. Com isso, teremos Afonso como vizinho, Bruna está radiante. Mas não aprovei a ideia, era tão bom ter Conrado por perto... Além do mais, perdi meus melhores modelos, eu estava fazendo o retrato dele que está saindo um verdadeiro São Francisco de Assis. Mas Letícia está um Leviatã perfeito. O que mais lhe pesa na fisionomia é a boca. Não que seja mal desenhada, não é isso, mas parece uma âncora, afunda. Acho que você já sabe que a mãe deles morreu há dois meses. Pois morreu. Lembra-se dela? Completamente míope, insistia em não usar óculos e o resultado foi que acabou subindo com automóvel e tudo numa árvore e lá ficou dependurada feito um fruto. E por falar em frutos, papai reconheceu que eu não estava mesmo colhendo nenhum no colégio e concordou com a minha saída. Entrei para um curso de pintura. Dizem todos que o professor era excelente, mas tomou-se agora de amores por um aluno e como é um cidadão casado está na maior confusão de sentimento, o que é que pode nos ensinar? O rapaz é meu colega e é lindo, eu não tirava os olhos dele. Mas acho que o velho ganhou a partida".

Virgínia revia a cara de boneca de Irmã Mônica entregando-lhe, confiante, a correspondência sem censura, "É carta da sua irmãzinha". Prosseguiu a leitura: "Tenho me arranjado muito bem é com meu colega Jacob, um homem fabuloso. Trabalho no ateliê dele e Bruna já devia estar horrorizada com essa ideia de me fechar com um tipo num ateliê, mas agora ela anda meio sem tempo de se horrorizar. Você se lembra que todas as manhãs um anjo vinha acordá-la com um beijo? Agora ela quer substituir o anjo por um homem mesmo, sem dúvida Afonso. E com isso Letícia emagreceu mais uns dez quilos. As coisas não têm corrido nada brilhantes para aqueles dois, tenho pena dela, tenho pena de Conrado. Veja, assim que ficaram sem a mãe e o pai,

abalado com tudo isso, resolveu aceitar uma missão religiosa numa daquelas ilhas do Pacífico. A estas horas já deve estar como aqueles brancos do cinema, a roupa enxovalhada, bêbado e dormindo com alguma nativa. Enfim, mais divertido do que ficar por aqui. Ontem, passei o dia ajudando Conrado a encaixotar os livros, pretendem ir para a chácara até o fim desta semana. Não acho que Letícia esteja muito animada com essa mudança, desconfio mesmo que ela não vai parar naquela solidão nem um mês. Com quem há de jogar seu tênis? Conrado me pediu que lhe dissesse que tem pensado muito em você, não escreve porque não gosta de escrever. Eu também não gosto, estou exausta com esta carta imensa, é ver Madame de Sévigné... E os meus gatinhos chorando de fome, aquela Armanda malvada!".
As folhas tinham um suave perfume de rosas. O perfume de Otávia. A alegria que sentira quando soubera que Conrado ia se mudar, "Ofélia, Ofélia, ele agora está longe dela!", exclamara abraçando a companheira de quarto. Revia-se com extraordinária nitidez correndo alucinada pelo pátio, apertando a carta no bolso do avental, "Ele está tão longe de Otávia quanto de mim!".
Teve um sorriso lento. E voltou-se para os envelopes que restavam no regaço: um melancólico cartão de Frau Herta comunicando seu novo endereço. "Ando tão cansada que resolvi tirar umas férias, mas deixo uma substituta em meu lugar." Felicitações de aniversário. Cartões de Natal, um postal de Conrado, de Manilha, onde fora visitar o pai. "Também aqui lembrei de você." E finalmente o bilhete de Afonso, participando afetadamente o casamento, "Bruna não pode escrever porque torceu o pulso, mas palavra que não me parece muito infeliz por isso. É que há dois dias, ao passarmos por uma igreja, entramos para conhecê-la e então nos ocorreu casar".
Juntando tudo, Virgínia fez uma bola e atirou-a no cesto. Meu Deus, que distante lhe parecia aquele tempo. Aquela gente. Bruna casada com Afonso e com uma filha começando

a fazer perguntas. Otávia prometendo para breve uma exposição de pintura. Natércio já aposentado, cada vez mais casmurro. Mais fechado. Letícia já famosa como tenista, morando sozinha num apartamento e levando uma vida muito misteriosa, segundo Bruna sugeriu. Conrado enfurnado na chácara, tocando piano e criando pombos. Na casa, em lugar de Frau Herta, ficara uma portuguesa chamada Inocência. Sim, tudo mudara e ficara longe. "Principalmente longe", pensou Virgínia, arrumando na maleta os objetos de toalete. Não esquecera nada? Dirigiu-se ao caixote de livros. Precisava de pregos e martelo para fechá-lo.

"Amanhã faço isso", adiou, deslizando a mão pelos volumes. Tomou um ao acaso, abriu-o. "Meu pai", murmurou recolocando o livro na pilha. Afinal, bem pouco ficara dele: uma fisionomia muito doce, algumas palavras evasivas, alguns livros. Tudo irreal e frágil como a gravura daquela história onde um cavaleiro olhava um cisne nadando num lago. "São versos de um poeta inglês, um dia você vai ler e vai gostar." Era como se lhe tivesse dito, "Um dia você vai me conhecer e me amar". Agora já não tinha dúvida de que ele apressara a morte da enferma, amava-a demais para permitir que acabasse num hospício, "O sanatório, não!". Em seguida, foi fácil segui-la, "A bala entrou por um ouvido e saiu pelo outro".

Viu através da vidraça o pátio deserto. De vez em quando, pelo estreito corredor que o circundava, vinha alguma freira que logo desaparecia por uma daquelas portas. Irmã Mônica passou conversando com uma novata. A menina tinha os olhos inchados de tanto chorar e a freira a consolava: devia estar usando os mesmos argumentos que usara quando, com aquele mesmo jeito manso, a recebera sob sua proteção. Debruçou-se na janela. Logo nos primeiros dias, o instinto alertara-a contra as outras freiras. Só Irmã Mônica parecia de confiança, entregara-se a ela e confusamente, aos arrancos, fizera-lhe confidências, queixas... A princípio, a freirinha perturbara-se. "Meu Deus, mas uma menina não pode falar assim!" Às vezes chorava também quando a via cair em prantos, "Não tenho mais ninguém no mundo, estou sozinha!". Mas aos poucos a freira foi se recuperando do choque. "Minha Virgínia, você é muito dramática, sem querer exagera, culpa da sua imaginação! As coisas não são bem assim como você diz." E pedira-lhe que rezasse, rezasse, rezasse. Seus olhinhos risonhos — vazios de malícia como os olhos das bonecas — voltaram a brilhar como antes. "São artimanhas do demônio querendo enredar sua alma. Reze, Virgínia, e peça perdão a Deus por todos os seus maus pensamentos." E às perguntas desesperadas, e às dúvidas e acusações, Irmã Mônica contrapunha provérbios açucarados, lições em torno dos mandamentos, conselhos infalíveis para alcançar a paz. "É a vontade de Deus", murmurava quando lhe faltavam argumentos. E com essa fórmula ingênua quisera limpar-lhe a mente com a mesma naturalidade com que os pintores caiavam de branco as paredes manchadas da capela.

Rezas... "Já rezei e não adiantou nada!" A freira sorria, paciente. "Reze mais, Virgínia. Você está em crise. Eu também estou rezando por você, fique tranquila." Aos poucos, foi percebendo que nada mais podia esperar daquela carinha de boneca intacta. Deixara então de fazer-lhe confidências. Mas ainda assim continuou a procurá-la sentindo um certo bem-estar quando a ouvia falar sobre o céu e o inferno com a mesma simplicidade das criancinhas. Na véspera tinham estado juntas:

— Estou triste porque você vai nos deixar — disse-lhe a freirinha ajudando-a a guardar os livros no caixote. — Mas, ao mesmo tempo, estou satisfeita porque apesar de tudo creio que você foi feliz aqui.

Apesar de tudo. Que significaria para a freira aquele "apesar de tudo"? A perseguição de Irmã Flora? A proibição de ter Ofélia como amiga constante? Os longos castigos que suportara com o coração cheio de ódio? As sucessivas hóstias recebidas com o coração vazio de fé? Não, evidentemente Irmã Mônica se referia apenas às medalhinhas e fitas. Saía do colégio como entrara, com a blusa branca sem nenhuma condecoração, e para aquelas mulheres devia ser esse o maior impedimento à sua felicidade. "É a melhor da turma", concordavam tacitamente. No entanto, jamais provara das pequeninas glórias concedidas a outras que deixara para trás. É que havia certas coisas... "Parece tão dissimulada", dizia Irmã Clara. "Tem olhos de quem já viu coisas terríveis!", assombrava-se Irmã Flora. "E é filha de pais separados, houve muito escândalo", pensavam todas. "Foi aceita como uma exceção, um caso especial. Não pode participar das regalias a que as demais têm direito."

Virgínia voltou o olhar para a copa da figueira que se erguia no pátio. "Apesar de tudo, será que você foi feliz aqui?", gostaria de perguntar também à árvore solitária. Se a pergunta partisse de Irmã Flora, a resposta teria sido outra. Mas Irmã Flora era demasiado astuta, não precisava perguntar, as perguntas faziam parte de Irmã Mônica. "No começo, odiei o tempo todo, poderia ter-lhe respondido. Odiei as professoras, a comida, as paredes, as imagens, o ar, até o ar eu odiei com aquele cheiro característico, mistura de flores murchas e incenso. Depois, fiquei indiferente. Assim apática. E se estudei tanto, não foi por virtude, mas por pura agressão: minhas irmãs eram alunas medíocres." Mas não era a verdade o que a freirinha queria ouvir. Então escolheu cuidadosamente as palavras, que ao menos na despedida nada pudesse chocar aqueles ouvidos tapados pelo toucado de linho, reluzente de goma. "Sabe, Irmã Mônica, devo dizer que no começo estranhei muito, a senhora está lembrada... Meu espírito estava em desordem, não podia ser de outra forma. Mas nestes dois últimos anos me veio uma grande tranquilidade." Disse e sorriu por não precisar mentir. Por que tranquilidade ou indiferença, no fundo, não eram a mesma coisa? Indiferença por aquelas imagens — barro de mau gosto patético — indiferença por aquela comida neutra, por aquelas hóstias neutras, por aquelas mulheres neutras,

que pareciam antigas mortas esquecidas de partir. "Fico contente por ouvi-la falar assim", murmurou Irmã Mônica. "Tranquilidade é tudo", acrescentara baixando os olhos, emocionada. Para ela, tranquilidade significava Deus.
Com um bocejo, Luela anunciou sua entrada no quarto.
— A Madre Superiora quer ver você — disse no seu tom desalentado. — Decerto vai fazer o tal sermão de despedida. Já me fez um enorme, não sabia que eu estava reprovada e se despediu de mim. — Desabou pesadamente na cama. — Quando penso que no ano que vem vou ouvir tudo aquilo outra vez! Eu quis interromper, fui ao pau, vou continuar aqui! Mas quando dei acordo de mim estávamos as duas atracadas, chorando.
Através do espelho, Virgínia podia ver as grossas pernas de Luela pendendo flácidas da cama. Até na escolha dessa companheira de quarto adivinhava-se o dedo agudo de Irmã Flora. Nos primeiros anos tivera como companheira um encantador diabrete, Ofélia. Mas deram-se tão bem que a freira achara indispensável separá-las. Ofélia fora transferida para outra ala, quase nem podiam mais se ver, até que um dia, meio vagamente, soubera que os pais a tinham levado para outro colégio. Em seu lugar, ficara a nebulosa Luela. A princípio, mal podia suportar a presença daquela massa melancólica, refestelada na cama, ocupando-lhe o armário com seus objetos de mau gosto, apossando-se de tudo, desajeitada, indolente. Até que acabara por se resignar. E agora no fim, chegava até a dedicar-lhe certa afeição.
— Quem será que vem ficar comigo? — gemeu Luela.
— Mais uma que se vai, a única amiga que fiz aqui dentro. Quando penso que tenho mais um ano pela frente e ao lado de uma desconhecida! Se ao menos a próxima fosse bonita como você. Detesto menina feia.
Virgínia escovou os cabelos para trás e passou uma fita elástica em volta da cabeça. O rosto oval ficou completamente descoberto. "Bonita?", perguntou a si mesma. Os cabelos, de um tom castanho profundo, chegavam-lhe até

os ombros. Levantou-os ensaiando um penteado alto. E fixou-se nos olhos, sombrios demais para a boca adolescente, de cantos ligeiramente erguidos. "Gazela é um bichinho de pernas compridas e olhos graúdos assim como os seus", Daniel dissera. "Assim como os meus", ele deveria ter dito. O tempo incumbira-se de suavizar-lhe os traços e agora ali estava refletida no espelho a delicada imagem de uma moça sorrindo de si mesma na tentativa de reconstituir a antiga expressão da meninice. Onde se escondera o rostinho anguloso, agressivo?
— Libertei-me.
— Nem diga. Não vejo é a hora de chegar minha vez.
— Eu não estava me referindo ao colégio — disse ela em meio do sorriso. Ergueu-se. — E agora, ao sermão!
— Não invejo sua sorte.
— Ah, mas tenho na cabeça um botãozinho, quando não quero ouvir, basta apertá-lo e pronto, me desligo.
— Nenhum dos meus botões funciona — suspirou Luela seguindo-a com o olhar bovino. E acrescentou distraidamente: — Ela anda sempre na ponta dos pés...

II

Virgínia colocou a maleta no carro. O chofer tentou ajudá-la, mas recusou: "Não é preciso, é tão leve!". Ele retomou a direção. Era um jovem louro e robusto, de olhar confiante como o de um menino.
— Dona Inocência pede desculpas por não ter vindo — começou ele endireitando timidamente o boné. — Ela foi operada na garganta, ainda não pode sair.
— Sim, eu sei — atalhou-o Virgínia, lançando um último olhar à Irmã Mônica que acenava através das grossas grades do portão do colégio. O vento enfunava-lhe o manto negro que se abria e se fechava como as asas de um pássaro

engaiolado. Mas de repente a fachada do prédio desapareceu numa curva e os altos muros acabaram também por se perder em meio do arvoredo. Ouviu ainda, atenuado pela distância, o toque da sineta chamando à oração. O som era apagado, igual ao que ouvira — ou sonhara ter ouvido? — certa tarde num cemitério, na hora de fechar os portões. Baixou o vidro da janela. E aspirou de boca aberta o perfume de eucaliptos que vinha do bosque. Os portões das lembranças do internato também se fechavam para sempre, perdidos lá atrás. Os risos no pátio borbulhante, as lágrimas de solidão nas noites geladas, as confidências, os sonhos, as curtas alegrias e as longas tristezas em meio das aulas e dos coros na capela — todo aquele mundo opaco transformara-se em poeira que se sopra da memória. Uma ou outra lembrança mais nítida persistiria intacta. O choro convulsivo de Ofélia quando foi surpreendida escrevendo-lhe aquele bilhete tão inocente quanto comprometedor, "Virgínia, eu me mato se nos separarem!". As ciladas de Irmã Flora a introduzir pelas frestas o perfil agudo como lâmina de faca, "Essa é uma idade perigosa! É preciso estar vigilante". A mão gorducha de Luela desenhando com lápis vermelho todos os segredos do sexo, "Eu vi no livro de anatomia do meu irmão. Decorei os nomes também". A morte misteriosa de Irmã Francisquinha, a mais jovem das freiras e que certa madrugada — cochichavam as meninas — enforcara-se com o próprio rosário. A fórmula infalível repetida em todas as circunstâncias pelos olhos de porcelana de Irmã Mônica, "Ele sabe o que faz!". Ah, sim, ficara ainda essa poeira cavilosa entranhada nas gretas. Mas um dia se livraria dela também: "O que passou, passou!". E Virgínia voltou-se para o chofer.

— Como é seu nome?
— Pedro.
— Pedro... — repetiu ela lentamente. Entrelaçou as mãos no regaço. Resistia ao desejo de fazer-lhe perguntas. Mas por que resistir? Irritou-se consigo mesma. "Pois não é natural que as faça? Afinal, estou voltando depois de tanto tempo,

não estou? E então? Não é lógico que queira saber coisas?"
— Pedro, há quanto tempo você está com meu pai?
— Quase um ano.
— Um ano, imagine... Você serve também à dona Bruna?
— Não, é o doutor Afonso quem guia. Levo às vezes a babá e a garotinha até o parque. Ou então, quando o carro do doutor Afonso enguiça...
— Quer dizer que você está servindo só meu pai e dona Otávia?
— E os amigos de dona Otávia.
— Quais?
No retângulo do espelhinho ela viu refletido um par de olhos verdes, atentos, interessados.
— Dona Otávia tem muitos amigos, quase todos artistas. Ela sai muito — murmurou o chofer com um sorriso constrangido. E noutro tom: — Sirvo às vezes também dona Letícia, o irmão...
Virgínia baixou o olhar.
— Ele continua morando na chácara?
— Doutor Conrado? Continua. Hoje ele está passando o dia lá em casa. Eles vinham buscar a senhora, mas dona Otávia parece que estava esperando um telefonema urgente. E dona Bruna foi levar o doutor Natércio na estação, ele embarcou hoje.
— Embarcou?
— Parece que foi a negócios, acho que volta logo.
Com um gesto lento, Virgínia amarfanhou entre os dedos uma folha seca que o vento atirara para dentro do carro. Sentiu as mãos geladas embora a tarde estivesse quente. "É a volta", justificou para si mesma. "Depois de tanto tempo, por maior que seja o desligamento, a gente sempre se impressiona um pouco", concedeu. Mas sentia-se vagamente decepcionada. A verdade é que se julgara muito mais invulnerável àquela mistura de emoções que lhe davam obscuramente uma sensação de insegurança. Ainda há pouco considerara-se tão desligada daquela gente e daquela casa, chegara mesmo a se

ver voltando como uma simples hóspede, a cumprimentá-los como se os visse pela primeira vez. Ou quase como se fosse pela primeira vez. E agora as mãos esfriavam inexplicavelmente já invadidas por um suor viscoso. Enxugou-as. "Não, no fundo eu não estou mesmo me importando, que bobagem! Se estivesse realmente preocupada com eles apareceria assim neste uniforme? Qual é a moça que quer impressionar dentro de uma velha saia de gabardina cor de azeitona e uma blusa mal talhada? E ainda por cima, com meias pretas?"
— E dona Letícia? Ela ainda está viajando?
— Não, já voltou. Amanhã vai ter uma partida importante, a senhora não leu nos jornais?
— Não tenho lido os jornais — murmurou Virgínia recostando a cabeça na almofada.
"Está alta demais e tão magra", suspirava Otávia. "Quando tira a roupa não fica mesmo um fio de macarrão?" Transformara-se agora numa moça magra mas musculosa, só músculos empunhando a raquete de campeã. Lembrou-se daqueles cabelos cinzentos e brilhantes. E daqueles olhos de cantos tristemente caídos, como os olhos dos perdigueiros.
— A senhora não se parece nada nem com dona Otávia nem com dona Bruna.
— Não me pareço com ninguém — murmurou ela.
Pensava agora em Conrado. "Ah, Conrado, Conrado. Era uma vez uma menininha que te amou e quanto. E quanto!" Reviu-se no pátio, abraçada à amiga: "Sabe, Ofélia, gosto tanto de Conrado que até me doem os dentes todos só de pensar nele". Fechou friorenta o vidro da janela. Eis que tinham se rompido naturalmente todas as amarras que a ligavam a ele e aos outros, não restara quase nada. Apertou os olhos, agradavelmente surpreendida: mas se nem das suas feições conseguia se lembrar! A dele, principalmente a dele se deformara na sua memória como uma tênue máscara de cera sobre um fogo lento, primeiro o queixo, depois a boca, o nariz... Concentrou-se. Restavam intactos os olhos, aqueles olhos afetuosos. Atentos.

— Também não se parece com o doutor — retornou Pedro a examiná-la através do espelhinho retrovisor do carro.

— Sou muito parecida com um tio — disse ela baixinho. Ficou séria. — Você não conhece, ele morreu.

"Será de uma beleza meio velada", profetizara Daniel. Conrado teria que amá-la para então descobri-la... Empertigou-se resistindo ao desejo de rir: "Moça louca, louca! Pensar ainda numa coisa dessas". Meneou a cabeça. "Puro hábito, está claro."

— Escolhi um caminho diferente mas não pensei que estivesse ruim assim — desculpou-se Pedro, após um solavanco do carro.

— Diferente, não é? — sussurrou Virgínia.

Mas tudo agora não era diferente e ao mesmo tempo previsto? Faltava apenas o casamento de Conrado com Otávia para se completar o cenário. Contraiu as sobrancelhas. Mas por que os dois ainda não tinham se decidido? Pois desde a meninice o quarteto já não estava delineado? Bruna e Afonso, Otávia e Conrado — nem podia ser de outra forma. "São até parecidos. Ainda acabam se casando", dissera Luciana. Mesmo afastada do grupo, até Luciana pressentira aquele secreto amor. Seria pois tão natural encontrá-los pacatamente instalados, com filhos, morando longe. E infelizes. Reagiu em meio de um sorriso: "Mas por que infelizes? Por que hei de ser assim mesquinha?".

— Este breque está falhando — desculpou-se Pedro fazendo parar abruptamente o carro. Desceu e abriu-lhe a porta. — Amanhã cedo vou buscar o caixote dos livros. A senhora precisa de mais alguma coisa?

Ela não respondeu. Ali estava o casarão cinzento, esparramado em meio do gramado. Notou que os quatro ciprestes tinham desaparecido. E lembrou-se daquela noite em que um deles, fustigado pela tempestade, curvava-se numa reverência maligna na direção da sua janela.

— E os ciprestes?
— Foram cortados.

"Eis aí, até a casa está mudada", pensou enquanto seguiam pela alameda de pedregulhos. Voltou-se para a casa vizinha. A cerca de fícus parecia tão menor, alargada a antiga passagem indicando que agora eram adultos que cruzavam por ali. Deteve o olhar na ciranda de anões — anões ou duendes? — que brincavam de mãos dadas. No centro da roda, a fonte. Não podia ver o filete d'água, adivinhou-o apenas a correr, débil mas constante por entre as pedras cobertas de musgo. Desapontou-se. Seria melhor acreditar que também a fonte já não existia.

— A senhora vai ficar no quarto que foi de Dona Bruna — Pedro foi dizendo assim que entraram no vestíbulo. Parecia inquieto por vê-la chegar sozinha. E vacilava em subir com a maleta, sem saber ao certo se devia ou não permanecer ao seu lado, como se fosse o responsável pela ausência dos outros. Teve um gesto evasivo ao se dirigir à porta. — Estão aí. Acho que ainda nem sabem que a senhora chegou.

— Não tem importância, Pedro — assegurou-lhe num tom afetuoso. Ele ignorava que cada qual teria sempre um motivo forte para não aparecer no momento preciso, principalmente Natércio. Em outros tempos isso a deixaria desarvorada. Agora não. — Pode deixar aí a maleta, eu sei o caminho.

A porta da sala estava fechada mas podia ouvir as vozes: Conrado, Afonso, Otávia... Esfregou as mãos. Estavam frias e contudo as faces ardiam. "Passa já", murmurou para si mesma. Contraiu os maxilares. E erguendo a cabeça, desafiante, entrou.

Afonso foi o primeiro a quem ela viu ao lado do sofá.

— Virgínia! — exclamou ele abrindo os braços. Exibiu os dentes agudos. — Hoje não fui trabalhar só para te receber.

Estendida molemente no sofá, Otávia afagava um gato. Beijou a irmã.

— Não acredite, Virgínia. Foi amável da parte dele, mas não é verdade, Afonso não trabalha nunca.

Afonso então riu. E apertou-a num abraço afetadamente carinhoso. Na cara pontuda de fauno, a antiga expressão maliciosa, mais amarga, talvez.

— Essa gatinha perversa não sabe o que diz. — A voz ficou mais estridente: — E que bonita você está! Meu Deus, parece até um milagre! Conrado aproximou-se. Tomou-lhe as mãos.

— Querida Virgínia.

Ela o encarou. A confiança perdida naqueles rápidos minutos da chegada voltava novamente, como se uma misteriosa aragem soprasse em seu rosto. Ali estava ele, grave e terno como sempre, presença poderosa dizendo-lhe com o olhar que não se exaltasse, não perdesse o prumo, "Está tudo bem, Virgínia. Está tudo bem".

— Impressionante como ela mudou, não? — observou Afonso refestelando-se no braço de uma poltrona. — E dizem que é uma jovem cultíssima, sabe não sei quantas línguas... Quantas mesmo, Virgínia?

Ela enfrentou-o no mesmo tom irônico. Observava-o também: era o mesmo Afonso de cabelos em desalinho e roupa um tanto em desordem. Mas essa displicência mascarava apenas uma preocupação, tanto no comportamento como na maneira de vestir. A roupa bem talhada era da melhor qualidade e via-se que devia ter-se preocupado com a escolha do suéter, discretamente combinando com as meias.

— O elegante Afonso — exclamou ela sentando-se no sofá aos pés de Otávia. — Pois enquanto você pensava nas suas belas meias, eu estudava.

— Mas suas meias também são belíssimas — retrucou ele. — Olha aí, meias pretas. Não pode haver nada de tão excitante, ligas pretas, meias pretas... As freiras não podiam inventar um toque mais erótico.

Virgínia sorria ainda, paciente, tranquila. E com maior desembaraço foi respondendo às sucessivas perguntas. Os três a observavam, cada qual a seu modo. Conrado, discreto, meigo, parecia dizer-lhe: "Você está se saindo maravilhosamente, continue!". Afonso, num bom humor exagerado revelava às vezes numa palavra, num gesto, uma surpresa meio hostil, "Vejam em que deu a menininha que ouvia detrás das portas!". E afinal, Otávia, com um sorriso insondável a transparecer de leve nos grandes olhos claros. Às vezes, parecia disposta a dar algum bote certeiro. Pelos seus olhos chegava a passar um lampejo, mas a expressão maldosa logo se afrouxava. E retardava o ataque por desfastio, preguiça. Usava um perfume de rosas que harmonizava com seus cabelos alourados, com sua fronte pura. A voz era ainda a voz de sempre, polida mas um pouco fria.

— Pois eu nunca consegui me diplomar em coisa alguma — começou ela, acendendo um cigarro. Soprou a fumaça no focinho do gato adormecido. — Bruna também não conseguiu estudar até o fim, tinha que se casar imediatamente com esse gênio. Só você mesmo conseguiu fazer uma coisa assim tão formidável, formar-se em línguas, imagine. Extraordinário! — acrescentou sem nenhuma convicção. Riu divertida com o gato que fungava, exasperado. — Pedi a Conrado que me desse algumas aulas sobre História da Filosofia, ele é muito filósofo, sabia disso, Virgínia? Mas Conrado é um rio profundo e eu sou um corregozinho bem na superfície. Um dia, enquanto me explicava umas coisas muito sérias, caí no sono. E nunca mais ele me falou nas doutrinas, hem, querido?

Conrado ouvia em silêncio. A pretexto de lhe fazer uma pergunta, Virgínia foi sentar-se ao lado dele. Justificou-se: "Simples curiosidade de quem revê o amigo, o irmão. Tudo isto e apenas isto".

— Ora, doutrinas... — zombou Afonso. Foi ao carrinho de bebidas, serviu-se de uísque e ofereceu-o aos demais. Virgínia foi a única que recusou. — Chega-te aos bons e serás um deles, minha menina. Conrado há de querer transformá-la numa Minerva, mas não invente conhecer mais nada, você já é uma bela doutrina, deixe agora que a conheçam, a começar por este seu vizinho.

— Deve haver nas bíblias de Bruna algum capítulo sobre o respeito às cunhadas, logo ela te lerá esse pedaço — disse Otávia tentando agarrar o gato que fugia. Voltou-se para a irmã: — Ele te achava um horror e agora vem com histórias. Afonso arregaçou as mangas do suéter.

— Que intrigante! Está visto que eu não podia mesmo acreditar em tamanha transformação, afinal, ela era uma menina esquisita, de cabelos espetados, unhas roídas — inclinou-se sobre as mãos de Virgínia. Encolheu os ombros.

— Ainda conservam vestígios da roeção mas têm até uma certa graça... E olhem que bonita cabeça! Ajuizada, sem dúvida, com a auréola de uma virtuosa governanta em férias.

— É que nem todos conseguem esse seu ar de Narciso em delírio — atalhou Otávia erguendo-se sobre os cotovelos. — Afonso, não fique histérico, sossegue.

Conrado inclinou-se para afagar o gato que se espreguiçava no tapete.

— Virgínia, Virgínia, a verdade é que, no fundo, todos nós estamos posando para impressioná-la. Até este Rodolfo... — acrescentou puxando brandamente a orelha do gato.

Ela não encontrou o que dizer. Agora Afonso conversava com Otávia mas já não podia ouvir o que falavam. Todos os seus sentidos concentravam-se numa única pessoa: Conrado. Aproximou-se mais. Ah! era inútil, inútil, voltara tudo como se não tivesse havido todos aqueles anos de renúncia, amava-o! Amava-o. Sentindo-se observado, ele ergueu a cabeça. Seus olhares então se encontraram. Mas tudo não durou mais que um brevíssimo segundo. Bruscamente ele girou sobre a banqueta e abriu o piano.

— Mas, Virgínia, você ainda não nos contou seus planos — começou ele entre dois acordes. — Pretende lecionar?

"Ainda não *nos* contou seus planos." Pedia-lhe planos, era como se dissesse "Não espere nada de mim". E ainda chamava o testemunho dos outros. "Sempre se esquivando", pensou ela. Tentou responder com naturalidade. Mas a voz soou-lhe postiça.

— Lecionar e trabalhar em traduções, por enquanto. Depois a gente vê.
— Lecionar? — estranhou Otávia. Fez um muxoxo e meneou a cabeça. A suave cabeleira salpicou-se de luz. Descalçou as sandálias brancas. O vestido verde-musgo descobriu-lhe os joelhos. — Que ideia, querida, não usa mais isso de lecionar.
Virgínia baixou o olhar turvo. Sentiu-se de repente opaca ao lado da irmã luminosa, os seios quase descobertos sob o tecido transparente, as pernas nuas. Não teria exagerado aparecendo assim no pesado uniforme do colégio? Com o intuito de não chamar a atenção não estaria por isso mesmo chamando — e de que forma! — a atenção de todos? Lançou a Otávia um olhar fascinado. E voltou-se para Afonso. Ele sorria. "Alma de costureiro!", quis gritar-lhe.
— No meu colégio, quem lecionava línguas era Irmã Priscila — prosseguiu Otávia agitando o copo de uísque. Fez girar a pedrinha de gelo. — Um dia ela espetou o dedo na minha testa, esta menina será um anjo ou um demônio!
— E você optou pela última alternativa — murmurou Afonso, voltando a encher o copo.
— Não... Por que isso da gente ser só uma coisa ou outra? Fica monótono e complicado. Bom é a gente não querer ser nem anjo nem diabo, é ir sendo o que na hora calhar... — Animou-se. Estendeu a mão para Virgínia e puxou-a: — Escute aqui, o que é que você achou do meu russo? Não é lindo?
— Que russo?
— Ora querida! Do Pedro, é claro. — Fez uma pausa para beber. E vendo que Afonso e Conrado conversavam sem prestar-lhe atenção, prosseguiu num tom mais alto: — É um péssimo chofer, mas que amante!
Virgínia concordou rindo.
— Ah, sim, quanto ao motorista...
Acariciou o gato. Abriu uma revista. Teve consciência da sua expressão pasmada e tentou disfarçá-la, mas não conseguiu. Pedro era o amante de Otávia. Mas, e antes? Lembrou-se da tarde em que a vira erguer para Frau Herta

o rostinho inocente enquanto Conrado se esgueirava pela cerca de fícus. "Pensei que tivesse deixado minha gramática no jardim..." Ele fora o primeiro. "O primeiro", repetiu a si mesma, sentindo-se desabar sob essa descoberta. E certamente ainda mantinham a ligação, Otávia era dispersiva. O sangue afluiu-lhe à cabeça, golpeando-lhe a fronte. Num andar de autômato, foi até à bandeja e serviu-se de conhaque. Afonso apontou-a.

— Eu não disse que logo ela tomaria a cor local? Mas não pensei que fosse assim tão depressa...

Conrado abrira o piano e tocava baixinho uma música melodiosa mas vacilante.

— Ela é incontaminável.

— Que tal se vocês esperassem mais uns dias para fazer minha ficha? — murmurou Virgínia no mesmo tom melífluo de Afonso. Revia Daniel, pálido e fatigado, o olhar perdido num ponto distante. "O Senhor sabe que eu faria tudo para que ela não se contaminasse." Fixou na garrafa o olhar úmido. Encheu novamente o cálice.

Afonso deu uma risadinha.

— Você vai ficar embriagada, hem, minha flor!

Ela emborcou o cálice. Lembrava-se do dia em que engolira aquele sorvete que lhe queimava a boca, tão hostil quanto o conhaque. "Você vai ficar toda melada!", ele observara no mesmo tom. Sufocou-a o antigo impulso de atirar-lhe o copo na cara.

"Mas por quê? Por quê?", pensou simulando interesse por um quadro de Otávia. Cruzou os braços e crispou as mãos. "Que me importa tudo isso! Preciso me controlar, vamos, calma, eu sabia que ia encontrar tudo assim, já estava preparada, nem ódio nem amor..." Deixou pender os braços ao longo do corpo. "Nem ódio nem amor", repetiu sorrindo de si mesma. Se estivesse só, cairia de bruços no chão e choraria como uma criança.

— Gosta, Virgínia? — perguntou Otávia. — Pintei-o o ano passado, *Cabeça de Aquário*.

Lembrava o retrato meio vago da moça que ela desenhara um dia, coroada de folhas — folhas ou algas? —, mas desta vez ela estava mergulhada na água, muito abertos os olhos claros e flutuantes os cabelos de afogada. Podia ser Otávia. E podia ser a mãe. Virgínia respirou de boca aberta. O terrível estava nos olhos vazios de expressão, do mesmo tom da água, apenas mais densos. Era como se de repente eles fossem escorrer pela moldura.
— Você me deu um desenho parecido.
— Dei? — E Otávia lançou ao quadro um olhar frio. — Eu ia expor este ano, mas a verdade é que isso de expor não me entusiasma. Um dia qualquer, se calhar...
— Ah! os nossos planos — disse Afonso. Parecia um ator gracejando com o próprio papel. Aproximou-se de Conrado.
— Este ganhou do pai uma bolsa de estudos para ser santo, pois será santo. São Conrado! Otávia nasceu sob o signo do pincel. Letícia sob o signo da raquete, não se deitarão muitos sóis e ela será uma tenista famosa enquanto que Otávia, *se calhar,* vai ser um estouro na pintura. Bruna descobriu que é melhor ter anjos do que sonhar com eles, pois vai ter milhares de anjinhos, no seu ventre está a raiz do mundo! — Sorveu um gole de uísque. — Eu construirei minha casa, a mais extraordinária que já existiu. Em cada ala uma estação do ano: vocês entram num cômodo, é inverno, entram em outro, é primavera! E lançarei meu livro de poemas concretos. Cimento e ferro. Numa cidade como a nossa os poetas têm que ser duros também, ferro neles, minha querida!
— Mas antes vá ver sua filha — atalhou-o Letícia entrando. — Está em plena crise, quer Bruna ou você. — Voltou-se para Virgínia. — E essa bela moça como vai? Hem? Saudades suas, uma eternidade que a gente não se vê...
Vestia um desbotado macacão azul e tinha o rosto lavado. Os cabelos, muito curtos, pareciam os de um menino. Mas a boca sensual era madura, experiente.
— Você passou por casa? — perguntou Afonso. — Mas

Bruna não voltou ainda da estação? Minha pobre filhinha no abandono, vai ficar com a tal carência afetiva, logo terá que ir ao psicanalista para desenvolver o vocabulário no divã. Adeus, meus anjos! Volto para o jantar, nossa cozinheira sumiu, oh! as vantagens de ser vizinho do sogro.
— Quando voltar, traga revistas e cigarros, não esqueça os cigarros — lembrou Otávia. Sentou-se ao lado de Conrado. — Querido, que tal se tocássemos nossa música em homenagem à maninha? Lá, lá, lá, ra, ra, ra...
Virgínia baixou para o chão o olhar pesado. Pensou em Luciana: "São parecidos os dois, nem que fossem irmãos...". Ah, eles se amavam, eles se amavam. Otávia podia ter outros, não importava, amavam-se e tudo o mais independia daquele amor. Apoiou-se na poltrona. A dor era quase insuportável. "Ah! Conrado, Conrado..."
Letícia tomou-a pelo braço.
— Vamos para o jardim?
Deixou-se levar. Anoitecia. O céu tomara uma coloração arroxeada e o gramado, há pouco descoberto, cobria-se de coágulos de sombra. Virgínia sentou-se no degrau ao lado de Letícia. Tombou a cabeça para o peito.
— Mas não vá chorar agora, vamos, reaja! — ordenou-lhe Letícia. — Não sei o que aconteceu, mas posso imaginar.
A dureza da advertência a surpreendeu com a força de uma ducha. Estremeceu.
— Não, não vou chorar. Estou bem, passa.
A voz de Letícia ficou mais branda.
— Assim é melhor. Então você ainda gosta dele? Terá que esquecer, Virgínia. Amar a pessoa errada não é das melhores coisas que nos podem acontecer e acontece com tanta frequência. Dante se esqueceu desse círculo no seu inferno, o dos rejeitados.
— Pensei que... — murmurou Virgínia. Parecia falar às próprias mãos abandonadas no regaço. — Mas continuou igual, igual.
Letícia acendeu um cigarro.

— Vi isso nos seus olhos, minha boneca.
Nos olhos? E Virgínia sorriu. Chegara a pensar que tinham perdido aquela marca que fizera Irmã Flora pôr-se em guarda, "Tem olhos de quem já viu coisas terríveis!". Cerrou-os. Os delatores.
— Mortos e vivos, voltaram todos. No entanto, lá no colégio tudo me pareceu tão simples... Agora Otávia cantava uma balada e nada parecia tão harmonioso quanto aquela voz pairando leve sobre o cenário pesado do crepúsculo.
— Você terá que esquecê-lo.
— Eu sei, eu sei — repetiu Virgínia contraindo dolorosamente a boca. Enlaçou as pernas e recostou o queixo nos joelhos. — E Afonso? Por que ele me detesta assim? Ele me detesta.
Com um gesto exasperado, Letícia esmagou a brasa do cigarro na sola do sapato.
— Chega de ter pena de si mesma, menina! Além do mais, Afonso não te detesta coisa nenhuma, conheço bem aquele artista, é desse jeito que reage quando está com medo. Ele tem medo de você.
— De mim? Medo de mim?
Letícia parecia sorrir.
— Quando os dois se casaram, devo ter ficado com a mesma cara com que você ficou vendo Otávia e Conrado tocando juntos. Devo ter ficado com essa cara... Foi a última vez que chorei, mas então chorei mesmo, chorei definitivamente todas as lágrimas. Todas. Quando já não restava nenhuma, parti para uma competição de tênis, havia uma competição importante. Fui e ganhei minha primeira taça.
Virgínia olhou-a, mas no lugar do rosto havia apenas uma sombra densa fundindo as feições. Visível, só o contorno áspero da cabeleira tosada. Lembrou-se dos magníficos cabelos prateados soltos até os ombros. "Cortou os cabelos e ganhou uma taça."
Lentamente Virgínia voltou-se para o gramado. Agora

a ciranda de anões mergulhava na escuridão. Ali estavam os cinco de mãos dadas, Conrado, Otávia, Bruna, Afonso e Letícia.

— E a chácara?

— Estive lá na semana passada — disse Letícia arregaçando as mangas. — Conrado andou fazendo umas reformas, a casa ficou muito gostosa.

— E ele não pensa em vir para cá? Em trabalhar?

— Conrado? Conrado é do gênero contemplativo, boneca. E como herdamos mais do que o suficiente... Confesso que eu endoidaria se fosse obrigada a viver naquele marasmo. Mas acho que ele é feliz assim. — Pousou a mão no pulso de Virgínia e com as pontas dos dedos afastou o punho da blusa. Acariciou-lhe a pele. Sua voz adquiriu um tom aveludado.

— Meu apartamento fica a duas quadras daqui, venha amanhã passar a tarde comigo. Você gostaria de fazer traduções? Estou com dois livros em casa e nem tive tempo de abri-los, o editor já está impaciente. Poderá começar com esses trabalhos, depois virão outros. Posso ainda apresentá-la no clube, lá tem sempre alguém querendo aprender alguma coisa. É um clube muito rico, a mulherada ociosa está querendo se intelectualizar e o francês está de novo na onda.

Embora sem conseguir vê-la, Virgínia sentia algo de pegajoso naquela boca que se movia mais lenta, mais úmida. Era desagradável também o contato daqueles dedos girando no seu braço. Mas fora a primeira a lhe oferecer um lugar na roda.

III

— Daí, o coelhinho saiu da toca e foi andando, andando... — Bruna fez uma pausa enquanto enchia a colher de sopa. Aproximou-a de Berenice. — Vamos, filhinha, agora abre a boca senão mamãe não conta mais.

A menina sacudiu a cabeça.
— Não.
Bruna recomeçou a história do coelhinho, passou em seguida para a do gigante que morava na floresta onde encontrou uma bruxa... Começou a história da bruxa. Os olhos da menina brilhavam cheios de interesse, mas os lábios polpudos permaneciam prudentemente fechados.
— Você está vendo?! — exclamou Bruna voltando-se para Virgínia. Crispou os lábios com a mesma expressão da menina. — Ou come ou vai para o quarto.
— Não.
— Então coma, queridinha, coma.
— Não.
Afonso aproximou-se com Otávia.
— Ela não quer comer, Afonso, desde ontem que essa menina não come — queixou-se Bruna. — Hoje cedo atirou o leite na babá.
Otávia inclinou-se para a criança numa reverência graciosa.
— E se eu der? E se essa tia pedir, só um pouquinho!
A menina sorriu. E abriu a boca em forma de pirâmide.
— Ah, minha filha linda! — disse Afonso. Voltou-se para Virgínia: — Dentro em breve ela aprenderá grego e latim, quero que seja a mulher mais culta da Terra.
— Coitadinha — lamentou Otávia enchendo novamente a colher. Delicadamente introduziu-a na boca da criança.
— Vocês já imaginaram a maravilha que seria o mundo se ao menos uma quinta parte desses gênios se realizasse na maioridade? Há milênios que os pais se debruçam como fadas sobre os berços e fazem profecias fabulosas. E há milênios a Terra prossegue corroída pelo germe humano, que é tão vulgar e medíocre quanto o da geração anterior. Está claro que a gente concorda sempre com os prognósticos sobre os infantes — acrescentou passando o guardanapo no queixo da menina. Deu uma risadinha. — Mas é por gentileza, não é, nenê?

Afonso tomou Virgínia pela mão. Apertou-a:
— Quer condução para a cidade?
— Não vou à cidade.
Otávia pousou a colher. Foi saindo em direção ao jardim.
— Afonso, veja se me arranja um motorista. Mas com urgência, odeio guiar.
— E Pedro?
— Foi embora ontem à noite.
— Mas o que aconteceu?
— Brigou comigo, foi embora.
Bruna pediu detalhes mas Otávia encolheu os ombros. "É um tonto", disse, dando uma risadinha. E apressou o passo. Afonso saiu em seguida, "Adeus, meus amores, vou trabalhar!", despediu-se abrindo os braços.
"O filhote do fauno", pensou Virgínia, fazendo uma carícia na pequena cabeça encaracolada da menina. Apanhou a colher que ela atirara ao chão. E já representava como o pai.
— Vamos, Virgínia, ela come melhor quando está só com a pajem — disse Bruna enlaçando a irmã. Saíram para o gramado batido de sol. — Tão bom Conrado ter resolvido morar na chácara! Continuo assim na casa aqui ao lado, perto do pai e de você, tal como antes. É como se fosse uma só casa.
Retardando o passo, Virgínia inclinou-se para apanhar uma folhinha de grama. "Ela está querendo alguma coisa."
— É, está tudo mais ou menos como antes. Falta só Frau Herta com seus potes de avenca.
— A pobre Fraulein! Lembra, Virgínia? Tão nossa amiga.
— É...
— E você sabe? Ela está doentíssima, ninguém descobriu ainda o que ela tem, só suspeitas. Amanhã é o aniversário dela mas não posso visitá-la, tenho que sair com Berenice.
— Fez uma pausa. — Seria ótimo se você e Otávia dessem um pulo lá na pensão, levar-lhe umas flores... A pobre está tão só, não tem ninguém.

Virgínia baixou a cabeça mordiscando o fiapo de folha. Otávia teria também algum motivo forte para não ir, todos tinham em certas ocasiões motivos fortíssimos... Seria isto que Bruna queria?
— Tenho estado com Letícia.
Os olhinhos oblíquos apertaram-se, atentos.
— Em casa dela? Você tem ido lá?
— Tenho. Por quê?
Bruna alisou a cabeleira que o vento alvoroçara. A franja compacta, que até a adolescência lhe cobrira a testa, desaparecera e agora a fisionomia mostrava-se mais branda na moldura do penteado terminando por uma trança enrodilhada na nuca. Os olhos escuros, um tanto unidos, pareciam também menos agressivos sob as sobrancelhas adelgaçadas. Mas no largo nariz e na boca persistia o fogoso traço fanático. "Bruna tem a imponência das éguas bíblicas", observara Letícia deslizando os dedos nos próprios quadris estreitos. Virgínia sorriu. Devia ter sido terrível a luta entre as duas.
— Aquela Letícia... — murmurou Bruna num tom meio malicioso. — E sempre com o ar assim higiênico desses armarinhos de banheiro, cheirando a dentifrício. Não sei por que faz tanta questão de parecer mais feia ainda do que é. Vá lá que goste de se vestir como um rapaz, mas ao menos podia ter um pouco mais de bom gosto.
— Ela me arranjou trabalho na editora, traduções. Tem muita prática, andou me orientando.
— Cuidado...
— Cuidado por quê? Que é que há, Bruna?
Bruna esquivou-se, reticente. E noutro tom.
— Ela recebe muitas visitas? Tem amigos?
— Nas vezes em que fui, ficamos sozinhas. Ah, sim, um vizinho apareceu, um tal Rogério. São parceiros de tênis, ele queria uma raquete.
Quando transpuseram o vão da cerca de fícus, Virgínia sentiu o coração se apertar. Por ali se esgueirara Conrado

naquela tarde remota, por ali fugira atarantado como um criminoso. Mas Otávia enfrentara a Fraulein com sua fisionomia imperturbável. Pareceu-lhe ouvir ainda a vozinha polida, "Esqueci minha gramática".

— É muito nosso amigo — disse Bruna. — Um excelente caráter. Às vezes é como um meninão. Mas sempre tão generoso, tão bom.

"Quem?", Virgínia esteve a ponto de perguntar. Lembrou-se em tempo, ah, Rogério. Era alto, musculoso e tinha um belo riso que se destacava radioso na pele bronzeada. Letícia não escondera uma certa irritação ao vê-lo, mas ele não percebera nada. Sentara-se, servira-se de uísque e pusera-se a falar com desembaraço de uma briga no clube, da qual participara com grande vantagem sobre os demais. Tinha o ar ignorante e feliz.

— Parece um desses deuses musculosos que saem nas capas das revistas esportivas. Ficaria bem numa tanga de leopardo, reluzente de óleo.

— Rogério tem um sol dentro de si.

Virgínia estranhou. Sol? Aquele remanescente das cavernas com um sol dentro de si? Achou mais prudente concordar. Bruna perdera o aspecto místico mas a voz, esta ainda conservava o antigo tom arrebatado e que não admitia contestações. Era um tom convincente porque sincero. Mas perigoso porque quase sempre injusto. Com aquele mesmo fervor ela a açulara contra Daniel. "É preciso esmagá-lo como São Jorge esmagou o dragão!" Daniel, dragão... Triturou entre os dentes a folhinha de grama. E afastou o pensamento para as profundezas.

— Bruna, por que o pai mandou arrancar os ciprestes?

— A ideia foi minha. Achei que a casa estava parecendo um túmulo, os ciprestes cresceram demais, ficaram sinistros. Falei então com papai e... Ah, lá vai ele — exclamou apressando o passo. — Paizinho!

Natércio saíra para seu passeio habitual. Virgínia aproximou-se. "Parece um velho", pensou ela. A cabeça embranquecera e os ombros, antes largos, tinham agora qualquer coisa de frágil, de tímido. Assim de costas, podia ter uma aparência afável. Mas de frente, ah, de frente topava-se com aqueles olhos duros, com aquela boca severa. "Não se aproxime muito", parecia advertir-lhe com o orgulho de animal ferido. "Não se aproxime tanto", pedia a ela, principalmente a ela. Se houvesse ao menos alguma cordialidade entre ambos, a convivência podia ser até fácil. Mas desde aquela noite de tempestade, desde aquela noite ele não pudera mais olhá-la de frente.

— Paizinho, quer jantar hoje em casa? — pediu Bruna. — Arranjei uma nova cozinheira, vai ter aquela torta de maçã. Ele ajeitou os grossos óculos de lentes esverdeadas. Por um momento elas refletiram um pedaço do gramado e eram belas as duas miniaturas assim na superfície arredondada dos vidros. Mas Virgínia manteve-se a uma certa distância. Mascarados sob as miniaturas cálidas, estavam os olhos. E estes refletiam uma paisagem gelada.

— Não posso, filha, tenho muito trabalho, fica para outra vez. — Voltou-se para Virgínia, mas não a encarou. — Tudo em ordem, Virgínia? Otávia já lhe deu a mesada? — E após a afirmativa, tocando no ombro de Bruna, à maneira de despedida: — Uma noite dessas, Bruna, uma noite dessas...

Já no vestíbulo, Bruna consertou o penteado no espelho. Falou no antigo tom apaixonado.

— Até de mim ele se afastou, cada vez mais fechado, mais difícil. Precisamos ajudá-lo, meu Deus, fazer alguma coisa...

Virgínia contraiu as sobrancelhas. *Precisamos?* Lançou um rápido olhar para a porta diante da qual — quantas vezes, quantas! — detivera-se ansiosa, à espera de uma palavra, de um gesto. Ah! como era importante para ela o mais ligeiro sinal de afeição. Mas sempre encontrou a porta fechada. Não seria agora que ele iria lembrar-se de abri-la. E mesmo que o fizesse, era tarde para entrar.

— Eu não posso fazer nada.

— Ele está se matando, Virgínia, está se matando e isso vem de longe. Nunca mais foi o mesmo homem, nunca mais voltou a sorrir como sorria, ele que era tão brincalhão, tão alegre.

— Alegre?

— Você não se lembra porque isso foi antes da mamãe sair de casa para ir viver com aquele homem, foi antes ainda... — Calou-se dilatando as narinas. — Foi antes, está entendendo?

Virgínia empalideceu. "Ela vai falar nele e eu vou responder." Mas Bruna voltou-se para o espelho do armário. Fechou-o. Quando falou novamente, a voz saiu quase natural. Atenuara-se a expressão agressiva.

— Otávia deve estar lá em cima, não? Vamos subir.

A antiga saleta de brinquedos estava transformada no ateliê de Otávia. Em meio da desordem de telas e tintas, ela pintava tranquilamente. Assim que viu as irmãs, pousou o pincel e acendeu um cigarro. Apontou o gato que cochilava na cadeira.

— O mais repousante dos meus modelos. Depois de Conrado, naturalmente, que seria capaz de ficar dias e dias na mesma posição, um hindu com os passarinhos todos fazendo ninho na sua cabeça.

Bruna tropeçou nos sapatos de Otávia, ela gostava de trabalhar descalça.

— Mas Otávia, você disse que Pedro se despediu. Por quê?

— Ora, por quê?! — Fez um gesto vago. — Lá sei por quê. Foi-se embora ontem à noite. Deu-me uns tapas e foi-se embora.

— Tapas?!

Otávia teve um risinho.

— Que cara você tem, querida! — Ficou séria. E recomeçou a pintar. — Depois do jantar pedi-lhe que me levasse à casa de uns amigos e que às tantas fosse me buscar. Na volta, ele precisou enfiar o carro num buraco. Disse-lhe então que não podia haver pior chofer no mundo, o que é a pura verdade. E ele, verde de ciúmes, claro...

— Mas Otávia!

— Mais tarde fui procurá-lo no quarto, separo bem a profissão dele de todo o resto. Então me disse um bando de coisas, me estapeou e foi-se embora. O cretino. Eu sabia que acabaria se apaixonando por mim.

— Mas Otávia... — repetiu Bruna. O espanto dava lugar à indignação. — Que baixeza! Chegar a um ponto desses! E você ainda conta com essa naturalidade...

Otávia voltou para a irmã o rosto cândido. Um anel de cabelo caiu-lhe na testa alta e branca.

— Por que esse espanto agora? Entre amantes há intimidade suficiente também para tapas, você sabe disso.

— Que desgosto, Otávia, que desgosto. Se papai soubesse — murmurou Bruna saindo do quarto. Estava lívida. — Não sei mesmo como você pode...

— E daí? Será que perdi o céu? — perguntou Otávia apontando o teto. Um risinho brando sacudiu-lhe os ombros — Volte sempre, minha querida, volte sempre!

Por um instante Virgínia ficou imóvel na penumbra do corredor. Chegava-lhe agora aos ouvidos a conversa entre Bruna e Inocência no cômodo vizinho, mas essas eram vozes estranhas falando uma língua estranha. Reviu a mãe com a mesma expressão desatenta de Otávia, acenando molemente: "Voltem sempre, vocês são tão minhas queridas...". Foi descendo a escada, evitando despertar os degraus. Alguém tocava piano na sala.

— Conrado! — sussurrou, apoiando-se ao corrimão.

Via agora que o tempo todo estivera pensando nele, que o tempo todo precisara dele. Sentiu as pernas bambas e a boca seca. A esperança daquele amor mil vezes renunciado voltava com uma força que se assemelhava a um milagre. "Conrado, eu te amo", disse ao entrar na sala. Mas só os lábios se moveram e não emitiram nenhum som. Podia vê-lo sem ser vista. E não queria mesmo ser vista, era preciso não

falar, ficar assim, respirando mansamente naquela aura de encantamento.
— Então, Virgínia? Conhece esta música? — perguntou ele sem se voltar. — Chama-se *Gymnopédie*. Não é bonita? Fez uma pausa. — Mas é triste. Imagine uma noite prateada numa praia da Lacônia. Tudo deserto, apenas alguns meninos nus dançando em redor de colunas. Algumas estão partidas e por isso os movimentos dos meninos são solenes e o coro de vozes é desolado.
Ela aproximou-se. Agora podia ver-lhe o perfil distante e dolorido assim como a música, exatamente como a música.
— Conrado...
— Hum?
— Como é que você sabia que era eu?
Ele girou na banqueta e encarou-a.
— Senti o andar da menininha pisando na ponta dos pés.
— Conrado, eu queria tanto mudar, quero dizer, voltar diferente, sem as marcas antigas, apagar aquela Virgínia que fui...
— Mas por quê? Não tem nada que se negar, Virgínia! A menininha continua, não adianta querer escondê-la, vamos, abra-lhe os braços... Ainda agora você era ela pisando com medo de incomodar alguém que estivesse dormindo ou doente.
— Eu não queria acordar minha mãe...
Ele tomou-lhe a mão. Beijou-a. Havia nos seus olhos uma expressão tão terna que ela se conteve para não ceder ao impulso de apertá-lo nos braços, "Eu te amo, Conrado! Ouviu bem? Eu te amo!". Apertou os lábios como que para conter a torrente de palavras há anos sufocadas. Contudo, se as libertasse talvez se transformassem simplesmente nestas: "Eu te amo, eu te amo, eu te amo...". Por tantas vezes represadas, teria que repeti-las infinitamente. Buscou-lhe o olhar. "Agora, já!" Mas ele se desviou. Então ela baixou a face pálida. O instante mágico passara. "Ele quis que

passasse." Voltava o amor silencioso que era tudo quanto ele lhe oferecia.

— Otávia está pintando — disse ela abrindo o álbum de música. — Quer que vá chamá-la?

— Hoje vim conversar com você, Virgínia. Então? Tudo bem?

"Tudo bem?", repetiu ela para si mesma. Teve um sorriso. Inteligente Conrado! Sabia o momento exato em que podia avançar sem nenhum perigo. Há pouco, se tivesse feito aquele mesmo gesto que fazia agora, tomando-lhe assim as mãos, tão afetuosamente... "Quer ser só meu amigo. Meu querido amigo." Retirou as mãos. Sentou-se.

— Estou trabalhando, se é isto que você quer saber. Talvez no próximo ano já não precise viver das mesadas que o pai me dá.

— Mas Otávia também recebe mesadas. E Bruna, até hoje.

— Mas com elas é diferente. Você sabe que é diferente, não sabe?

— Sei.

— Foi Bruna quem contou?

— Não, nunca ninguém me falou nisso. Mas eu sempre soube.

Virgínia pensou em Luciana. "Se eu te encontrasse em qualquer parte do mundo, te reconheceria: a filha de Daniel."

— Havia uma musiquinha que eu cantava, *Tim-tim, ferro macaquinho! Lá debaixo de uma árvore...* Era uma cantiga sem sentido e sem nenhuma melodia, principalmente sem sentido, como a vida. Fica a gente cantando, cantando e não descobre nada.

— Mas é mesmo preciso descobrir alguma coisa? Basta cantar.

Virgínia tomou de novo a mão que ele lhe estendeu e apertou-a com força. "Se continuássemos assim, só assim, de mãos dadas..."

— Eu desafino, Conrado.
Ele encarou-a. Ficou sério.
— Tem visto Letícia?
— Ainda ontem estive com ela.
Ele levantou-se, deu uma volta pela sala e deteve-se de punhos fechados diante do piano. Sacudiu a cabeça.
— Não a procure muito, Virgínia. Você sabe, ela teve um grande desgosto com o casamento de Afonso e isso a transtornou demais. Assim que nos mudamos para a chácara, cheguei a pensar que ela pudesse ainda se recuperar. Mas já era tarde. Quando veio me avisar que preferia morar sozinha, olhei-a e vi que de fato era o melhor a fazer. Não a reconheço mais nem ela a mim, decerto. Apenas em alguns momentos, quando enfurna a mão nos cabelos e inclina a cabeça para o ombro, vejo nela minha mãe, minha infância, tudo enfim que tive e perdi. — Ele agora falava baixinho, um pouco arcado, a boca crispada. E noutro tom: — Ela não é uma boa influência para você.
— Nem a sua Otávia.
Ele teve um sorriso lento.
— Falamos de Letícia. Você anda pelos vinte anos, está bastante amadurecida para certas coisas, para outras é ainda uma criança.
— Então estou em perigo?
— Às vezes penso que sim, Virgínia. Mas quando a encontro, quando olho nos seus olhos como neste instante, tenho certeza absoluta de que atravessará todas as provas e sairá tal como entrou. É como se a mão de Deus estivesse na sua cabeça. Ninguém lhe fará mal algum.
No silêncio do casarão foi subindo a voz tremida de Inocência a cantarolar um fado. Virgínia olhou-o. Ele encostara-se na janela e parecia interessado num pardal que passeava pela grama.
— Você acredita em Deus? — perguntou ela após algum tempo.
— Antes, *deduzi* que Ele devia existir. Mas fui além, depois.

O fato é que nesta minha vida assim de solidão, eu pensava ter escalado toda aquela escada de que fala Platão, você se lembra disso? No primeiro degrau, o simples amor pelas coisas terrenas, pelas belas coisas terrenas. Prosseguindo, chega-se às belas formas, das belas formas ao belo proceder, do belo proceder aos belos princípios, dos belos princípios ao princípio último, que é o da beleza absoluta. Raciocinei, e a beleza absoluta só pode ser Deus. — Calou-se. Acendeu um cigarro. — Como vê, tudo assim formal, calculado. Mas uma tarde, na chácara, eu olhava uma teia de aranha e então aconteceu isso, *senti* em redor a presença Dele. No céu, o sol lançava raios vermelhos e retos, iguais aos que as crianças traçam nos seus desenhos, iguais aos ingênuos resplendores dos santinhos de papel. Vi então que Ele estava na tarde, no todo imenso e na parte ínfima, estava na luz do sol e na sombra rendada que a teia da aranha projetava no chão, estava nas folhas aos meus pés e estava naquele passarinho que passou como uma seta sobre minha cabeça. Quando respirei, era como se estivesse respirando Deus.

Virgínia ainda o olhava, fascinada. Sentiu a própria face escura. Ergueu-a desafiante.

— Pois eu O perdi numa noite de tempestade. E para sempre.

— Quando, Virgínia? Quando?

Ela entrelaçou as mãos no regaço.

— Você deve se lembrar de que nas vésperas da minha ida para o colégio, a Bíblia de Bruna foi encontrada debaixo do cipreste, meio enterrada na lama. Fui eu quem a atirou pela janela, acho que Bruna nunca duvidou disso. Quando voltei a ver aquela capa preta aberta como asas, era como se estivesse vendo... — Interrompeu a frase. E num tom mais brando: — Minha mãe dizia sempre, em meio dos seus delírios, que besouro que cai de costas não se levanta nunca mais. Fica esperneando, zumbe e não consegue se levantar. Besouro e anjo, pensei ao ver a Bíblia no chão. Deixei-a no mesmo lugar. Mas não resisti ao desejo de voltar para vê-la outra vez. O vento agitava algumas páginas já secas, o corpo do anjo, como que tentando ajudá-lo a voar. Mas as asas pretas continuavam bem presas no chão.

— Mas depois disso, Virgínia, no colégio?

— Não me fale no colégio. A melhor maneira para seguir não acreditando em nada é nos cercarmos de padres e freiras que acreditam demais. Creio, sim, na sobrevivência da alma, mas isto porque sinto os meus mortos em redor. Eles continuam embora nenhuma força consiga governá-los. Mortos e vivos, estão todos por aí completamente soltos. E a confusão é geral.

Conrado chegou a abrir a boca para dizer qualquer coisa. Conteve-se. E sempre voltado para a janela, com uma expressão insondável ficou olhando o pardal.

IV

— Quero acabar este desenho, querida. Vá você e diga que irei visitá-la um dia desses. Sabe o que ela tem? — perguntou Otávia examinando o pincel. Estirou as pernas e esfregou no tapete os pés descalços. — Não, não é anemia. Anêmica sou eu.

— Mas a Bruna...

— Bruna detesta dar os nomes aos bois, podendo, ela camufla — acrescentou Otávia debruçando-se sobre o papel que estava na mesa. Traçou com pinceladas rápidas um círculo meio deformado, com um olho desvairado no centro. Em torno do círculo, fez uma espécie de cabeleira brotando emaranhada em todos os sentidos. — A célula louca. Louca, louca.

Virgínia desviou o olhar do desenho. E ficou olhando para o pé de Otávia pequeno e delicado, as unhas esmaltadas de rosa.

— Então, está perdida.

— Estamos todos perdidos — murmurou Otávia recomeçando tranquilamente a desenhar. Já não pensava mais no assunto. — Completamente perdidos.

Virgínia saiu do ateliê. No vestíbulo, encontrou Inocência, que trazia um ramo de rosas vermelhas.

— Olha aí as flores que a menina pediu. Eu gostaria tanto de ir, a pobre Frau Herta! Mas preciso ajudar Berenice a enfeitar a árvore, o Natal está aí e tudo atrasou tanto! — Suspirou desolada. Baixou a voz. — E acho que ela não vai durar muito, parece que a coisa se alastrou pelo corpo, deitou raízes.

Virgínia apanhou o ramo de rosas. "Arranca, Daniel, arranca que elas estão se enterrando nos meus dedos!" Foi descendo a escada. Raízes. As raízes eram sempre profundas e terríveis. Bruna também falara no seu tom frenético: "Na hora em que Berenice nascia, em meio das dores, senti maravilhada que a raiz do mundo estava no meu ventre!"

— Será preciso arrancá-las — sussurrou abrindo a porta. Enveredou pela alameda batida de sol. E repetiu como num sonho: — Arrancá-las.

Deteve-se para chutar um pedregulho maior. Na véspera, fizera aquele mesmo trajeto em companhia de Conrado. E como lhe perguntasse o que pretendia fazer no próximo ano ele respondera, entre risonho e grave: — Lembre-se de alguma coisa inútil e provavelmente será isso o que estarei fazendo. Ouça, Virgínia, é preciso amar o inútil. Criar pombos sem pensar em comê-los, plantar roseiras sem pensar em colher as rosas, escrever sem pensar em publicar, fazer coisas assim, sem esperar nada em troca. A distância mais curta entre dois pontos pode ser a linha reta, mas é nos caminhos curvos que se encontram as melhores coisas. A música — acrescentou, detendo-se ao ouvir os sons distantes de um piano num exercício ingênuo. — Este céu que nem promete chuva — prosseguiu. — Aquela estrelinha que está nascendo ali... Está vendo aquela estrelinha? Há milênios não tem feito nada, não guiou os Reis Magos, nem os pastores, nem os marinheiros perdidos. Não faz nada. Apenas brilha. Ninguém repara nela porque é uma estrela inútil. Pois é preciso amar o inútil porque no inútil está a Beleza. No inútil também está Deus.

Virgínia apertou o ramo de rosas contra o peito. "Inútil é o amor que tenho por você", quis dizer-lhe. Não disse. Aquela foi uma hora de paz, a mais leve ironia poderia embaçar sua transparência. Parecia sentir ainda a leve pressão dos dedos de Conrado no seu braço. Mais tarde haveria de lembrá-lo assim, todo feito de palavras e de gestos inúteis. Mas inesquecível.

— Pode-se saber aonde vai esta ninfa?

Ela se assustou. Por que Afonso tinha essa mania de vir sempre por trás, sorrateiro como um caçador?

— Fugindo deste fauno.

Ele passou o braço em torno da sua cintura.

— Um fauno bem chateado, minha bela. Mas aonde você vai?

— Visitar Frau Herta. Quer vir comigo? — convidou. E antes que ele falasse já sabia a resposta.

— Não posso, reservei o dia para terminar um projeto. E retocar um poema que escrevi ontem. Mas levo você até lá, é uma rua infame, tão longe!

— Hoje é o aniversário dela.

— Verdade? Coitada, tinha mania de fazer nos nossos aniversários uns enormes bolos com velinhas. Ao invés dessas flores você devia levar-lhe um bolo, ela não dispensava o bolo. Nem aquela musiquinha nojenta da tal data querida.

— Ela não teria forças para apagar as velas.

No carro, ele inclinou-se e beijou-lhe a mão.

— Gosto desse seu perfume. É alfazema? Combina com seu tipo.

— De uma jovem professora em férias? — atalhou-o. Tranquilizou-se ao vê-lo rir. Sentia que se aproximava o instante em que ele lhe falaria a sério. E ainda não sabia o que fazer quando o instante chegasse.

— Gosto também do seu pulôver, você fica muito bem assim nesse gênero esportivo dado a intelectual, pode abusar. — Olhou-a de soslaio. — Essas rosas vermelhas sobre o preto do pulôver estão uma dessas coisas, entende? Impressionante, Virgínia. Seus olhos também fazem parte desse *rouge et noir,* é ver uma personagem de Stendhal. — Imprimiu maior velocidade ao carro. — Vamos fugir?
— Para onde?
— Para um décimo andar. É o meu escritório. Lá passo os dias desenhando casas e escrevendo versos. Quando os clientes me procuram, tomo um ar ocupadíssimo. Mas assim que me pilho sozinho, encho o copo de uísque e procuro uma nova forma poética para dizer que estou apaixonado.

Ela arrependeu-se da provocação ao vê-lo grave, as narinas dilatadas. O olhar turvo.

— Mas seus versos não são herméticos? Não terá que dizer nada, o hermético é hermético.

— Saltarei pela janela se não puder dizê-lo.

O carro seguia agora por uma rua de casario encardido, entremeada de terrenos baldios. "É agora", pensou ela, lançando um olhar às mãos que deslizavam nervosamente pela direção, numa instabilidade inquietante. Relaxou a posição tensa quando ele diminuiu a marcha e atentou para os números das casas.

— Trouxe uma vez seu pai até aqui. Está me parecendo que é aquele sobrado, está vendo? Não pode haver nada mais medonho.

— Parece um navio.

Ele brecou.

— O requinte está nessas janelas com formato de ovo, vou copiá-las para a minha próxima construção — disse segurando-a pelo pulso. — E daqui, para onde vai? Quer que eu espere?

Ela sentiu no peito a picada de um espinho. Afastou para os joelhos o ramo de rosas. Ali estava Afonso, o temível Afonso, a cara contraída num ricto de desejo tão agudo que

chegava a ser doloroso. Lembrou-se da tarde em que, repudiada, atirara um punhado de folhas no anão de pedra. As folhas resvalaram e ele continuava inatingível. Mas agora podia feri-lo, justamente agora que covardemente ele lhe abria a roda, "Vem, Virgínia, me dê sua mão!". Aproximou-se mais. E ofereceu-lhe a boca. Puxando-a pelos ombros, ele beijou-a com violência desesperada.
— Virgínia, Virgínia! — suplicou, ao ver que ela lhe fugia. Vorazmente conseguiu beijá-la ainda. — Meu amor... Espera!
Ela esgueirou-se para fora do carro.
— Amanhã conversaremos, amanhã à noite.
— Amanhã seu pai vai jantar em casa, é impossível!
— Sábado, então.
— Mas sábado é Natal, tem a ceia de Bruna.
— Pois conversaremos depois da ceia.
— Não, não, tem que ser hoje! — exclamou ele agarrando-lhe a mão. — Hoje, Virgínia, às nove, está bem?
Ela bateu a porta do carro e ficou olhando pela janela. Na penumbra rosada da tarde delineava-se melhor o queixo pontudo, a tremer ingênuo como o queixo de uma criança a quem se nega o doce.
— Sábado, Afonso, sábado. Depois da ceia.
— Virgínia, meu amor, há dias que você vem se esquivando! Sábado haverá uma multidão em redor, a ceia vai acabar tarde, a gente não vai poder sair assim...
Virgínia deixou-se beijar no rosto. "Me quer para amante urgentemente. Urgentemente." Lúcida, gelada, sentia agora os lábios gulosos deslizarem pelas suas mãos. "Me quer para amante mas jamais abandonará Bruna." No fundo, era igual a Conrado que jamais deixaria de amar Otávia. "Fará tudo por mim, menos se casar comigo." E se lhe falasse nisso, ah, que prosaico, que burguês! Ora, casar... "Mas, amor, você não entende? Não posso abandonar minha família, ela não pode pagar pelos meus erros. Criaremos o nosso

mundo à parte." Mundo à parte! Já Conrado seguia outra linha, não, jamais lhe faria qualquer convite objetivo, era distinto demais, um cavalheiro. E depois, que responsabilidade! Se ela fosse amoral, como Otávia, ainda bem, não haveria complicações. Mas assim tão sonhadora, tão cheia de fervor... Nem para amante Conrado a queria. Preferia aquela amizade branca, "Virgínia, você é intocável!" Indefinidamente continuaria a lhe soprar nos ouvidos o pólen inútil das palavras inúteis. E um dia qualquer, com toda naturalidade, sem aviso prévio, acabaria se casando com Otávia. Teria mais ou menos a frase sonsa de Afonso, "Íamos passando por uma igreja e nos lembramos de casar".
— Depois da ceia, Afonso. Quando tudo estiver acabado, nos encontraremos no jardim, seja a hora que for.
Ele franziu a testa. Parecia arquitetar desde já o pretexto que usaria para Bruna deixá-lo sair. O rosto, há pouco sombreado, iluminou-se de repente.
— Está certo, depois da ceia. Iremos para o meu décimo andar e lerei o poema dedicado a você. Virgínia, se soubesse! — E baixinho, atropeladamente: — Há dias tive que me conter como um louco para não lhe confessar tudo. Tinha ido buscar Berenice, que estava na sua casa, quando a vi de longe, sentada perto da fonte, secando os cabelos. Tive então a certeza de que num outro tempo já nos encontramos, que num outro tempo chegamos a nos amar e que antes também, num dia igual, a surpreendi assim mesmo, ao lado de uma fonte, secando os cabelos ao sol.
Ela sorriu veladamente. "Lindo!" Seria bem divertido dar-lhe toda a corda e no momento propício, quando ele estivesse no auge, lá no alto, cortar o fio, delicadamente, tique... Cantaria em seguida a cantiguinha de Otávia: "Adeus, querido, adeus! Te escreverei talvez, oh, sim, talvez...".
Deixou-se ainda beijar na boca e em seguida fugiu correndo. A porta do sobrado estava apenas entreaberta. Entrou num vestíbulo frouxamente iluminado, cheirando a mofo. Num canto havia uma mesa de vime, coberta com uma

toalha de crochê, e uma cadeira de balanço com o assento de palha furado. No braço da cadeira, uma almofada de cetim preto feita com as sobras de algum vestido. Mas as sobras provavelmente não foram suficientes e houve necessidade de recorrer ao retalho de seda vermelha, pregado no centro como um remendo. Nas bordas do retalho a costura rompera e por entre os largos pontos estourados brotava o algodão, empelotado e cinzento. Virgínia pensou em miolos. Desviou o olhar do conjunto sinistro. Na rua, o ruído do carro se distanciando soava melancólico, assim como o desmoronamento da última ponte que ainda a ligava ao mundo lá fora. Subiu a escada, aguçando os ouvidos no silêncio intimidante como o das emboscadas. A casa parecia deserta mas ela adivinhava a vida secreta pululando nos quartos, velada como sob a pele de um cadáver. Uma velha espreitou pelo vão da porta que se abriu no estreito corredor. Tinha a cara extravagantemente pintada e a cabeleira ressequida.
— Deseja alguma coisa?
Virgínia recuou. Tinha ideia de já ter encontrado aquela megera. Mas onde?
— O quarto de Frau Herta.
A mulher passou a mão pela peruca empoeirada. Os dedos encarquilhados exibiam pedras escandalosamente falsas.
— Piorou muito, mas muito... — lamentou, compondo no pescoço uma gargantilha de renda emurchecida. — A senhorita não é a Otávia? Claro, logo se vê que não é. Ela me disse que Otávia é alourada. Como ela gosta dessa sua irmã, que paixão!
— Era a preferida.
— Logo se vê, a coitada não fala noutro nome. Diz que é muito bonita, não? — perguntou a mulher em meio de um pigarro. E sem esperar pela resposta: — Uma sorte Frau Herta ter um patrão como seu pai. Homem fino. Pontualmente manda o chofer trazer a mensalidade, os remédios, não falta nada para a pobrezinha. Homem fino. Pena ela

ficar aí tão sozinha, dias, meses sem nenhuma visita! Se sua irmã viesse ao menos de vez em quando...
— Ela não pode.
— Pois é, a gente não pode mesmo — prosseguiu a mulher, fazendo girar pensativamente a pedra verde no dedo mínimo. Suspirou. E desculpando-se servil: — O quarto dela é o último, aquela porta ali, não precisa bater, vá entrando. Estou fazendo meu café, por isso não acompanho.

Frau Herta estava estendida numa cama tosca, refugiada no canto de um quarto que mais parecia um depósito de móveis imprestáveis, irmanados sob a mesma poeira. O rosto escaveirado tinha a cor de palha seca.

— É Otávia? — Os olhinhos azuis eram agora duas embaçadas bolinhas de gude nos buracos das órbitas. — Otávia? É você, minha querida?

Virgínia sentou-se na cadeira ao lado da cama.

— Não, sou eu, Virgínia.

A cabeça da doente mergulhou de novo no travesseiro. Desvaneceu-se a esperança na fisionomia. Apenas nos lábios persistiu um resto de sorriso. Fez um gesto afável para compensar a decepção.

— Ah, Virgínia... Não posso ver direito, só distingo os vultos. Pensei que fosse Otávia por causa do perfume, você agora está usando o perfume dela?

Virgínia quis sorrir mas não teve forças. Sentiu na pergunta uma remota ponta do antigo ciúme da mulher por tudo que se relacionava a Otávia. E quase uma censura, "Está usando o perfume dela?".

— A senhora sentiu o perfume destas rosas — disse colocando o ramo na mesinha. — Presente de Otávia para a senhora, um ramo de rosas vermelhas.

— E por que ela não veio? Por quê?

— Ela está adoentada, não pode sair. Mas fez questão de lhe mandar estas rosas com um grande beijo.

— Adoentada? Mas o que ela tem? — A testa da mulher amarfanhou-se. — Alguma coisa séria?

Virgínia desviou o olhar para os poucos vidros de remédio na mesa de cabeceira. Numa colher de sopa havia o resquício de um líquido licoroso. Uma mosca rondava os vidros num voo circular, pesado. Sempre Otávia, Otávia. Chegara ao fim e prosseguia ainda naquela obsessão: "Algum resfriado? Mas ela tem febre? Ah, menina imprudente! Não se cuida como devia". Tranquilizou-a. Não era nada, uma indisposição ligeira, apenas por prudência o médico a proibira de sair. A mulher calou-se, arfante. Virgínia lançou em torno um olhar desamparado. O silêncio era por demais penoso. E ao mesmo tempo, que assunto poderia caber naquele quarto? Fixou-se na doente. Tinha cheiro de morte e até o perfume das rosas parecia agora corrompido como o perfume morno dos velórios.

— Quando cheguei, encontrei uma senhora ruiva no corredor...

— É a dona da pensão, Madame Simone. Mudou-me provisoriamente para cá e como há bastante espaço pediu-me que guardasse esses objetos — disse ela apontando evasivamente os móveis. — Mas assim que vagar um quarto melhor... E como vai Bruna? E a menina? Não aparecem nunca, só Conrado é que tem vindo me ver.

— Conrado? Ele tem vindo aqui?

— Trouxe-me frutas da chácara, menino bom aquele!

— E por que ele e Otávia não se decidiram ainda?

Virgínia fechou os olhos. Apertou os lábios. "Que cruel!" E arrependeu-se em seguida. Como era possível odiá-la? Envergonhou-se. Ela ia morrer, precisava de amor. E não lhe ocorria nada para dizer, nenhuma palavra, nenhum gesto, nada. Sentiu os olhos turvos de lágrimas. Mas não sabia se chorava pela doente ou por si mesma.

— Não se preocupe, Frau Herta, mais dia, menos dia... É um amor tão antigo. — Pensou em Luciana. E lentamente repetiu-lhe a frase. — São até parecidos, nem que fossem irmãos...

Inesperadamente veio lá de fora o riso agudo de uma criança. E em seguida o silêncio. Virgínia vagou o olhar pelos móveis amontoados numa desordem de loucura. Dentre todos, destacava-se um enorme armário preto que chegava até quase o teto. No espelho oval da porta havia um furo aparentemente feito por bala. Deteve o olhar no topo do móvel e veio-lhe a impressão nítida de que alguém se encarapitara lá em cima, um homenzinho de pernas curtas e cara astuta, ouvindo a conversa e sorrindo.

— Eu gostaria de ver os dois casados antes... — E a doente voltou o rosto para a parede. Apertou o lençol contra a boca.

— Diga a ela que fiquei muito feliz com as rosas que me mandou, feliz porque não me esqueceu.

Sob a manga frouxa da camisola, o pulso de Frau Herta descobriu-se aos poucos. Ali a gata cravara as unhas no momento em que era envenenada. Um dia inteiro Otávia chorara trancada no quarto. Agora Frau Herta ia morrer. Mas havia um desenho por terminar.

— Ainda ontem ela esteve falando na falta que a senhora faz. E que ninguém nunca mais ocupará seu lugar lá em casa, a senhora foi a pessoa que ela mais amou na infância.

— Ela disse isso?

— Disse. Seu retrato está na mesa dela.

— Meu retrato? — E Frau Herta voltou-se. Um sopro misterioso reanimou-lhe o olhar. — Não me lembro de ter deixado lá nenhum retrato. Só se foi um instantâneo que Bruna bateu há muito tempo, eu estava no jardim...

— Esse! É esse mesmo — confirmou Virgínia atropeladamente. — A senhora está rindo e tem o cesto de costura na mão, está lembrada?

— Eu tinha ideia que era um vaso de avencas... O vaso pesava muito e eu já ia pôr ele no chão quando Bruna apareceu com a máquina e pediu que eu sorrisse, depressa, um sorriso! Mas eu estava com medo que o vaso caísse e saí com uma cara assustada.

— Não, pense bem, a senhora está rindo e tem o cestinho na mão, o retrato está lá, tenho certeza! Vê-se no fundo um pedaço do caramanchão — acrescentou com

volúpia. Era capaz de sustentar nesse instante a mais desbragada mentira. — Há alguém dentro do caramanchão, parece ser Conrado...
— Desse então não me lembro mesmo. E Otávia pôs no quadro? Minha querida Otávia... Mas por que ainda não veio? Por que não vem? Isso eu não entendo!
— Ela não suporta a ideia de vê-la doente, é sensível demais, a senhora sabe, não é como Bruna e eu... Não aparece, mas fica pensando o tempo todo, "E a Fraulein?!". Já falou com Conrado, quer que a senhora passe uma temporada na chácara. Agora vem a primavera, na primavera todos os doentes melhoram.
— Mas não é o verão que está para chegar?
— Não, é a primavera!
— E minhas avencas? A saudade que eu tenho das minhas avencas... Ah, Virgínia, será que eu posso mesmo? Será? Você acha que eu... Enfim, se melhorar...
— Ir para a chácara? Mas claro! — exclamou ela erguendo-se. Lançou um olhar assombrado ao armário e no qual estivera empoleirado o visitante invisível, ouvindo a conversa e sorrindo. Adivinhava-o agora dentro do móvel a espiar pelo furo negro do espelho. Baixou a voz para que ele não interferisse: — Viremos buscá-la, Frau Herta. A senhora vai convalescer na chácara.
— Quando? Mas quando?
Em meio da penumbra, a cara da doente parecia flutuar como uma tênue máscara de cinza. O cheiro corrompido tornara-se mais ativo.
— Dentro de alguns dias — sussurrou Virgínia apertando-lhe a mão. Foi saindo na ponta dos pés. — Dentro de alguns dias. O pai vai falar com seu médico, não tem problema, viremos buscá-la.
Quando se viu afinal no corredor, teve vontade de fugir desabaladamente antes que surgisse a megera de cabeleira postiça, absurda como as figuras que aparecem nos pesadelos e desaparecem em seguida sem explicação.

Anoitecia. Apressando cada vez mais o passo, ela se pôs a correr e só afrouxou a marcha quando atingiu a esquina. Uma estrela luzia palidamente no céu. A doente, o visitante grotesco a balançar lá no topo as perninhas curtas, a velha de cabeleira ressequida — tudo aquilo lhe parecia irreal como aquela estrela. Olhou para trás. O sobrado com suas janelas ovais era agora um navio de mortos afundando na névoa. Respirou. O vento trazia consigo um perfume doce que vinha de algum jasmineiro em flor.

V

"Bom Natal! Feliz Ano Novo!", era o estribilho da multidão que trançava pelas ruas num alvoroço descontrolado. "Feliz Ano Novo. Pois sim!", sussurrou Virgínia ao apertar a campainha do apartamento de Letícia. Difícil encontrar uma saudação mais formal. Podia-se desejar uma tarde feliz, uma noite feliz, um dia inteiro feliz, no máximo. Mas um ano? Felizes, só os alienados como Otávia. Os contemplativos como Conrado. Ou então os inconscientes como Rogério, lembrou-se ainda lançando um olhar ao apartamento vizinho.

— Que boa surpresa! — exclamou Letícia ao abrir a porta. Parecia satisfeita. E ao mesmo tempo, apreensiva. — Eu ia já te telefonar.

"Ela está com alguém", suspeitou Virgínia. E imediatamente ocorreu-lhe Rogério. "Como não pensei nele antes?"

— Não posso me demorar, estou voltando da cidade, andei fazendo compras — disse Virgínia. E calou-se.

Recostada numa poltrona estava uma adolescente muito ruiva e branca, meio sardenta. Tinha o rosto gorducho, traçado a compasso e olhos circundados por olheiras esverdeadas. Nos olhos, vestígios de lágrimas.

— Virgínia, você conhece a Madu? É a minha mais jovem amiga. Só que está hoje meio infeliz, hem, Madu?

Virgínia apertou a mão macia, um pouco úmida. Quis disfarçar o constrangimento desatando a falar sobre as compras que fizera. Mas não conseguia olhar Letícia de frente. A verdade atingiu-a de chofre. Então era isso. Agora entendia os risinhos ambíguos de Otávia, as advertências reticentes de Bruna, as ironias de Afonso, as preocupações de Conrado, "Não conheço mais a minha irmã".

— Tenho nojo dessa história de Natal, procuro fugir, mas todos os anos é a mesma coisa, quando dou acordo de mim, já estou na engrenagem — disse Letícia. E vendo Virgínia apanhar a bolsa: — Mas aonde você vai? Nada disso, você fica, precisamos ver aquela tradução juntas, não precisamos? — acrescentou tomando Virgínia pelo braço e fazendo-a sentar-se. Encheu um cálice de conhaque. — Aqueça-se com isto enquanto vou reanimar a lareira, está um gelo hoje! Não é incrível? Dezembro e este frio, nunca vi tempo mais demente. País tropical, hem?

Virgínia bebeu devagar, os olhos baixos. Então era isso? Mas como não desconfiara antes? Aí estava. Tão claro tudo. E deviam ter tido há pouco alguma discussão séria, como dois amantes.

— Também joga tênis? — lembrou-se de perguntar à adolescente.

— Não. Já pedi a Letícia para me ensinar, mas até agora ela ficou só na promessa.

— Você não gosta de esporte, Madu.

— Gosto! Mas você não me ensina nada.

— É que você não tem jeito, querida. Para que perder tempo? Bobagem — murmurou Letícia aproximando-se. Pousou as enormes mãos ossudas nos quadris retos. Com aquelas calças demasiado justas nos tornozelos fortes e com os cabelos tosados, parecia um esbelto bailarino assexuado. — Continue brilhando na sua datilografia e não peça mais nada.

— Nem um licorzinho?

— Você já está gorda como um abade, será que não percebe isso? Hem? Uma garota roliça que adora licor e bombom.

A moça fez um muxoxo. Abriu a bolsa de um branco duvidoso e pôs-se a pintar os lábios. As mãos também não pareciam muito limpas.
Virgínia teve um sorriso. Sentia-se agora mais à vontade. A Letícia... Uma caricatura de rapaz.
— Não me parece que ela esteja tão gorda assim, Letícia.
— Não? Uma baleiota. — E abrandando o tom da voz: — Vamos, Madu, seja boazinha e vá para casa, preciso trabalhar numa tradução com essa moça.
— Trabalhar?
— Trabalhar, sim. Vamos, volte outro dia, querida.
A adolescente inclinou a cabeça para o peito e de repente ficou uma criança.
— Você está me expulsando, Le.
Tomando-a pelos ombros, Letícia obrigou-a a levantar-se. Virgínia pensou na Ofélia do internato.
— Vamos, minha Madu, não seja dramática, conversaremos amanhã, hem? Não, não, nada de choro!
Havia qualquer coisa de pegajoso na boca úmida da adolescente. O olhar também era pesado. "Letícia está farta e ela ainda insiste", pensou Virgínia. Já não sentia piedade por aquela criatura que lhe lembrara Ofélia. Na despedida, a criança desaparecera para só ficar a mulherzinha. E esta era quase repugnante.
— Bom Natal, Madu! — retribuiu-lhe maliciosamente. Sabia muito bem que ela ia ter um Natal envenenado.
Letícia levou a amiga até a porta e voltou eufórica. Serviu-se de conhaque.
— Ai! Essa Madu... Eu quis imitar Pigmalião mas Vênus não me ajudou. Minha ruiva Galateia nasceu mesmo pedra, lido há tempos com ela e não vejo progresso algum.
— Falava agora baixinho: — Mas nada disso tem importância, o importante é que você está aqui. Não imagina, minha boneca, a alegria que me deu vindo assim, inesperadamente. Eu estava mesmo querendo chamá-la, precisávamos conversar. — Pousou a mão no ombro de Virgínia.

— E você está fumando! Ainda não tinha visto você fumar. Desde quando?
— Descobri que ajuda muito na convivência com os outros. Às vezes a gente não sabe o que dizer e então acende um cigarro. Não sabe como começar um assunto e lá vem um cigarro, todos esses pequeninos gestos são importantes para os tímidos. E eu sou tímida.
— Em esporte isso se chama *fazer cera.*
Virgínia pôs-se a beber em pequeninos goles. "Ela vai se declarar", pensou. Há tempos isso lhe daria náuseas, mas agora não. Nem náusea nem espanto.

"Ouça, querida", disse Otávia certa vez, "não fique assim com essa mentalidade de donzela folhetinesca, não separe com tanta precisão os heróis dos vilões, cada qual de um lado, tudo muito bonitinho como nas experiências de química. Não há gente completamente boa nem gente completamente má, está tudo misturado e a separação é impossível. O mal está no próprio gênero humano, ninguém presta. Às vezes a gente melhora. Mas passa."

E Otávia não estava certa? O mais aconselhável era não inventar classificações e ir fazendo tudo que desse ganas, sem esperar depois qualquer castigo ou prêmio. Encolheu os ombros. "E que interessa o castigo ou o prêmio? Tudo muda tanto que a pessoa que pecou na véspera já não é a mesma a ser punida no dia seguinte." Deixou cair o cigarro no cinzeiro. "Antes não fumava. Agora fumo." Sorriu para Letícia que se aproximava branda e silenciosamente. O essencial era desvencilhar-se da face antiga com a naturalidade da lagarta na metamorfose. A metamorfose! Livrar-se do casulo, romper aquele tecido de vivos e mortos, fugir! Por que ser fiel consigo mesma se nada permanecia? Nada. "Antes de tudo, destruir os hábitos — decidiu mergulhando a ponta da língua no conhaque. Por exemplo, deixar de amar Conrado e amar outro imediatamente. Letícia mesmo, por que não?" Encarou-a. E teve um risinho. "Estou ficando bêbada."

— Estou ficando bêbada — disse em voz alta. Letícia ligou a vitrola. Colocou o disco.
— Esta balada é tão bonita, você conhece? Conta a história de amor de dois pobres adolescentes apaixonados.
— Os adolescentes são ciumentos demais — disse Virgínia. — A sua Madu esteve a ponto de me esganar.
— É uma coitadinha, não percamos tempo com ela.
— Lembrou-me por um momento minha amiga Ofélia lá do meu colégio. Mas só por um momento, logo ela ficou assim uma mistura desagradável de inocência e vício. — Encostou a cabeça no espaldar do sofá. O conhaque a envolvia num hálito morno. O conhaque ou Letícia? — Acho que bebi demais.
— Ora, Virgínia, beba quanto quiser, é bom às vezes a gente tirar as mordaças, expulsar os vigias! — Tomou-lhe a mão. — Virgínia, mais uma vez repito o convite, por que não vem morar comigo? Sei que você não está bem lá, o seu pai não consegue se esquecer que... Bem a gente sabe que sua casa não é aquela.
— Nenhuma é minha casa.
— Pode ser esta. Arrumo o escritório para você, terá toda a liberdade, é evidente. Não lhe faltará nada. E poderá continuar trabalhando nas traduções, lecionar... Ou vadiar, simplesmente, que minha renda dá para nós duas, preciso de muito menos do que recebo. Então, minha boneca?

Virgínia mordeu o lábio. Tinha vontade de rir, mas rir às gargalhadas. Um homem falaria exatamente assim.

— Vamos ver, por enquanto estou assim perplexa, não sei. E com Afonso me cercando, o tempo todo ele está em volta, não me deixa em paz, sabia?

Letícia arregaçou a boca num sorriso gelado.

— Eu sabia, Virgínia. Ele tem me evitado, com medo que eu descubra, mas eu já sabia. Com que então o poeta se apaixonou?

Virgínia olhava o toco de cigarro agora chegando ao fim. A brasa voraz já atingia a ponta manchada de batom.

Tentando detê-la, mergulhou o dedo no cálice e umedeceu o toco. Deixou-o cair dentro do cálice. A brasa apagou-se e o papel, rompendo na emenda, deixou que o fumo saísse pesado, escuro. Arrependeu-se da intervenção. Seria mais limpo deixá-lo consumir-se pelo fogo. Letícia levantou-se e trouxe outro cálice.

— Afonso convidou-me para sair amanhã à noite, logo depois da ceia — disse num tom neutro. Ouvia a própria voz, impessoal. Estranha. — Nada no mundo fará com que ele desista.

— Mas você vai?

— Vou. Quem não vai é ele. Tão simples, Letícia, tão simples. E divertido também. Telefono anonimamente para Bruna avisando-a que se acautele porque logo depois da ceia uma certa dama tem um encontro marcado com Afonso. Está claro que ela acreditará na delação, você compreende, coisinhas de mulher. Há de querer saber quem está falando. Então, eu ... Clique! Desligo.

— E daí?

— Daí acabou. Acabou tudo. Ele inventará os mais loucos pretextos para sair, representa bem quando é preciso, é um perfeito artista. E ela não permitirá, é só. Tenho horror dessa coisa de telefonema anônimo, acho uma total vileza. Vileza ou vilania? — Deu uma risadinha. — Mas às vezes funciona.

— Não percebi ainda sua intenção. Por que avisar Bruna? Desnecessário o telefonema, deixe que ele espere e não apareça, ora...

Virgínia meneou vagarosamente a cabeça. Letícia não podia entender, ninguém podia entender aquilo. Ah, o prazer de imaginar a cena com toda a riqueza de minúcias. Bruna de pé no meio do quarto, vigilante e terrível como aqueles anjos de espada em punho que a cercavam na meninice, "Mas querido, sair a uma hora destas!". E ele forjando as maiores mentiras, tendo que se controlar, falar com naturalidade, "Queria apenas dar uma volta, respirar um pouco". Ela também participaria da farsa: "Então iremos juntos, estou mesmo com vontade de andar". E o tempo passando, passando, "Mas prefiro ir só, estou com dor de cabeça, preciso ir à farmácia!". Farmácia? Por que farmácia? "Tenho tudo aqui para dor de cabeça, dezenas de comprimidos." Ele chegaria a estourar? Não, talvez não. Acabaria exausto, mudo na cólera sufocada. E Bruna resplandeceria com a serenidade de um anjo vitorioso. Está claro que desde o início poderia desmascará-lo, baixar todas as cartas na mesa, armar uma enorme cena. Mas Bruna não era desse gênero. Requintada como um jesuíta, preferia o tipo da tortura sem alarde, calculada. Lenta. Contudo, era visível que não o amava. "Eu não o quero mais. Mas talvez ainda o queira", de quem era esse verso?

— Seria o nosso primeiro encontro — começou Virgínia.

— Tudo tão bem preparado, as bebidas, a música... Ele sabe que seria humilhante se logo na primeira vez tudo falhasse e ainda mais falhar devido a um motivo desses, *Bruna não me deixou sair!* Todo o resto dependeria dessa primeira vez, as tais sutilezas do começo de uma aventura. Já pensou que desencanto para mim?

Letícia deu uma risada sonora. Cruzou as pernas em cima da mesa. Calçava sapatos sem salto, de camurça vermelha.

— Esse nosso Afonso é bem do tipo de Michel.

— Michel?

— Um tipo que conheci há algum tempo. Casado. Aliás, nessa época eram três à minha volta, eu devia estar em plena forma — acrescentou. — Três homens, três técnicas, o primeiro dizia horrores da mulher, bruxa, víbora etecetera. Não a abandonava porque caso o fizesse, ela se mataria. E depois, havia uns quatro anjinhos, inocentes frutos da união desastrada. E um anjinho ainda por nascer. O segundo, esse Michel, quando falava na mulher ficava em transe, símbolo da castidade, santuário, vestal. Quando entro em casa, dizia, sacudo no capacho a poeira do mundo para não conspurcar o santuário. Apenas não amava mais a vestal, livro lido e relido e decorado. Queria novidade, eu, por exemplo. O terceiro não dizia nada. Nunca ele me falava nela e se eu sabia que era casado era porque tinha a aliança que não fizera qualquer menção de esconder. Os dois outros falavam o tempo todo mas esse era o próprio silêncio, preferia agir. Entreguei-me a ele. Um dia me lembrei de fazer perguntas mas nem cheguei a fazê-las porque nessa altura já tinha chegado a hora de dizermos adeus. — Atirou o cigarro na lareira apagada. E repentinamente, como se despertasse, apertou a mão de Virgínia: — Mas chega de divagações! Depois da ceia é comigo que você vai sair, está ouvindo? Farei uma ceia especial só para nós, com Mozart em surdina.

— Não gosto de Mozart.

— Mas vai gostar, minha boneca, vai gostar de Mozart e Bach. Chega de flor de laranja — acrescentou, enchendo-lhe o cálice vazio. — Chega de pieguismo, está na hora de se iniciar noutro gênero. Essa coisa de Natal, também... É preciso acabar com essa história que é de uma melancolia incrível, não se falará em Natal.

"Mas se pensará nele", disse Virgínia a si mesma. Ah! A obrigação de abraçar e ser abraçada, aquela necessidade de comunicação, de calor... Era cruel demais para quem estava na solidão.

— Se ao menos me restasse a fé.

Lembrava-se da igreja pela qual passara na véspera. A porta estava aberta. Lá dentro cantavam um hino. Espiou e de repente tudo lhe pareceu tão alegre, tão feliz que teve vontade de entrar e cantar também. Quem cantava assim não podia se sentir só.

— Fé? Tenha fé em você mesma, boneca, abra com suas mãos o seu caminho, com suas mãos, está entendendo?

— Sinto falta de Deus, Letícia. Se eu tivesse fé, seria como aquela gente que vi no templo metodista. Eles cantam, gostaria de aprender novamente a cantar.

— Mas o templo deles ainda é mais vazio do que os outros. Nem santos, nem anjinhos, nem panos dourados, nada. Você sentiria um vazio ainda maior, você tem um lado criança que gosta de correr atrás do padre para pedir medalhinhas. — Sorriu. E atraiu-a docemente para si. — Acreditemos em nós mesmas, o que já é muito.

Virgínia deteve o olhar mortiço na face árida da amiga. Os cabelos cinzentos eram de Conrado. Os cabelos e os olhos de cantos tristemente caídos. Baixou as pálpebras pesadas. "Faz de conta que é ele. É ele", repetiu num atordoamento. Afrouxou os músculos e relaxou a posição tensa no momento em que sentiu a boca de Letícia roçar-lhe pelo pescoço e subir lenta até alcançar-lhe os lábios. Entregou-se passiva ao beijo demorado. Fechou os olhos. "Conrado, Conrado..." Sentia agora a boca ávida roçar pelo seu queixo e morder-lhe de leve o lóbulo da orelha, puxando-a para baixo numa sucção úmida e quente. "A âncora", lembrou-se. Respirou com esforço. A âncora a arrastava para o fundo de um mar verde e denso. Ah! nunca mais viria à tona. "Nunca mais!", gemeu ao sentir o peso da cabeça prateada resvalar por entre seus seios.

A campainha soou insistente. Virgínia abriu desmesuradamente os olhos e num estremecimento apertou a fronte entre as mãos. Respirou de boca aberta. Por entre a névoa verde que se dissipava aos poucos, viu Letícia de pé na sua frente, passando devagar o lenço na boca. Estava extraordinariamente pálida. Os olhos lampejavam.

— Deve ser Rogério — murmurou, dirigindo-se à porta.
— Ele adivinhou que você está aqui.

Virgínia tirou uma pedrinha de gelo do balde e passou-a na nuca. Umedeceu os pulsos. O atordoamento dava lugar a uma agradável sensação de irresponsabilidade, leveza.

— Viva! — cumprimentou Rogério levantando o braço num gesto largo. Parecia completamente alheio à hostilidade da recepção. — Pensei com meus botões, aquelas duas estão lá sozinhas, vou distraí-las.

— Você pensa bem — disse Letícia entre os dentes.

Virgínia riu. Era cômico ver a exasperação de Letícia contrastando com o ar feliz do visitante. Estendeu-lhe a mão.

— Rogério, sente-se ao meu lado, por que tão longe?
— Fiquem à vontade — disse Letícia. Atenuou a aspereza da voz. — Vou preparar alguma coisa para comer. Volto já.
Virgínia sorria ainda num relaxamento doce. Sentia um gozo obscuro em ir passando de mão em mão. Afinal, a roda era pequena, logo chegaria a vez de Conrado, "Assim como chegou a de Letícia". Voltou-se para Rogério. Vestia camisa branca e vistosas meias brancas com listras amarelas. Cheirava a sabonete.
— E como vai esse moço?
— Agora vai muito bem! — ele exclamou. E baixando a voz: — Que bonita você está!
Virgínia serviu-o de uísque. Encolheu os ombros, rindo frouxamente.
— Bonita, mas infeliz. — Ele acendeu-lhe o cigarro. — Ah, Rogério, é bom estar ao seu lado. Você é o único que não me lembra nada e eu detesto lembrar. Gosto de gente como você, um verdadeiro bólido vindo de mundos desconhecidos. Um bólido campeão de tênis. Já venceu Letícia?
Ele exibiu os dentes fortes.
— Letícia, não. Mas no mês passado ganhei duas taças, quer ver? Estão na minha sala. Ganhei também o champanhe que está na geladeira, podíamos beber na taça maior.
Afonso queria mostrar-lhe os poemas. Letícia, os discos. Rogério, as taças. "Cada qual mostra o que tem." Riu ao ouvir ruído de louça quebrada.
— Letícia está quebrando coisas.
— Ela sabe que estou interessado em você. E não está aprovando.
— Que ideia. Por que não haveria de aprovar?
Ele baixou o olhar, afetando constrangimento.
— Não sei se devo...
Riram ao mesmo tempo.
— Você é um grande tipo — disse ela aproximando-se. Era engraçado ficar entre ambos, disputada por ambos. Seria perfeito se Afonso também estivesse presente. E Conrado

assistindo, "Cuidado, Virgínia, você se queima!". E daí? Não tinha ele a certeza de que ela sairia das provas tão incontaminada como entrara? Saberá se defender na hora certa, tem a mão de Deus na sua cabeça! Mão de Deus...
— Mas, Virgínia, agora é sério, nunca falei tão sério em minha vida, o que eu quero dizer é que tenho pensado em você noite e dia, ando até meio louco! Nunca me aconteceu isso de ficar assim alucinado por uma pequena que afinal só encontrei três vezes.
E não perdia tempo, era preciso avançar rapidamente antes que o outro tomasse a dianteira. Encarou-o. Parecia agora apreensivo, com receio de ter chegado atrasado naquela competição.
— Poderia ter me visitado.
— Pensei nisso, Virgínia — prosseguiu atropeladamente. Lançou um olhar em direção à porta, com medo de que Letícia aparecesse. Estava corado e transpirava. — Mas prefiro que o nosso encontro seja num outro lugar, tenho a impressão que seu pai não me aprecia muito.
— Por que não? Meu pai é assim mesmo fechado, um besouro. Não parece um besouro?
— Besouro? É... Parece mesmo um besourão! E a casa parece um túmulo, não parece? Desculpe, mas não gosto muito de ir lá.
— Túmulo? — atalhou-o Virgínia.
Túmulo. Quem mesmo, quem... Concentrou-se. E de repente lembrou-se da boca austera: "Mandei cortar os ciprestes porque a casa estava parecendo um túmulo". Então fora ele quem dera a ideia?
— Melhorou um pouco sem os ciprestes, mas continua meio tumular, não, Virgínia? Bonita, sim, mas tumular.
— Foi muito bom você ter falado com Bruna — atirou-lhe ela num tom displicente. Sentia-se agora lúcida. — Sua intervenção foi decisiva.
Ele manteve um silêncio prudente. "Até onde saberá?", parecia perguntar a si mesmo.

— Minha intervenção?

Ela encarou-o. E sorriu maliciosamente.

— Ora, Rogério, não faça agora o inocente, você sabe muito bem a influência que tem sobre ela. Nos menores detalhes.

Rogério baixou a cabeça, perturbado. Mas orgulhoso como um menino pilhado em flagrante em meio de uma proeza perigosa.

— Então ela contou?

— Não contou propriamente, mas essas coisas a gente acaba adivinhando, é difícil esconder um amor, ainda mais Bruna que é tão exaltada — murmurou Virgínia desviando o rosto para a janela.

A descoberta a transfigurou. Bruna tinha um amante. Um amante, Bruna, Bruna! A Bruna dos anjos, das bíblias, a Bruna que a açulara contra a mãe, a Bruna que lançara no seu coração a semente de ódio por Daniel. Tão inflexível! Tão pronta sempre para julgar. E quem ela escolhera para amante, quem? Aquele animal ensolarado, de meias berrantes e cabelos enlambuzados de óleo. Ali estava o amante de Bruna. Não, não era mais o anjo que a despertava do sono casto, também não era mais o esposo, agora era o amante.

— Mas ouça, Virgínia, meu caso com ela já está praticamente liquidado. Muito antes de você aparecer eu já estava disposto a terminar tudo. Bruna tem um temperamento esquisito, não combina com o meu, estou cansado! — explicou ele batendo com os punhos fechados nos joelhos. — Não fui eu que comecei, foi ela, não tenho culpa se agora... Eu queria apenas me divertir um pouco e pensei que ela quisesse se divertir também.

Virgínia apanhou uma bola de tênis que estava na poltrona. Passou-a lentamente na face, sentindo-lhe a aspereza. Ah! se Bruna o ouvisse. Divertir-se um pouco... Era esse o amante santificado. Suspirou.

— Trata-se de uma mística.

— Pois é, mas eu não topo essas conversas. Ela devia amar um pastor protestante que também gosta desses discursos.
— Discurso? — perguntou Letícia entrando na sala. Os olhos de perdigueiro alertavam-se, desconfiados. — Que discurso?
— Rogério estava dizendo que detesta discursos, discursos em geral, hem, Rogério? — adiantou-se Virgínia, deixando a bola rolar pelo tapete. Acompanhou-a com o olhar.
— Discursos políticos, religiosos, sentimentais... Letícia colocou na mesa o prato de sanduíches.
— Vocês estão muito inspirados. Vamos, Virgínia, coma um pouco para se recuperar. Rogério deve ter funcionado de rolo compressor.
Ele riu, mordendo um sanduíche.
— Até que as pequenas bem que gostam da minha companhia.
— Foi uma conversa excelente — murmurou Virgínia, voltando-se para o homem. — Ele é um encanto. Será de hoje em diante *mon chevalier servant*.
Num andar arrastado, Letícia foi até à janela. Fechou-a com força. E lançou a Rogério um olhar gelado.
— Não vai ao clube? Matilde deve estar à sua espera.
— Agora só recebo ordens desta cavalheira — exclamou ele piscando para Virgínia. Abocanhou o resto do sanduíche. — Quer ir a um cinema? Vi anunciado por aí um clássico de bangue-bangue, você gosta do gênero?
— Adoro — sussurrou ela, desviando o olhar de Letícia. Inclinou-se para o relógio. — Hora de cinema!

VI

O adultério e a adúltera morrerão e o mal será arrancado do seio de Israel, não era assim que Bruna falava? E ei-la agora bebendo da mesma água. Como justificaria a si mesma

aquele amante? "Comigo é diferente", devia pensar. "Tudo que se faz com amor verdadeiro é reto e amor verdadeiro é o meu." Amor verdadeiro... E a mãe? Bem, mas esta sim, esta transgrediu a lei dos sagrados deveres ao se amparar naquele amor, pecou ao confessar que era aquele o homem amado. "Comigo é diferente."
Virgínia apoiou os cotovelos na mesa de toalete. "Diferente", repetiu soprando da esponja o excesso de pó. Diferente, sim, mas diferente porque o amor de Laura por Daniel era feito de deslumbramento e loucura, ao passo que a ligação entre aqueles dois não passava de uma aventura sexual. E nada mais do que isto, embora até a si própria ela iludisse com as mistificações habituais. Ah, o amor de Daniel por Laura! A beleza daquele amor que o levara a se fazer de louco para assim penetrar no mundo da enferma. E com ela mergulhar na morte. Mas a mãe tivera a desfaçatez de confessar tudo, de abandonar Natércio. Injusto, não? O certo era fazer como ela, Bruna, fizera, tudo às escondidas, um amor de catacumba, bem de acordo com seu feitio, adorava o ídolo nos subterrâneos e depois lá fora continuava a vida normal com Afonso, sem que o laço entre os dois sofresse a mais leve ameaça. E Afonso? Tão sagaz, tão caviloso. Está claro que sabia de tudo, conhecia bem a mulher, não podia ter ilusões. Convencera--se no entanto que o mais cômodo era ignorar. Mas no íntimo se desesperava. E reagia à sua maneira, exagerando o tom agressivo na tentativa ingênua de mascarar a situação. E todos os demais também estavam cientes, Conrado, Otávia, Natércio, Letícia — principalmente Letícia, vizinha de Rogério e que tantas vezes devia ter ouvido o som dos cascos da égua bíblica subindo sorrateira por aquelas escadas. Sim, todos sabiam mas não comentavam. E se Rogério não desatasse a língua, ela, Virgínia, jamais saberia porque nenhum deles, hem?... Eram traidores mas não delatores. A estranha ciranda! — A menina ainda não está pronta? — perguntou Inocência batendo na porta. — Dona Bruna manda avisar que os outros já chegaram, só falta a menina.

Virgínia ergueu o olhar para o espelho, como se respondesse à imagem ali refletida. Daniel tinha a fronte assim pálida, contrastando com a zona sombria dos olhos. "Mas sua expressão era mais doce", pensou, escovando para trás a massa escura dos cabelos. Chegou a apanhar os grampos para prendê-los mas arrependeu-se. Nesta noite eles deviam ficar soltos. E os olhos fortemente sombreados de verde. E os lábios bem vermelhos, úmidos como um talho aberto na palidez da face. Levantou-se deslizando as mãos pelo vestido preto que lhe acentuava a linha fina do corpo. Prendeu no vértice do decote uma rosa de seda vermelha. "Qualquer prima-dona de subúrbio se lembraria de usar uma flor dessas." Sorriu baixando o olhar para o porta-retrato. Laura parecia agora mais distante com sua ajuizada fisionomia de colegial. Com as pontas dos dedos, Virgínia acariciou a moldura de couro esverdeado. O dourado das folhinhas de trevo nas cantoneiras estava quase imperceptível. "Então ele me enlaçou e saímos rodando em meio das luzes e dos espelhos e eu não podia mais parar, vi que nunca mais podia parar, um pião, um pião..."

Antes de apagar a luz, ela correu ainda o olhar pelos móveis escuros, de uma severidade monástica. Era o antigo quarto de Bruna com a mesma marca da sua fisionomia autoritária. Despojada, "Luciana, eu queria tanto uma mobília azul!". A vontade de ter uma mobília azul, não adiantava outra cor, tinha que ser mesmo azul. Nunca conseguira na hora certa o que mais desejara. Ou vinha tudo com atraso enorme ou então não vinha nunca.

Desceu a escada. O casarão adormecera na penumbra. Ao passar pelo armário do vestíbulo, encontrou-o com as portas abertas. Examinou-o pensativamente. Ali Frau Herta guardava o velho chapéu de feltro azul-marinho. Agora, no seu cabide preferido enrolava-se um cachecol anônimo há tempos esquecido e ainda não reclamado. Nada restava da sua passagem por aquela casa, nada. Poderia ter permanecido nas avencas, em Otávia. Mas as avencas, estranhando as mãos pesadas do jardineiro, murchavam nos vasos. E Otávia era como aquele espelho que refletia apenas quem se punha em frente.

Saiu. A noite estava fria mas belíssima. Achou a lua enorme e pensou em compará-la a alguma coisa mas desistiu: parecia lua mesmo, talvez nunca parecesse tão lua quanto naquela noite. Foi seguindo sem pressa até a cerca de fícus. Podia ouvir agora o sussurrar delicado da fonte escorrendo por entre as pedras. Tentou vislumbrá-la. E só distinguiu os anões de pedra com as caras lívidas banhadas de luar. Agora eles se ofereciam sem reservas, de um modo ou de outro, Afonso, Bruna, Letícia e Otávia — todos agora lhe expunham as faces sem mistério. Faltava Conrado, mas naquela roda tão unida não se podia atingir um sem afetar o vizinho. Conrado, Conrado. Um gesto que ele fizesse e tudo se transformaria como num passe de mágica. Pensou em si mesma. "Parece fácil e contudo..." Contudo, não fora também esse gesto que ela negara a Daniel? Fascinava-o a árvore da morte com suas raízes noturnas. Mas e se ela tivesse interferido? E se o reconhecesse e lhe pedisse para ficar? Quem sabe, quem sabe... Baixou a cabeça. A pior coisa que podia acontecer era mostrar-se cruel para com as pessoas. E as pessoas morrerem e não se ter tempo para fazer mais nada por elas. "Meu pobre pai", pensou a olhar um vaga-lume aceso na escuridão da cerca. A gota de luz durou um segundo e apagou em seguida. "Eu te feri tantas vezes mas também fui ferida." Contraiu os maxilares e apressou o passo.

Encontrou todos na sala onde fora posta a ceia na longa mesa iluminada por candelabros de velas vermelhas. Pensou em fazer um cumprimento geral mas quando deu acordo de si já estava cumprimentando um por um.

— Você está muito bem — saudou-a Otávia com seu sorriso manso. Prendera a cabeleira loura no alto da cabeça, mas alguns anéis desciam desatados até a nuca, entremeados por uma fita de prata. Também cor de prata era o

vestido decotado e colante. Parecia uma cobrinha prateada.
— Hum, toda de preto, fatalíssima, a maninha. Não gosto é dessa rosa vermelha. Por que essa rosa?
Virgínia deixou-se abraçar por Afonso.
— Mas a rosa é indispensável — disse ele. E num fio de voz: — Então, amor? Depois da ceia?
Desvencilhando-se do abraço, ela se dirigiu a Natércio e à avó de Afonso, sentados próximo do pinheiro meio vergado sob o peso dos enfeites. Excitadas e coradas, Berenice e mais três crianças corriam em redor.
— Feliz Natal, pai.
Natércio beijou-lhe a face. Mas ainda assim conseguiu desviar o olhar.
— Já tinha perguntado por você, filha. Procure a lembrancinha que pendurei na árvore, está com seu nome.
A velhinha cumprimentou-a meio distraidamente e prosseguiu contando a Natércio sua última crise de asma. Estava tão encarquilhada que parecia feita de um material diferente dos demais.
— Quando acordei no meio da noite, pensei que fosse morrer...
Letícia veio por trás e enlaçou Virgínia. Beijou-a demoradamente. Parecia muito satisfeita nas suas elegantes calças de veludo preto. A blusa, também preta, acentuava a aridez do rosto lavado. Calçava os extravagantes sapatos de camurça vermelha.
— Então, boneca? — soprou-lhe em voz baixa. — Você está bonita, mas magrinha, precisa comer. Deixe que eu faça seu prato.
— Então comece por aqui — interveio Rogério, oferecendo-lhe um copo de uísque. Transpirava e tinha os olhos congestionados. — Quando vi Otávia pensei que nada mais pudesse encontrar de tão sedutor. Mas você, Virgínia... Não é que passou sua irmã?
"Diz isso porque quer dormir comigo", pensou ela sorrindo candidamente. Mas com esta ou aquela intenção,

alguém acabara de lhe dizer o que jamais sonhara ouvir. Ficou eufórica.

— A retardatária — censurou Bruna acariciando-lhe a cabeça. O gesto era nervoso, impaciente. — Que é isso, soltou os cabelos? Você está com um ar assim de uma adolescente desvairada.

— Nossa irmãzinha parece a virgem louca — murmurou Otávia mordendo um figo. — Como é mesmo a história das lamparinas? Você sabe, Bruna, há virgens prudentes e virgens loucas, não é assim? As prudentes levam óleo bastante, mas as loucas...

— Otávia! — atalhou Bruna lançando um olhar à avó e a Natércio. Tranquilizou-se. Ele permanecia desligado do ambiente e da velhinha repetindo interminavelmente a história da asma. — Faça o favor de não começar com suas inconveniências.

— Mas está na Bíblia — retorquiu Otávia em meio de um risinho. E voltando-se para os outros que agora discutiam sobre a procedência dos Reis Magos. — Vieram da Índia.

— Por que da Índia? — quis saber Letícia. Parecia agora menos satisfeita. — Quem disse isso?

Otávia riu mais. Apanhou um cacho de uvas.

— Li num poema do Afonso.

— Mas quem se importa com o que Afonso escreve? Ele encheu o copo de vinho.

— Uma pessoa... — sussurrou pousando o olhar em Virgínia.

Ela desviou-se e tomou Rogério pelo braço.

— Você tem a cabeça de um gladiador romano. Lutará na arena por mim?

— Não quero outra coisa, meu amor! Dê suas ordens e obedecerei como um escravo. Você me disse que sou...

— Meu *chevalier servant*.

Inesperadamente, Letícia colocou-se entre ambos. O rosto parecia mais pálido e mais frio o brilho dos olhos. Falou em voz baixa, entre os dentes.

— Que jogo é este? Hem? Que é que você está querendo com esse cretino? Não sabe então que é o amante de Bruna?
— Sei.
— E então? — Aproximou-se mais. Tocou-lhe de leve no queixo, desceu os dedos trêmulos até o vértice do decote e acariciou-lhe a pele. Usava no dedo mínimo um grosso anel de ouro. — Você vem comigo, está ouvindo?
— E o seu pai, como vai ele?
— Está ótimo, mandou um telegrama. Mas ouça, Virgínia...
— E Conrado? Por que não veio ainda?
— Não sei, não sei! — repetiu Letícia crispando a mão. Abriu-a num cansaço. E fingiu ajeitar-lhe melhor a flor.
— Eu fazia uma pergunta, vem comigo? Tenho lá em casa um presente para você.

Virgínia bebeu com sofreguidão. Agora, se Conrado viesse agora, seria capaz de gritar, "Seu cego! Eu te amo, há dois mil anos que te amo, será que ainda não descobriu isso? Eu te amo, vamos, diga o que quiser, mas pelo amor de Deus, diga alguma coisa!".

— Diga alguma coisa — pediu ela docemente voltando-se para Rogério.

— Se eu fosse poeta...

— O poeta sou eu! — exclamou Afonso seguindo-a até a poltrona.

Mas Rogério adiantou-se e num gesto estabanado sentou-se aos seus pés.

— Tome do meu vinho, já provou deste branco? Está uma delícia — acrescentou oferecendo-lhe o copo.

"A caçada se anima", pensou ela bebendo lentamente. Esforçou-se em demonstrar interesse pelas banalidades que Rogério começou a desfiar sobre o amor. Mas tinha os olhos voltados para a porta. Por que Conrado demorava tanto?

— Meu urso manhoso — gracejou no momento em que ele fez uma pausa para beber. Estendeu a mão e acariciou-lhe a cabeça. — Ursinho...

— Prenda-o pelo focinho com uma corrente — aconselhou Bruna tentando sorrir.

Estava sentada ao lado da árvore, empertigada, com a dignidade de uma esfinge. O vestido sóbrio realçava-lhe a cintura fina e as vastas ancas. Todo seu aspecto severo era o de quem tinha os pés bem plantados no chão. A boca cerrada ainda insondável mas o olhar vagava desarvorado.

— Vovozinha, quer ouvir agora as crianças? — perguntou à avó de Afonso. — Ensaiaram comigo a cantiguinha de Natal.

— Uma vez ouvi os meninos do coro de Viena — sussurrou a velha passando a mão na gola alta do vestido lilás.

— Pareciam uns anjos.

— Atenção, Berenice! Não, filha, não mexa na árvore!

Virgínia a observava. Era fácil imaginá-la nua entre os braços de Rogério, entregando-lhe fogosamente toda aquela exuberância com o mesmo impulso com que se prostrava diante das imagens para oferecer-lhes a alma. A égua bíblica. "E não é de Afonso que ela tem ciúme. É deste animal", concluiu tomando entre as suas as mãos de Rogério. A reação foi imediata. Levantando-se do chão, ele sentou-se no braço da poltrona e ergueu a cabeça desafiante. "Gosto dela. E daí?"

Bruna arrumava as crianças num semicírculo diante da árvore.

— Otávia, venha acompanhar no piano — pediu. E voltando-se para a porta: — Enfim, moço! Só agora? Vamos, venha tocar com Otávia.

Virgínia sentiu-se desfalecer.

— Tentei uma ligação para falar com papai mas não consegui — desculpou-se Conrado. — Fiquei até agora enredado nas linhas, uma confusão.

— A ceia ainda está quase intacta — disse Bruna. — Quer comer antes alguma coisa?

— Depois — pediu Conrado inclinando-se para beijar Virgínia.

"Agora sei que não me ama", pensou ela. Não dera a menor demonstração de surpresa por encontrá-la de mãos dadas com Rogério. "Agora eu sei."

— Hoje pensei em você, Virgínia. Pensamentos de Natal — acrescentou ele indo sentar-se ao lado de Otávia. Abriu o piano. — Podemos começar?

As crianças levantaram os rostinhos, compenetradas. Virgínia bebeu um largo gole. "Pensamentos de Natal..." E voltou para Berenice o olhar desencantado. A cabecinha encaracolada era de Afonso, mas a boca era de Bruna. Logo também veria anjos aos bandos como a mãe via. E sentiria a mesma revolta quando soubesse dos seus casos, tomando fanática o partido de Afonso, "E do pai? Quem tem pena do pai?". Um dia se casaria com um daqueles meninos da roda e teria um filho, "A raiz do mundo está no meu ventre!". E um dia teria também um amante, "O nosso caso é especial".

Agora as vozes trêmulas das crianças soltavam-se mais desembaraçadas.

Noite sagrada
Silêncio e paz!

Virgínia tomou o cigarro de Rogério. Soprou a fumaça para o teto. Uma farsa. Silêncio ainda era possível. Mas paz? Que paz? Paz de pântano sob cuja superfície a vida se arrasta viscosa. Ali estava Bruna, tão impassível, tão segura, mas a respiração fazia-se irregular e havia uma contração nervosa nas mãos unidas entre os seios, como se entre eles estivesse cravado um punhal. Marido e amante eram infiéis e estes dois golpes simultâneos exigiam demais do seu poder de suportar. Adiante, Afonso, abatido como um ator que esquece o papel em meio da representação. E sem talento para improvisar. Às vezes, um certo ricto malicioso lhe animava a expressão: afinal, Bruna ia perder o bem-amado. Mas logo desfazia-se o ricto vingativo porque nessa partida ele perdia também. E para sua vaidade, a dor da derrota superava o prazer de saborear o desespero da mulher. Ainda ao lado da velhinha, que agora falava por entre cochilos, Natércio acendia seu cachimbo. Parecia estar à espera de que a velha dormisse definitivamente e as crianças se calassem e as velas fossem apagadas para poder então voltar à sua solidão. Ao piano, Otávia e Conrado. Ela deslizava as mãos brincalhonas pelo teclado, confundindo as de Conrado que se punham em fuga. E dizia gracejos e sorria toda prateada como se a banhasse um calmo raio de luar. Mas havia certa sombra embaçando-lhe a fisionomia. Otávia estava triste, pela primeira vez também ela estava triste e essa tristeza a aproximava mais de Conrado. Ele tocava sem alento, os ombros curvos, a cabeça inclinada para o peito. "*A mensagem de amor e de alegria*", cantarolou fracamente e calou-se em seguida. Enrodilhada no chão, toda de preto com aqueles sapatos vermelhos, Letícia parecia um diabo roendo em silêncio uma avelã. Lançava às vezes olhares interrogativos a Afonso e Conrado. Era como se lhes perguntasse: "Mas então, não vão fazer nada?". A ameaça e a súplica revezavam-se no olhar metálico: "Então, boneca? Você vem comigo? Vem?". Afinal, Rogério. Há pouco, ninguém no mundo parecia tão de bem com a vida. Mas agora a ansiedade o perturbava como a um menino antes do início da festa, parado diante da mesa de doces e sem saber por onde começar, sem saber sequer se podia começar. Paz? Que paz? Sobravam as crianças, mas todas já interesseiras, calculistas, aprendendo rapidamente com os adultos a arte de dissimular. A ingenuidade da infância misturava-se à astúcia dos velhos e essa mistura as fazia perigosamente ambíguas.

Virgínia sorriu. "Pensamentos de Natal, não é?" Revia Conrado na meninice, a pedir-lhe que não corresse atrás das borboletas, "Sabe, Virgínia, se a gente maltrata os bichinhos, um dia a gente pode nascer bicho também, cobra, rato, aranha...". Tão generoso, tão nobre. Era o amante de

Otávia que por sua vez tinha outros amantes, mas isso não feria em absoluto seu código de ética. Preguiçoso, comodista, usufruía da herança materna refestelado numa chácara, a tocar piano e a criar pombos. Um São Francisco de Assis burguês. Mais dia, menos dia, acabaria se casando com Otávia ou então não se casariam nunca e tudo continuaria igual. Ah, sem dúvida fora elegante da parte dele não se aproveitar da pequena Virgínia, o melhor mesmo era cultivar a amizade amorosa, a ternurinha branca, tão de acordo com sua doutrina do inútil. E depois, devia ser divertido vê-la se debater no amor que há anos a trespassara de lado a lado, cruel como aqueles alfinetes prendendo as borboletas nas folhas de cartolina.

— Vamos, digam agora boa-noite — ordenou Bruna assim que as crianças chegaram ao fim da canção. Fez um sinal a Inocência que assistia à cena com uma expressão tolamente comovida. Voltou-se para a avó que se despedia. Esforçava-se em desviar o olhar de Rogério mas era nele que desesperadamente se fixava. — Já vai, avozinha? Tão cedo.

— Esta é a cólera sagrada! — segredou Virgínia a Rogério. Tinha vontade de rir mas não encontrava por ali nenhum motivo.

Pretextando uma enxaqueca, Natércio também se despedia apressadamente. Bruna puxou-o pela manga num gesto desamparado. Agarrava-se a ele com a antiga veemência da menina antiga.

— Não, paizinho, você não vai ainda!

Só então Virgínia se lembrou que ele deixara um presente na árvore. Na ponta de um dos galhos achou um estojo envolto em papel de seda com seu nome. Desfez o pacote. E ficou a olhar o fio de pérolas docemente enrodilhado sobre o cetim branco. Laura veio vindo do fundo do espelho. Seus olhos brilhavam singularmente: "Foi com este colar que conheci Daniel...".

— Guarde isto também — disse Conrado colocando-lhe nas mãos uma pequena caixa que tirara do bolso.

Dentro da caixa, um delicado broche de esmalte verde, uma folha de hera com as finas nervuras de ouro e a ponta ligeiramente dobrada. Procurou Conrado para entregar-lhe o livro que lhe trouxera mas ele voltara a sentar-se ao lado de Otávia. Ambos tocavam uma balada e agora ele parecia entretido apenas em lembrar alguns trechos da letra que ela cantava baixinho.

— Hera é símbolo de fidelidade, você sabia, boneca? — perguntou Letícia aproximando-se rápida e olhando por cima do ombro de Virgínia. Retornou à almofada, esmagando a ponta do cigarro na sola do sapato. — Não a deixe murchar.

Afonso sacudia frouxamente um polichinelo que Berenice esquecera no chão. Na outra mão, o copo de uísque. Falava num tom superficial e sua voz afetada se misturava ao som monótono dos guizos. Uma vez ou outra não resistia e lançava a Rogério um olhar deliciado. E ria apontando com o polichinelo na direção de Bruna, "Veja, minha deusa, veja aí o seu amor".

Virgínia tocou com a face numa bola dourada que pendia de um galho do pinheiro. Em redor, pessoas e vozes foram passando para um plano distante. Cerrou os olhos. Não, a balada verdadeira era outra, "Canta Daniel, canta!". Moveu os lábios mas não saiu som algum: "Era uma vez duas ninfas que moravam num bosque, ai! num bosque onde havia frutos de ouro". Instintivamente fechou na mão a bola dourada como se fosse colhê-la. Houve um estalido. E num estremecimento a frágil casca se desfez em pedaços.

— Feriu-se, meu bem? — quis saber Rogério. Beijou-lhe a palma da mão. — Feriu-se, sim.

Bruna apoiou-se no piano, o olhar estupidamente fixo no teclado. Havia uma lágrima entre suas pestanas. Letícia então aproximou-se com um cálice de conhaque.

— Quer um gole, Bruna? Beba um pouco, ajuda.

Eis aí. As duas se detestavam, mas agora Bruna sofria, Letícia também e então ressurgia a mais bela amizade do mundo. Até com Afonso, até com ele Letícia se mostrava de

uma solidariedade maternal. E à sua maneira, mas solidários também Otávia e Conrado, tentando animar a reunião, como se fosse possível salvar aquela alegria já gangrenada.
— Quero ir embora — pediu Virgínia apertando o braço de Rogério. Estava prestes a romper em soluços. — Me leva a um lugar qualquer onde a gente possa beber, dançar, me leva depressa.
— Vamos então sem chamar a atenção de ninguém — sussurrou ele impelindo-a em direção à porta. — Vá saindo na frente.
Mas Letícia estava vigilante.
— Aonde é que vão? Virgínia, você vai tão cedo? Conrado interrompeu a balada.
— Você está bem, Virgínia? — Tinha uma expressão angustiada. — Você está bem?
— Claro que sim — murmurou ela aconchegando-se a Rogério. Analisava os próprios gestos como se estivesse desdobrada em duas e agora assistisse à parte que cabia à outra. — Convidei Rogério para sair comigo, vamos nos divertir por aí. Há algum impedimento?
Conrado baixou os olhos.
— Não, não há impedimento algum.
Otávia deu uma risadinha.
— Até parece que os dois vão se casar. Alguém sabe de algum impedimento? o padre pergunta. Não é assim, Bruna? Ouçam, vou fazer uma música fabulosa! — anunciou em meio de um acorde violento. E desdobrando o acorde, cantou num tom grave: — Há algum impedimento? Há algum impedimento? — Fez uma pausa para chamar Afonso.
— Ó poeta, vem me ajudar na letra que a música vai ficar ótima! Vamos, um, dois, três: há algum impedimento para este casamento? Continue, poeta!
Afonso deu uma corrida e se pôs ao lado do piano. Convidou Bruna mas ela resistiu como se tivesse sido petrificada. Deixou-a e agarrou Letícia. Cantou aos gritos, desafinadamente.

— Há algum impedimento? O povo em coro, diz NÃÃÃO! NÃÃÃO! Mas, soturna, a voz do sino diz TRAIÇÃÃÃO! TRAI-ÇÃÃÃO! TRAIÇÃÃÃO!
Pela última vez Virgínia abarcou todo o grupo num olhar. Tentou sorrir mas não conseguiu. E tomando Rogério pela mão, bateu a porta atrás de si.
Foram indo pela alameda de uma brancura azulada sob a luz da lua cheia. Quando atingiram o portão, afrouxaram a marcha que perdeu o sentido de fuga. Ele enlaçou-a, sôfrego.
— Vamos para o meu apartamento? Lá tem música, bebida, a gente fica mais à vontade... Beberemos nas minhas taças!
Ela teve um sorriso lento. Deixava-se levar docilmente.
— Sempre quis beber numa taça de prata, uma taça enorme, como nos festins romanos — acrescentou atirando a cabeça para trás. Recebeu em cheio um beijo na boca. — Beber como um gladiador, *morituri te salutant!*
Um cão perdido passou apressado junto dos dois. Lançou a Virgínia um olhar de desespero. Pareceu por um momento reconhecê-la. Mas, vendo que se enganara, prosseguiu correndo pela rua afora. Virgínia acompanhou-o com o olhar.
— Ele tinha uma corda dependurada no pescoço, parecia um enforcado. E não há nada a fazer, absolutamente nada.
Abraçando-a apertadamente, Rogério procurou animá-la. Não estava gostando do rumo que tomava a conversa.
— Reparou, Virgínia? Conrado não concordou com nossa saída.
— Ninguém concordou. Ele é intelectual, sabe? Há anos que me ama platonicamente, mas há anos! Sabe o que é um amor platônico, Rogério? É um amor maravilhoso, que tem sua marcha paralela à da inteligência. Não é lindo? Veja que coisa profunda, paralela à da inteligência.
— Eu a amarei de outro modo — prometeu ele tomando-lhe a cabeça e mordendo-lhe os lábios.

Ela contraiu os maxilares e desviou o rosto para poder respirar. Limpava a boca no punho do vestido. — Daqui a pouco ficarei em cacos na sua mão — balbuciou. E como sentisse que ele afrouxava o braço, animou-o novamente. — Mas eu quero que seja assim.

VII

"Fica aí à vontade que eu vou um instante ao clube e volto já. Te amo mais do que ontem e menos do que amanhã. Teu Rogério."
Logo abaixo do nome havia um caprichado P.S. em letra infantil: "Na copa você encontrará leite e frutas".

Virgínia ficou a imaginar o quanto ele devia ter achado oportuno aquele "mais do que ontem e menos do que amanhã", vestígio de alguma novela de amor. Fixou-se no *R* do nome com floreios como nas iniciais de um álbum de bordados.

Sentou diante da mesa de toalete. E apanhando o mesmo lápis por ele usado, escreveu no verso do papel: "Meu caro, não posso te esperar...". Embora começasse o bilhete apressadamente, como se houvesse muito a escrever, ficou em seguida imóvel. O que lhe poderia dizer? Apertou as palmas das mãos contra os olhos fechados e tentou ordenar as ideias. "Vejamos, o objetivo do bilhete é evitar que ele se envolva nisto."

Baixou as mãos até o regaço. Ali estavam os objetos de toalete: a escova, o pente, o pote do creme de barbear, o talco, a loção — tudo limpo e meticulosamente arrumado. Nem naquela manhã ele deixara de ir ao clube para o treino diário. Seria mesmo uma pena envolvê-lo. Mas por que envolvê-lo? Os outros então não sabiam que ele não podia ser o motivo? Mas ele talvez se sentisse responsável e era uma pena toldar com algum remorso aquela transparência.

Releu a frase: "Não posso te esperar porque vou me matar". Mas seria de mau gosto deixar uma confissão dessas num quarto cheio de flâmulas, dezenas de flâmulas coloridas simetricamente pregadas em redor do espelho. Tudo naquele apartamento lembrava um atleta feliz. Sorriu melancólica. Além do mais, havia leite e frutas na copa.
 Inclinou-se sobre o papel: "Não posso te esperar porque já é tarde". Ergueu o lápis. Daniel teria também pensado em lhe escrever? Lançou um olhar ao espelho como se a resposta só pudesse vir dali. Não, decerto não. Ele não imaginava que ela pudesse vir a saber da verdade. Afinal, era tio Daniel quem morria e tio Daniel era o intruso. "Você nos esquecerá com facilidade, Virgínia!"
 Ela cruzou os braços em cima da mesa e neles apoiou a cabeça. "Que ingênuo", pensou com doçura. Fechou os olhos. O escuro a familiarizava com a morte, seria simples. Qualquer outra espécie de fuga podia ser uma solução fácil mas frágil, só a morte era definitiva. "Perdi o alento", respondeu como se lhe perguntassem a razão. "E já estou com saudade dos meus mortos." Sentia que eram eles que agora giravam numa ciranda vertiginosa e a chamavam insistentes, "Aqui, Virgínia! Aqui! Venha, que há lugar para você". Poderia dizer-lhes que não fizera nada por mal, é que o começo fora muito errado: como num problema de álgebra, teria que apagar os primeiros cálculos e começar de novo.
 Lembrou-se de Otávia: "Não me peçam nunca fidelidade. Por que fidelidade se todos mudam tanto e tão rapidamente? Mas se nem a mim mesma consigo ser fiel. Seria bem divertido fazer uma pilha dessas Otávias todas tão contraditórias e tão desiguais, que não me reconheço em nenhuma delas". Chegara a pensar que Otávia estava certa, devia ser fácil desfazer-se também das sucessivas Virgínias nas quais se desdobrara desde a infância, desfazer-se da menininha, principalmente da menininha de unhas roídas, andando na ponta dos pés. Agarrar-se só ao presente, nua de lembranças como se acabasse de nascer. Via agora que jamais

poderia se libertar das suas antigas faces, impossível negá-las porque tinha qualquer coisa de comum que permanecia no fundo de cada uma delas, qualquer coisa que era como uma misteriosa unidade ligando umas às outras, sucessivamente, até chegar à face atual. Mil vezes já tentara romper o fio, mas embora os elos fossem diferentes havia neles uma relação indestrutível. E o fio ia encompridando cada dia que passava, acrescido a cada instante de mais uma parcela de vida. Chegava a senti-lo dando voltas e mais voltas em torno do seu corpo numa sequência sem começo nem fim.

"Não pense mais nesta noite", prosseguiu ela escrevendo. E não completou a frase. A dança era antiga e exaustiva justamente porque ficara de fora, desejando participar e sendo rejeitada. E rejeitando-a para logo em seguida esforçar-se por entrar. Admitiram-na, finalmente. Mas era tarde, jamais acertaria o passo. "Não pense mais nesta noite, eu estava triste e queria esquecer certas coisas. Mas foi inútil. Procurarei outros meios", escreveu de um arranco e não chegou ao fim da frase. Mordiscou o lápis. Que outros meios? Rogério gostava das palavras claras e era difícil falar com clareza. Releu as últimas palavras e acrescentou devagar: "Que me façam esquecer o que deve ser esquecido". Achou o bilhete confuso, tolo, mas ali já estava o suficiente para que ele não se sentisse o responsável. Para sua vaidade, poderia até dizer a algum amigo do clube: "Hoje uma menina se matou por minha causa". Mas no fundo, embora se sentisse obscuramente magoado por ter sido posto tão à margem, no fundo ele sentiria um grande alívio. "Não tive nada com isso."

Pousou o lápis sobre o bilhete e ergueu-se. "É a última vez que escrevo." Tudo era a *última* vez e este pensamento a fez estremecer. Abraçou-se a si mesma com força, "Estou viva, ainda há esperança!". O calafrio foi passando. Relaxou os músculos. "Mas não vê que é tudo um nojo?", ficou repetindo a si mesma. Tinha vontade de se esbofetear. Pensou em Daniel que fora ao encontro da morte como aquele pássaro que viu um dia se projetar como uma seta em direção ao sol.

Lançou um último olhar ao quarto. É que Daniel acreditava em Deus, era mais fácil morrer acreditando em Deus. Apanhou a rosa vermelha que Rogério, em meio da luta silenciosa, lhe arrancara do peito e atirara na mesinha ao lado da cama. E só então notou na mesa uma pequenina imagem. Que santa seria aquela? Conhecera muitas no colégio, mas só se lembrava de algumas, desde que tinham todas as mesmas feições, as roupas é que variavam. E não estava reconhecendo aquela roupagem. Tocou-lhe de leve com as pontas dos dedos. Podia explicar-lhe que não tinha fé, mas não tinha culpa disso, "Eu estou sozinha, me dê a sua mão". Sentiu a boca salgada de lágrimas. E não teve forças para prosseguir. A santa tinha nos olhos cor de violeta aquela expressão piedosa de quem acredita mas não pode fazer nada. Absolutamente nada.

Saiu do apartamento e fechou sem ruído a porta. Então a porta do apartamento vizinho se descerrou devagar. "Pronto, é ela." A última pessoa do mundo que queria ver era Letícia. Mas foi firme ao seu encontro. Não devia fugir de mais esta provação.

— Indo embora assim, tão em surdina! — exclamou Letícia, afastando-se da porta para deixá-la passar. — Venha antes me desejar um bom-dia, boneca.

Virgínia sentou-se diante da lareira apagada. "Vamos, pode começar", tentou dizer num silêncio passivo. Mas Letícia não tinha pressa. Sentou-se no chão, enrolou até os joelhos as calças do pijama e começou a fazer uma massagem no tornozelo. Repentinamente arrancou uma sandália e estendeu a massagem até o pé. Seus movimentos eram calmos, metódicos.

— Então? — disse afinal. — Está satisfeita? Hem?

Virgínia encarou-a. Sentia agora necessidade de se humilhar, mas se humilhar ao extremo, contar com minúcias toda a sua miséria que nem do orgulho nascera — pois o orgulho era profundo — mas sim da vaidade, que era superficial. Mil vezes se curvara no colégio diante do

confessionário contando apenas o que lhe convinha contar, "Amo a Deus sobre todas as coisas, nunca desejei o mal do próximo". O padre insistia, generoso, queria perdoá-la. Ela se fechava como uma ostra. Agora tinha diante de si o confessor inimigo. Era chegada a oportunidade.
— Ouça Letícia, eu não amo Rogério, fiz isso só para me esfrangalhar. Fiz assim a frio, entende?
Letícia interrompeu-a, rápida.
— Esfrangalhar? Não, minha boneca, não me venha agora fazer a trágica. Aliás, fica-lhe bem esse ar assim pisado, tão batido. É, mas confessa que no fundo adorou a experiência. — Crispou a boca. — Não, você não me ilude mais. E nem me comove.
Virgínia fechou entre as mãos geladas a rosa vermelha. O cansaço intenso lhe travava a língua. Seria bom se a lareira estivesse acesa e se Letícia lhe dissesse ao menos uma palavra neutra. Sacudiu-se. Ah, novamente o gato comodista ressurgia pedindo num espreguiçamento a almofada, o afago. Contraiu os maxilares. E recomeçou.
— Abandonei minha mãe no momento em que ela mais precisava de mim. Era demente mas muitas vezes me reconhecia e no fim eu sei que quis me ver, eu sei. Mas lá tudo era feio, pobre e eu queria o conforto da casa do meu pai. — Umedeceu os lábios ressequidos e prosseguiu rapidamente, antes de ser interrompida. — Você também deve saber que tio Daniel é que era meu pai verdadeiro. Muitas vezes vejo agora que ele tentou me confessar isso, mas eu o detestava tanto que ele achou melhor calar. E acabou se matando, a bala entrou por um ouvido e saiu pelo outro. Não pude fazer nada por ele. Nem por Luciana, que atormentei até o fim, a ela que lutara para que a vida em nossa volta tivesse um aspecto menos miserável. Vestia e penteava minha mãe para que ela não parecesse tão sinistra, sempre roubava alguma flor de um jardim para enfeitar a mesa dele. — Fez uma pausa. Ouvia a própria voz ecoando mortiça. — Então levei a inquietação para a casa onde pensei ser bem recebida, lá

fui atormentar Natércio com minha presença. Ele queria esquecer e eu não deixava, eu com os olhos do outro, com o andar do outro, lembrando a traição, ressuscitando tudo.

— Não quero ouvir mais, chega — ordenou Letícia erguendo-se. — Pensei que você vinha muito satisfeita com a noitada e pronta para recomeçar. E me aparece desse jeito. Não precisa se justificar, não estou lhe pedindo explicações, durma com quem quiser, mas tenha depois fibra suficiente para aguentar as consequências. Que idade mental é a sua? Hem? Dez anos?

— Quis então me agarrar a vocês, mas vocês me recusaram...

— Você, recusada? — Letícia atirou na lareira o cigarro ainda inteiro. — Mas se todos a disputamos... E o que fez a minha boneca? Ouça, Virgínia, não sei ao certo o que você está querendo agora, mas aviso que não espere muito de mim.

— Então pensei que pudesse arrasá-los. E só arrasei a mim mesma. — Voltou o rosto para a parede a fim de que Letícia não a visse chorar. Mas arrependeu-se do gesto. E lhe exibiu os olhos molhados. — Quero que me perdoe.

Letícia deu-lhe bruscamente as costas e chutou a sandália. Alisou os cabelos com gesto descontrolado.

— Você não calcula o quanto detesto estas cenas de perdão e lágrimas. Fique aí que vou fazer um café. E veja se para de chorar.

Virgínia pôs-se a seguir os movimentos de Letícia andando pela copa. E como estivesse só com uma sandália, era estranho o som daquele único pé calçado batendo no lajedo. Lembrou-se de uma história que Daniel lhe contara, a história do homem de uma sandália só. Ele perdera a outra e então andava apenas com uma, de toda aquela antiga história apenas se lembrava disso, um homem andando com uma sandália só. Apertou os olhos doloridos pelo esforço de conter as lágrimas. E lembrou-se de repente do sonho da véspera. Seguia por uma estrada meio nebulosa

e tinha tanta sede que já ia cair num desfalecimento quando vislumbrou um homem debaixo de uma árvore. Ao lado dele havia dois cestos, um com laranjas e outro com limões. Comprou-lhe todas as laranjas, mas quando avidamente se atirou à primeira, sentiu-a intragável, com o amargor do fel. "Mas são limões!", disse ao vendedor. E nesse instante viu um homenzinho — aquele mesmo que adivinhara encarapitado no guarda-roupa de Frau Herta — e que agora se balançava no último galho da árvore. Tinha um extravagante chapéu de três bicos e calçava os sapatos de Letícia, aqueles sapatos de camurça vermelha. "Sempre são limões", disse ele com um sorriso astuto. Rodava nas mãozinhas ágeis uma laranja cor de ouro. "Sempre são limões."
Seria então esse o sentido da sua cantiga de infância? "Lá embaixo de uma árvore um homem vende laranja e outro vende limão..."
— Pronto, beba isto — pediu Letícia ao entrar na sala. Trazia uma xícara fumegante. — Daqui vai para casa? Eles devem estar estranhando a sua ausência, se quiser dou um telefonema.

Ao pousar a xícara no degrau da lareira, Virgínia notou no meio das cinzas um pequeno embrulho de papel de seda branco atado com fita dourada. A fita e o papel estavam tostados, o pacote fora atirado ali quando o braseiro ainda não estava completamente extinto. "O meu presente." Baixou o rosto com receio de que sua expressão denunciasse a descoberta.

— Não, não vou para casa, agora eu quero o mar.
— Precisa assim de tanta água para se lavar dos pecados?
— Letícia perguntou arrancando a outra sandália. Sentou-se e recolhendo as longas pernas recomeçou a massagem lenta no tornozelo. — Ainda está valendo o convite que lhe fiz para vir morar aqui. Terá toda a liberdade, é claro. Liberdade até de me ignorar naquele seu estilo cordial, é claro, você é cordial, hem, boneca?

Virgínia interrompeu-a suplicante.

— Mas eu gosto de você, Letícia.
— E eu te amo. Percebe agora a diferença? — Deu uma risada estranha, que soou como se viesse de um outro ponto da sala. — Mas não precisa ter pena de mim, vou tirá-la do meu pensamento com toda a simplicidade — disse baixando o olhar para o blusão e pegando algo invisível com as pontas dos dedos. Abriu a mão no ar. — Assim, viu bem? Reserve sua piedade para Conrado, ele se magoou mais do que eu.
— Ele tem Otávia.
— Otávia? — Letícia inclinou-se para Virgínia e tocou-lhe no ombro. Tinha no olhar uma expressão maligna. — Escuta, minha boneca, por que será que a gente tem que lhe dizer tudo assim, com todas as letras? Então ainda não sabe? Hem? Seu amado nunca conheceu mulher alguma, meu caro irmão é impotente, entendeu agora? Impotente!
No silêncio, Virgínia pôde ouvir o tique-taque do relógio que parecia estar debaixo do assoalho. Quis falar mas a língua se lhe travou na boca.
— Como você é criança — prosseguiu Letícia acariciando-lhe o queixo. — A vida já andou esfregando seu focinho como se esfrega o de um cachorrinho novo que insiste em sujar no tapete. E é um lindo focinho! — Mudou o tom de voz e ergueu-se. — Olha, se não quiser voltar para casa, fique por aqui mesmo, não se preocupe comigo que saberei respeitá-la. — Teve um gesto brusco. — Você precisa crescer, boneca. Um dia qualquer, no meio de um pensamento, de uma palavra, você descobrirá de repente esta coisa extraordinária: cresci! O que não vai impedir que o acaso ou Deus, dê a isto o nome que quiser, de vez em quando a governe como uma casca de noz no meio do mar. Mas reagirá de modo diferente, está compreendendo? — Enfurnou as mãos na cabeleira eriçada e a passos lentos foi se dirigindo ao quarto. Arrastava o pés descalços como uma velha.
— Vou dormir. Tomei não sei quantas pílulas e o sono só veio agora. Ah, e por falar em mar... Não, boneca, não seja complicada, use minha banheira mesmo. Depois, se quiser

descansar um pouco... — Interrompeu a frase e teve um riso seco: — Não, não tenha medo de mim, ainda me resta uma certa dignidade.

Virgínia ouviu a cama estalar sob o peso de Letícia desabando sobre ela. Depois não ouviu mais nada. Entrelaçou as mãos no regaço. E ficou a olhar a pequena caixa tostada quase escondida nas cinzas.

VIII

A porta do ateliê estava apenas cerrada. Virgínia empurrou-a. Otávia mordia a ponta de um pincel enquanto examinava pensativamente o quadro que estava por terminar. Voltou-se sem pressa, lançou a Virgínia um breve olhar e apontou-lhe a cadeira.

— Sente-se e admire minha obra-prima.

Na tela havia um aquário com um gato cinzento sentado no fundo e um peixinho vermelho nadando pouco abaixo da boca do gato. Ambos estavam mergulhados na água, mas enquanto o peixinho aparecia em proporções normais, o gato tinha o focinho enorme e olhos monstruosos que se estendiam dilatados em quase toda a superfície arredondada do vidro. Virgínia ficou sem saber o que dizer. O peixinho e o aquário eram perfeitamente normais, mas havia o gato mergulhado lá dentro, com aqueles olhos que pareciam duas densas gotas de tinta verde a se diluírem na água. Era um quadro estranho. Estranho como Otávia. Estranho como a própria desordem do quarto atulhado de telas pelos cantos. Estranho como aquele antigo e melindroso biombo dourado bem no centro do cômodo, contornando um sofá de lona, de largas listras em cores disparatadas. Otávia dissera no dia em que comprara o biombo: "A pequena que vem posar é muito pudorosa, gosta de se despir atrás de alguma coisa". Bruna então surpreendera-se: "Mas por que você escolheu um biombo assim? Este deve ser do século dezoito, não combina com nada daqui, não tem sentido". E Otávia ria frouxamente. "Não mesmo. Mas eu gostei. Calhou, entende? Calhou."

Virgínia deteve o olhar na cabeleira luminosa que caía emaranhada sobre a gola alta do casaco azul-marinho de botões dourados. Otávia parecia uma menininha esquecida a bordo e metida no vasto capotão do comandante, o frio absurdo continuava.

— Vai participar da exposição? — foi a única coisa que lhe ocorreu dizer apontando o quadro. — Bruna disse que você vai expor no mês que vem.

Otávia estendeu o braço e atirou o pincel que seguiu como uma flecha. No papel cinza-claro da parede ficou um borrão preto. Relaxou a posição tensa e escondeu as mãos nos bolsos.

— Não presta. E não vai haver nenhuma exposição. — Encarou a irmã. Só então pareceu dar realmente pela sua presença. Teve o seu insondável sorriso. — Você sumiu ontem...

— Passei a noite no apartamento de Rogério. E depois fui ver Letícia.

— Não creio que tenha se divertido muito, Rogério é afobado demais no amor. E como transpira! Quanto a Letícia...

— O sorriso se abriu numa risadinha. — Rogério passou por aqui depois do almoço. Ele não se lembrou de procurar você lá no apartamento dela?

— Tocou a campainha mas eu não atendi. E Letícia estava dormindo.

— Agora ela vai emagrecer, os pés e as mãos vão ficar maiores, os cabelos mais tosados... Mas vai ficar mais campeã, quanto mais chateada, melhor joga.

Virgínia deixou pender a cabeça sobre o espaldar da cadeira. Como começar, como? Era difícil sustentar uma conversa com Otávia, ela ia muito bem até um certo ponto, chegava mesmo às vezes a se interessar pelo assunto. E de repente distraía-se com qualquer coisa e ficava para trás. Passou a mão pela fronte ardente. Sentia a cabeça latejar sob os golpes do sangue.

— Escuta, Otávia, você nunca me falou nos seus casos.

— Você nunca me perguntou.

— Estou perguntando agora — rebateu Virgínia, entrelaçando as mãos com tanta força que as pontas dos dedos ficaram esbranquiçadas. — Não, não é bisbilhotice, mas...

— Quer conhecer meu passado negro para se consolar do seu mau passo de ontem, é isto? — Otávia ainda sorria, entre irônica e complacente. — Você pensa demais, querida. Ande despreocupadamente e verá que não há nem passo bom nem ruim, é ir andando, tocando para a frente. Para isso Ele nos deu pernas ágeis. — Fez uma pausa. De alguma parte vinha a voz de uma criança numa cantiga solitária. A melodia era fácil de repetir, mas as palavras chegavam confusas. — Foi numa escola de desenho que conheci Jacob, já falei nele? — prosseguiu com certa indolência. Teve ainda um olhar interrogativo para Virgínia, como se lhe perguntasse: "Mas quer mesmo ouvir?". Fez um ligeiro movimento de ombros. — Bem, acontece que nunca simpatizei com gente ruiva, mas ele tinha umas mãos poderosas, nunca vi iguais. Eram quietas e ao mesmo tempo frementes, tão grandes que davam um certo medo às vezes. Quando eu as prendia entre as minhas, ficavam tranquilas. Mas eu sabia que sob a pele calma não havia paz, elas palpitavam com tamanha força... Pareciam asas.

— Então veio Conrado? — Virgínia atalhou-a.

Preferia agora qualquer resposta àquela incerteza. Mas Otávia parecia falar consigo mesma num monólogo preguiçoso. Mortiço. Tirou do largo bolso do capote um isqueiro, acendeu o cigarro e soprou a fumaça em direção à tela.

— Perdi-o quando ele ganhou a bolsa de estudos, era uma bolsa miserável, dava para uma viagem de três meses apenas. Mas ele levantou voo, pegou impulso. Um homem como Jacob se arruma em qualquer parte do mundo. Dele só recebi um postal, já faz mais de ano. Estava na Austrália e me pedia que lhe mandasse com urgência um retrato, esquecera-se completamente das minhas feições e isso lhe dava às vezes uma certa aflição.

Vinha agora do cômodo inferior a voz de Inocência. Devia estar debruçada na janela e falava com alguém. O canto solitário da criança tinha cessado.

— Daí me dediquei ao irmão dele. Não era ruivo nem tão malcriado, mas tinha um pouco cara de padre. Aliás, escapou de ser padre e às vezes mesmo me lembrava Bruna com aquele jeito histérico de falar em Deus. Depois do amor também não escondia um ar assim apavorado, talvez pensasse no Inferno. — Deu uma risadinha. E noutro tom: — Já com Pedro foi mais curiosidade. Calhou, é isso. Calhou — repetiu desviando o olhar para o biombo. Agora Virgínia já não sabia se ela se referia ao biombo ou a Pedro.

— A gente simpatiza com um detalhe, se impressiona na hora e depois fica um hábito, entende? Dá preguiça só de pensar em fazer a troca. Tive outros, lá sei. Mas por que é que estou falando nisso?

A conversa entre Inocência e a desconhecida tinha se interrompido. Recomeçara o canto da criança. Um relógio bateu cinco horas.

— E Conrado?

Otávia bocejou, esfregando os pés descalços no chão.

— Eis aí outra história. — Pôs-se a enrolar no dedo um anel de cabelo. Ficou pensativa, quase grave. — Desde o início eu queria avisar, não era preciso você ter ciúmes de mim com ele, mas depois pensei, ela que descubra sozinha, ora!

— Mas como é que vocês souberam? — sussurrou Virgínia empalidecendo. Era como se Conrado estivesse ali ouvindo. Ia entrar no seu segredo e isso a repugnava, era baixo, pior ainda do que traí-lo. Uma sensação de náusea fê-la encolher-se. Chegou a desejar que Otávia não dissesse nada, mas ao mesmo tempo estava certa de que não a deixaria enquanto ela não falasse. — Como é que você soube?

Otávia parecia hesitante. Soprou a fumaça em direção ao quadro e fez um muxoxo aborrecido.

— Eu não devia dizer. Ele é limpo demais para a gente metê-lo nessas historinhas sujas. Mas é que houve uma época em que eu o desejei tanto, tinha que ser ele mesmo e nenhum outro, entende? A gente se conhecia desde criança, achei que ele estava distraído demais, era preciso despertá-lo, eh! estou aqui! Fui para a chácara e passamos a tarde juntos. O dia estava bonito, nós dois sozinhos em pleno campo, ele me querendo, disto estou certa e eu me oferecendo com todos os recursos da imaginação. Até florinhas tinha em nosso redor, imagine você, até isso! Em dado momento ele foi ficando lívido, me olhou com a cara mais infeliz deste mundo e saiu correndo. Naquele olhar ele me disse tudo. De longe, ainda vi que se inclinava para a frente, os ombros sacudidos por um tremor. Até hoje não sei se estava vomitando ou se chorava.

A cantiga da rua parara por algum tempo para recomeçar em seguida, cercando monotonamente três ou quatro notas, num movimento de roda a girar sobre si mesma.

— Voltei para casa mais desapontada do que os demônios que vão tentar os santos no deserto. — Espreguiçou-se. E teve uma expressão enfastiada. — Ah, Virgínia, Virgínia... Quando é que vai deixar de fazer perguntas? Desde criança você não para de fazer perguntas, perguntas. E então, já descobriu muita coisa? — Seu tom de voz tinha agora um timbre de desafio. — Por exemplo, que é que você sabe de nós? Que Letícia gosta de mulher? Que Bruna tem um amante? Que Afonso é um pobre-diabo? Que Conrado é virgem? Que eu... Há mais coisas ainda, querida. Mas não, não fique agora pensando que somos uns monstros, não vá querer descobrir crimes, não há cadáveres dentro de nenhuma arca. Apenas há mais coisas ainda. E não adianta ficar aí escarafunchando, que essas você nunca descobrirá. Coisas...

Voltando o olhar apagado para a tela, Virgínia viu de repente que o gato não estava no aquário mas sim atrás dele, é que o vidro e a água eram tão transparentes que ele parecia estar sentado lá dentro. Os olhos também eram agora naturais vistos assim refletidos no vidro. Tudo que ali parecera estranho tornara-se claro, do entendimento até das criancinhas: um gato olhando um aquário. E a beleza do quadro concentrava--se precisamente naqueles olhos verdes que pareciam se mover acompanhando, pacientes, o circuito percorrido pelo peixe.

Otávia seguiu-lhe a direção do olhar. Inclinou-se para a tela.

— Não presta. — Em seguida, num movimento lerdo, encostou a brasa do cigarro bem no centro do olho do gato. Ficou assim imóvel algum tempo, com o trejeito divertido no rosto plácido. Deixou cair o cigarro no cinzeiro. — Não presta.

Virgínia ergueu-se apertando contra o peito os braços gelados. O gato tomara agora uma expressão sinistra com aquele furo negro no meio da pupila. Parecia já não se fixar no peixe e sim nela, seguindo-lhe os movimentos com a mesma calma fria. Sentiu-se como se estivesse mergulhada no aquário. E teve uma expressão de desalento ao se voltar para a porta, como se ela estivesse tão longe que se tornava impossível chegar até lá. Lembrou-se de repente do calendário da infância, a moça do chapelão de palha com o namorado num piquenique no campo, a relva cheia de florinhas, "Até florinhas tinha em nosso redor, até isso!".

— Viu Bruna? — perguntou Otávia. — Ela veio almoçar conosco. Está tão solene! Avisou que vai fazer um longo retiro espiritual. — Riu abrindo os braços num gesto de adeus.

— Um retiro, querida, um retiro!

Exatamente essa expressão ela tivera naquela tarde distante, enquanto ria a sacudir os braços num movimento de asas, "Todas as manhãs um anjo vem despertá-la com um beijo. Um anjo, querida, um anjo!".

Virgínia esboçou um sorriso. Quando Otávia deu-lhe as costas, os braços pendidos, completamente abstrata, teve a impressão de estar de novo no quarto dos brinquedos, vendo através do vidro do armário a boneca loura e oca. Saiu na ponta dos pés e parou no meio do corredor. A cantiga da criança — cantava mais alto ou estaria mais próxima? — chegava-lhe nítida.

*Constança, bela Constança,
Constança, bela será....*

Encostou-se à parede e só deu pela presença de Inocência quando a mulher parou na sua frente.
— A menina está aí tão quietinha! E como está abatida — surpreendeu-se entre afável e apreensiva. — Por que não vai se deitar um pouco?
Uma débil luz animou a fisionomia de Virgínia. Sim, seria bom mergulhar na escuridão. Seria capaz de dormir anos e anos.
— Vou dormir.
A mulher aproximou-se, segurou-a pelos ombros e atraiu-a afetuosamente para si.
— Que palidez! Teve algum desgosto, teve?
Com sua voz açucarada e colo maternal, Inocência era um morno convite a confidências. Os seios vastos, cheirando a talco, abriam-se generosos para receber segredos. Mas a expressão de falsa solicitude não podia iludir. Ela queria apenas saber. Em troca, dar-lhe-ia a paga de alguns minutos de calor humano. E era tão bom o calor humano! Mas Virgínia preferia agora o calor dos bichos, das árvores. Ou o simples calor do sol. Esquivou-se do abraço.
— Não foi nada, apenas preciso dormir. Peço que não me chamem, acordarei sozinha quando chegar a hora.
— E não quer um copo de leite? — a mulher propôs, seguindo-a pressurosa. — Posso preparar um sanduíche... Ou quem sabe quer um comprimido?
Virgínia gaguejou um agradecimento e fechou a porta atrás de si. O quarto estava na penumbra, com as venezianas fechadas e a cama intacta. Aproximando-se da mesa de

toalete, ela sentou-se e apoiou o rosto entre as mãos. Na sua frente o espelho, comprido e estreito como um túnel, encerrando lá no fundo uma face. "Eu?", perguntou melancolicamente à própria imagem que ia se delineando no cristal. O espelho parecia agora iluminado por uma misteriosa luz a incidir no rosto cada vez mais próximo. Primeiro, a fronte lisa e branca, a contrastar com a zona sombria dos olhos grandes e brilhantes, mas remotos como duas estrelas. Depois, o nariz fino como uma lâmina de cera. E a boca adolescente, de cantos ligeiramente erguidos na leve insinuação de um sorriso que não teve forças para se completar.

Virgínia desviou o olhar do espelho antes que a escuridão dos primeiros instantes se atenuasse. Sentia-se protegida assim no escuro, era como se estivesse abrigada no interior de uma concha. Deitou-se num enrodilhamento de feto. Era como se estivesse num ventre.

— Vou dormir anos — sussurrou ainda antes de fechar os olhos. E acrescentou com doçura: — Acordarei quando chegar a hora.

A voz de criança cantando na rua parecia agora inumana, irreal: *Constança, bela Constança...*

IX

No escritório de Natércio, ao lado da mesa, estava o globo sobre um pilar de madeira. Bastava comprimir um botão e a luz interior acendia, amarelada e suave, não alterando o azul dos mares nem o colorido castanho das terras.

Virgínia girou o globo vagarosamente. E assim que o hemisfério ocidental ficou para trás, ela o deteve entre as mãos. Ali estava o Oriente. Deslizou o indicador sobre cinco letras negras que se destacavam no colorido acinzentado: Índia. Conheceria o Ganges, sujo e misterioso como o mundo. Depois, talvez o Egito. Como se sentiria em Tebas?

Pousou as mãos abertas sobre a esfera. Entre intimidada e surpreendida, contornou-lhe a superfície morna, como se pela primeira vez lhe tivesse sido revelado o tamanho do mundo. "Para isso Ele nos deu pernas." Mas seria este realmente um plano de fuga? E os anos todos que vivera percorrendo, de norte a sul, o mundo que criara dentro de si?! E aqueles longos anos de desvairados sonhos não seriam as fugas verdadeiras, com os pés ancorados? "E mesmo que seja esta uma fuga", admitiu com humildade. Podia ser a mais frágil das soluções mas não lhe daria, pelo menos por ora, nenhum sofrimento. Já bebera muito da sua taça e embora estivesse convencida de que ainda restava algo no fundo, uma voz lhe soprava que agora era a trégua.

Deixou cair os braços ao longo do corpo. A viagem marcaria a primeira etapa. E depois? Apagou a luz e o globo voltou à sua opacidade. Assim apagado, sem alma, ele combinava bem com a mesa de Natércio que, à força de recebê-lo todos os dias, acabara adquirindo-lhe a feição: pesada, austera, sem nenhum objeto mais pessoal. Jamais devia ter tido a presença de um retrato. De uma flor.

Passando o olhar pela pequena pilha de processos — que pareciam os mesmos desde sempre — Virgínia examinou o peso de papel, uma estrela de um cristal leitoso, frio. Deixou-o e apanhou uma borracha já gasta, manchada de tinta. Em meio daquele conjunto — o tinteiro de alabastro a lembrar um jazigo em miniatura, com a estrela gelada, os processos de cartolina — no meio daquilo tudo, a borracha parecia viva, mais humana, mais sofrida. Apertou-a na palma da mão. Havia uma mesa com um botão de rosa e um porta-retrato de couro esverdeado dentro do qual a mãe sorria com um jeito de mocinha ajuizada. Que fim teria levado aquela casa? Que disposições Daniel deixara a respeito? Tudo tão misterioso, tão vago... A realidade é que o pai, a mãe, Luciana, os móveis, as roupas — tudo aquilo desaparecera como se fizesse parte de um delírio.

Aproximou-se das estantes repletas de livros discipli-

nadamente encadernados de dourado e preto. A encadernação geral tirava-lhes a fisionomia própria, padronizando-os de tal maneira que davam a impressão de ser no seu interior absolutamente iguais.
— Bom dia, Virgínia.
Ela apertou mais demoradamente a mão que Natércio lhe estendera.
— Bom dia, pai.
— Não a vejo desde a ceia de Bruna, quer dizer, há quase dois dias — começou ele. Colocou a pasta em cima da mesa e sentou-se na cadeira giratória. — Aconteceu alguma coisa? Assim mesmo ele devia tratar os réus, afável, mas cerimonioso. Interessado, mas formal.
— Tenho estado fechada no meu quarto, pai. Não, nada de sério, apenas eu precisava pensar um pouco, tomar certas resoluções. — E de repente ouviu a própria voz incisiva: — Decidi viajar. Mas uma longa viagem, sem passagem de volta, pelo menos por enquanto.
Pela primeira vez depois de tantos anos, seus olhares se encontraram. Repetia-se o silêncio com que se defrontaram naquela noite de tempestade, quando lhe pedira para ser internada. Renovava-se nele a antiga expressão desesperançada de quem procura e ao mesmo tempo renuncia.
— Ouça, filha, eu gostaria que você soubesse...
Fez uma pausa. Mas Virgínia não permitiu que terminasse a frase. Sentiu que ele ia dizer o que ela já sabia: "Fiz tudo para te amar e não consegui".
— Sim, pai, eu sei, não se preocupe mais com isso. Está tudo bem, nós não podíamos mesmo ser diferentes.
— É. Não podíamos ser diferentes. Mas eu quero que você saiba que embora não tivesse demonstrado, fiz o possível...
— Eu sei. Eu sei.
Calaram-se. Ele acendeu o cachimbo.
— Estamos sempre dizendo adeus, não, Virgínia?
Ela aproximou-se mais. E se lhe estendesse as mãos,

vamos ser amigos ao menos agora, vamos passar tudo a limpo? Retrocedeu. Ele já cruzava os braços, retesado, protocolar. A entrevista sentimental estava encerrada.

— Posso contar com sua ajuda? Quero dizer, essa viagem...

— Sem dúvida, filha. Já escolheu para onde ir? Precisará de dinheiro, providenciarei o suficiente para os primeiros tempos, vou ajudá-la no que puder. Mas e depois? Você não irá como simples turista, se é que eu entendi. E depois?

Ela teve um sorriso.

— Depois a gente vê.

— Espero que você saiba o que está fazendo.

— Sei, pai. Vou estudar, trabalhar em qualquer parte...

— Em qualquer parte? E fazer qualquer coisa? Vai assim, sem planejamento, ao acaso?

— Aceito o risco. Estudei, sei línguas.

Ele encolheu ligeiramente os ombros.

— Você é que sabe. — Fez um gesto resignado como se dissesse "Eu lavo as mãos".

Virgínia foi saindo na ponta dos pés. No vestíbulo, encontrou Bruna que vinha chegando. Parecia mais magra e tinha os cabelos rigorosamente presos na nuca. "Está pronta para o retiro." E inclinando-se para beijá-la pensou em Natércio. Assim lavada, aquela face também era árida, dura. Mas nos olhos havia a chama fanática que tanto podia arrastá-la para o amor como para o ódio, dependendo apenas do que decidisse ser o bem no momento. E no momento, era o amor fraternal que lutava por dominar-lhe a mágoa de fêmea.

— Você só chegou ontem depois do almoço. Passou a noite fora. Inocência me disse que encontrou sua cama intacta, quer dizer que depois da ceia...

— Não precisava se informar com Inocência. Sim, passei a noite fora, cheguei ontem. E me fechei no quarto.

Bruna dilatou as narinas. Arfava.

— Pode-se saber onde você esteve?

— Ainda não sabe? — Apertou-lhe a mão. — Bruna, foi uma brincadeira... Não estou pensando em continuar, sossegue, Rogério não significa nada para mim.

— Ele está à sua procura.

— Eu sei. Mas não quero mais vê-lo, eu estava brincando, foi tolice, reconheço, mas às vezes a gente...

Calou-se. Bruna sacudiu a cabeça.

— Mas que loucura! E ainda me diz isso: foi uma brincadeira! Se ao menos estivesse embriagada! Mas ainda me responde assim, me fala como se fosse uma piada!

— Como é que você quer que eu fale? Hem?

— Mas Virgínia, você está à beira de um abismo, eu morreria de remorsos se não... Você tomou consciência do que fez? Ainda está em tempo de se salvar, Virgínia, ainda está em tempo!

Virgínia encarou-a. "E quem te salvará, Bruna? Quem?"

— Ouça, Bruna, adie seu julgamento — pediu-lhe mansamente. — Vou para longe, não serei mais problema para ninguém. Acabei de falar com o pai, vou abrir as asas que me restam e partir. Outras terras. Outras gentes.

— Mas para onde você vai? Você não pode...

— Sou livre. Cuide de Afonso que está mais precisado de cuidados do que eu.

Bruna encostou-se no armário. Fechou os olhos.

— Ah, você não calcula a minha aflição... Afonso piorou muito, quase não vai ao escritório, bebendo sem parar. Enerva-se porque vivemos à custa de papai e não quer fazer nada para mudar essa situação! Tantos problemas, Virgínia!

Há tempos Afonso vinha vadiando e bebendo, mas Bruna se absorvera demais com Rogério para notar o que se passava em redor. Só agora se dava conta de que ele estava em perigo, era preciso salvá-lo. Como se lhe faltasse o ar, Virgínia abriu bruscamente a porta. Saiu para o jardim. A manhã estava enevoada e úmida. Aquele rasgão seria o sol? Havia um verso grego que Conrado citara certa vez: "Nascemos todos os dias quando nasce o sol".

Sentou-se no degrau da escada, fincou os cotovelos nos joelhos e apoiou o queixo nas mãos.

— A pensadora — murmurou Otávia ao passar por ela. Ia sair. Virgínia apertou os olhos: queria guardar aquela imagem de Otávia luminosa e breve como o rasgão no céu.

— Gostaria de pintá-la, maninha. Agora você vai ser o meu modelo.

— Não há mais tempo, Otávia. Vou viajar, vou para longe.

— Viajar? — repetiu ela, inclinando-se para acariciar o gato. E sem esperar resposta, enveredou pela alameda. — Pois farei seu retrato assim mesmo, uma tela preta com um pontinho vermelho no centro. Vai se chamar *A Pergunta.* Hum? Não é uma ideia?

Virgínia aspirou de boca aberta a brisa fresca impregnada do cheiro de terra misturado a um vago perfume de rosas. O perfume de Otávia. Pelos seus famosos cachos, sorvera todo o veneno que lhe amargara a infância. Contudo, mais do que os cabelos, o riso, a voz, mais do que tudo a impressionara aquela placidez excepcional. E só agora adivinhava a herança sob a face estagnada. Sempre achara Otávia parecida com a mãe, mas parecida em quê? Levara tempo para descobrir-lhe na expressão o simples traço que as identificava. Era aquele ar desatento e manso, era o jeito doce de arquear as sobrancelhas, de rir e de dizer *querida.* E Otávia sabia disso, talvez desde o dia em que fizera o desenho de um rosto apático em meio da cabeleira emaranhada: "Sabe quem é?". E ao ouvi-la responder "É você", teve uma expressão melancólica: "É o retrato de mamãe. Você nos acha parecidas?".

Virgínia deteve-se e enxugou os olhos úmidos. Sim, o mais doloroso é que Otávia sabia. E não fazia nada porque não havia nada a fazer, deixava-se apenas levar, desligada e inerte como aquelas folhas que o vento arrastava. Para onde?

Apanhou um pedregulho e viu então que trouxera, fechada na mão, a borracha de Natércio. Seu primeiro impulso foi voltar para devolvê-la. Mas Bruna estava lá e decerto ele agora não precisaria da borracha para apagar nada. Rodou-a entre os dedos. Nunca ele conseguira apagar nada. Sim, devia ter sido imenso o seu amor por Laura para não ter podido perdoá-la, nem a ela nem a si próprio. Que pensamentos o alimentavam naquele longo abandono? Otávia lembrava-lhe a enferma no início da demência. Nela, Virgínia, ele via Daniel. Restava Bruna. Mas Bruna traíra Afonso. E ele não suportava a traição. A cerca de fícus pareceu a Virgínia bem mais baixa e menos cerrada. Olhou pelo vão. Berenice corria pelo jardim da outra casa. Atrás, vinha Inocência meio ofegante, "Sua mãe não quer que você brinque na grama molhada!". Berenice a enfrentou desafiante: "Mas eu quero".

Bruna também fora assim na meninice. "Mas eu quero", dizia diante dos mais fortes argumentos. Só o terror de Deus a fazia vergar-se, o terror de Deus e de seus anjos, todos eles vingativos, vociferando castigo em meio do fogo eterno. Mas cultivando tamanho horror ao pecado, não tivera todavia a força necessária para resistir-lhe. Tenebrosa, certamente, a luta no seu íntimo. Adorara o pai, colocara-o bem alto e de repente o encontrara espatifado no chão. Como se dera a queda? Substituíra-o por Afonso. E Afonso fora-se esboroando, pouco restava dele. Elegera Rogério, mas chegara também sua vez. Agora agarrava-se a Deus, sublimando a natureza até o momento em que encontrasse o próximo amante. Então dilataria as narinas e avançaria para ele no passo fatal de uma centaura mística.

Virgínia aproximou-se do caramanchão. Nunca lhe parecera tão agreste como naquele instante, com as trepadeiras subindo insólitas, escondendo o gradeado sob a rede compacta de cipós e folhas. Há muito tempo ninguém mais entrava ali. A mesa apresentava sinais de apodrecimento e os tufos de avencas estavam definitivamente secos. "Não sei ficar longe destas minhas plantas", dizia Frau Herta apalpando a terra. Otávia e as avencas. "Virei buscá-la", prometera-lhe. Era a mais desbragada mentira, mas se voltasse lá, seria capaz de repeti-la. Diria as mesmas coisas. "Otávia tem seu retrato na mesa, as avencas estão cada vez mais viçosas!" E Frau Herta nunca ficaria sabendo da verdade: já não podia distinguir o dia da noite. Não era esta a característica dos mortos?

No banco agora meio desmantelado, encontrara Afonso. O sorriso insolente. O queixo pontudo. "Eu sou Afonso. Já ouviu falar em mim? Ainda ouvirá, minha menina, ainda ouvirá." Desde então já representava por autodefesa. E o hábito ficara. Como seria na realidade? Perdera-se sob as máscaras, inseguro, fictício. Nada mais lhe restava senão prosseguir na mistificação, "Eu sou um poeta notável, eu sou um grande engenheiro, eu sou um fabuloso amante!". Fascinado pela miragem do público, prosseguiria se embriagando com palavras e com uísque até cair na realidade das cadeiras vazias. Ou talvez não caísse nunca, continuaria delirante até o fim.

Virgínia saiu do caramanchão. "Se ele tivesse ficado com Letícia, quem sabe?" Reviu-a de braço com Bruna, trazendo um sorvete para Afonso. Lembrou-se daqueles cabelos prateados brilhando tanto ao sol. Era o que tinha de mais belo. Tosara-os e com eles o fio de uma vida que poderia ser melhor. Era sob esse aspecto que a encarava e não sob o ponto de vista de Bruna, que conduzia o problema para o lado moral, com todas as consequências neste mundo e num outro. Não a julgava por ter escolhido o mal, mas a lamentava por vê-la fazendo o mal. O mal àquelas meninazinhas que giravam à sua volta. O mal a si própria. Como começara aquilo? Ninguém podia dizer. Desde a meninice já devia existir nela a tendência obscura, desde a meninice já havia qualquer coisa de diferente naquele corpo de bailarino. A realização de um amor teria conseguido desviá-la. Mas Afonso amou Bruna. Ou melhor, optou por Bruna, desde que a ninguém ele amou e odiou tanto como a si próprio.

"Os cinco", pensou Virgínia encaminhando-se para a roda de pedra. Ali estavam os cinco de mãos dadas, cercando obstinados a fonte quase extinta. Achou-os mais reais, mais humanos em meio da névoa da manhã que lhes emprestava uma atmosfera de sonho. Em cada um deles como que havia um segredo, um mistério. "Que sabe você de nós?", Otávia perguntara. Virgínia acariciou a carapuça de uma das cabeças: "Nada".

X

O estreito caminho fechado entre as árvores dava para uma clareira e ali se bifurcava. Virgínia hesitou entre as duas trilhas. "Esta deve ser a do rio", pensou. E seguiu por ela, oferecendo o rosto ao morno sol do crepúsculo. A brisa sussurrava por entre a folhagem. No céu de um azul pálido, pairavam nuvens brancas. Um pássaro cortou a quietude com seu grito alegre como uma risada.

"A chácara!" Havia no ar um murmúrio que podia vir do bosque lá adiante, que podia vir da vereda deixada para trás, que podia vir do chão que ela pisava com firmeza, como se fora um caminho já muitas vezes percorrido. Perfumes e sons se misturavam e constituíam um só todo harmonioso. Apertou os olhos diante do vasto campo batido de sol. Por ali os outros tinham passado a galope no passeio que se tornara uma das maiores obsessões da sua meninice. O quadro crescera e se projetara com tamanha força na sua imaginação que jamais pudera duvidar de que tivesse sido assim: Otávia na frente, cavalgando os cachos puxados pela ventania. Mais atrás, Conrado, segurando as rédeas numa das mãos e erguendo na outra a coroa de heras. Ela tentara se esquivar mas ele a alcançara e em meio do galope conseguira coroá-la. Os cavalos frementes levantavam uma nuvem de poeira dourada. Pairando sobre a nuvem, como se flutuassem, os dois sumiram em direção ao poente. Em que calendário teria visto uma gravura parecida?

Agora o terreno se precipitava numa baixada que conduzia ao bosque. Virgínia sentiu o peito arfar de emoção: lá estava o rio rolando suas águas pardacentas num abandono sonolento. Árvores e pequenos arbustos espalhavam-se em redor, pondo coágulos de sombra na relva brilhante. Conservavam todos uma certa distância das margens do rio, mas havia uma árvore, talvez a maior e a mais antiga, que se debruçava sobre ele. Tocava-o com a ponta de um dos galhos recurvos que se abria como uma grande mão lavando os dedos enegrecidos na superfície da água. Uma ou outra folha se desprendia de vez em quando. E a brisa determinava o rumo que ela seguia com indiferença, rolando pela relva ou indo rio abaixo. Era sob aquela sombra que as crianças faziam seus piqueniques. Era ali — e Virgínia baixou o olhar até o chão — que a Fraulein desdobrava a toalha enquanto os cinco chapinhavam nas margens. Mas como não participara de nenhuma das festas, transformaram-se todas em espetáculos fantásticos, nos quais as pessoas se moviam em meio de nebulosas, etéreas. Inacessíveis. Naquele galho mais alto da árvore, Conrado se equilibrara de braços abertos: "Vou voar!". Quantas vezes ela o imaginara assim transfigurado num salto que desobedecendo a todas as leis da gravidade, o permitira subir primeiramente como uma seta para depois pender para a água: "Vou voar!".

Virgínia sentou-se à beira do rio. O mal maior foi não estar nunca presente, não ver de perto as coisas que assim de longe viraram histórias de semideuses e não de seres humanos inseguros, medrosos. Teria visto tudo com simplicidade, sem sofrimento. Mas mil vezes se desdobrara em duas para deixar que uma das menininhas corresse por ali, enquanto a outra roía as unhas, rondando na ponta dos pés o quarto da doente. E aquela que fugia, voltava depois contando coisas extraordinárias. Mergulhou a mão na água, deixando que a correnteza suave levasse seus dedos. Existia em verdade o cenário, este era real e permanecia tal qual o imaginara, fiel na sua força revelada naquele tronco, fiel na fragilidade resumida naquela formiguinha a subir por um fiapo de relva. Existia, isto sim, a música no ar, branda como a quentura de um ninho no qual a vida é bem-vinda, como bem-vinda é a morte, volta natural aos elementos. Existia a natureza.

O grito sonoro do pássaro desconhecido voltou a rasgar o céu. Virgínia estremeceu. Aquele grito lembrava a risada de Otávia. Inclinou-se sobre o rio. E pareceu-lhe ver emergindo do fundo das águas um rosto de olhos a se diluírem como duas gotas de tinta. Os cabelos verdes de erva abriam-se mansamente em tufos que a correnteza ondulava. "Otávia!" Mas a face se desfez e desapareceu na superfície.

Retirando a mão da água, mergulhou-a na relva. Não, não, tudo aquilo era memória, chegara a hora de dizer-lhe adeus. O fluxo da vida que corria como aquele rio era tão belo, tão forte! O sonho era o futuro. Tinha apenas que libertar-se e viver. Agora os passarinhos conversavam em segredo enquanto se aninhavam em meio do arvoredo. Lembrou-se da Irmã Mônica a lhe perguntar se era feliz. "Sinto uma grande tranquilidade", respondera. E consigo mesma, "Uma indiferença, desde que tranquilidade e indiferença, no fundo, significam a mesma coisa". Só agora via o quanto se enganara. Indiferença era a paz estagnada de Otávia. E tranquilidade era aquilo, aquela quietude sob a qual a vida palpitava.

"Achei-a", pensou fechando lentamente a mão. E colheu uma libélula que vinha a se debater debilmente na correnteza. Colocou-a na haste de um junco. Mas as longas asas continuaram grudadas ao corpo, paralelas e transparentes como um esquife de vidro. Soprou-a em vão. Estava morta. Deixou-a, mas continuava a observá-la: era natural que outra libélula passasse por ali voando como era natural aquela estar imóvel. Vida e morte se entrelaçavam. E se no momento era difícil amá-las, impunha-se recebê-las com serenidade.

Agora as asas da libélula estremeciam. Moveu as patinhas com esforço. Virgínia aproximou-se, fascinada. Parecia morta quando a retirara e eis que as asas, secas sob o sol, já tentavam alçar voo. Soprou-a. "Vá, não perca tempo!" E vendo que a libélula enveredava por entre os juncos, ficou pensando que mais importante do que nascer é ressuscitar. Encolheu as pernas, no gesto antigo de enlaçá-las, para apoiar o queixo nos joelhos. Extraordinário. Não acreditava, pois nunca vira, mas muitos também nunca tinham visto e contudo estavam certos. "Bem-aventurados os que não viram e acreditaram", Ele dissera. Não receber qualquer sinal e ainda assim acreditar. Aceitou o perigoso jogo do faz de conta e onde o jogador tem tudo e no minuto seguinte descobre que está de mãos vazias. Tanta inveja da antiga roda de pedra, mas por que não posso entrar?! Cerrou os olhos. A vontade da esperança, da fé e que teria de brotar com a espontaneidade daquela relva verde. Mais tarde, talvez, por enquanto sentia a grande nostalgia de Deus. Mas ainda se encontrariam e haveria de amá-Lo ainda mais por todo o tempo percorrido sem amor. E se Ele perguntasse, "Que queres?", responderia como a mulher de Barrabás, "Nada, Senhor. Contento-me em ver-Vos passar".

— Virgínia.

Ela voltou-se. Conrado a observava a uma certa distância com tamanha tristeza estampada em seu rosto que não se conteve e correu a abraçá-lo.

— Virgínia, você não pode imaginar minha aflição! Tantas vezes quis ir vê-la e não me decidia, faltavam-me forças... — Falava com dificuldade, tateante. — É que também te amo, a vida inteira te amei. Mas nunca fiz nem farei qualquer gesto para te reter comigo, não me pergunte nunca por quê, acredite apenas que eu te amo. Naquela noite eu devia ter impedido, mas ao mesmo tempo com que direito?

Ela tapou o rosto com as mãos, as lágrimas a lhe correrem por entre os dedos. Quando voltou a destapá-lo, procurou o lenço na bolsa. Não encontrou.

— Nunca está quando preciso dele... Quer me emprestar o seu?

Conrado pousou as mãos no ombro dela.

— Minha menininha, minha querida menininha... Que foi que lhe fizeram? O quê?

— Conrado, meu amor, não se preocupe mais comigo, agora está tudo bem, não se preocupe. Eu tinha me perdido e me achei outra vez. Foi uma onda enorme que me envolveu inteira, me afogou, cheguei a pensar que... Mas passou, agora está tudo bem.

— Eu queria tanto ajudar e não pude fazer nada. Nada.

Ela segurou-o fortemente pelos pulsos. Encarou-o.

— Mas agora está tudo bem. Você tinha razão, Conrado, atravessei as provas sem me queimar realmente, foi duro, mas passou. Nós nos amamos. Não quero mais nada, juro que não peço mais nada a não ser esta certeza, acredite em mim, não quero mais nada.

Ele a atraiu docemente para si. Chegou a abrir a boca para dizer qualquer coisa, mas emocionara-se demais para falar. Abraçou-a. Virgínia afundou o rosto no seu ombro: a nuvem em forma de veleiro, o contorno negro do passarinho no último galho de árvore, a haste de junco puxada pela correnteza... Jamais se esqueceria daquele instante. Aspirou fundo o cheiro da sua roupa, alfazema e madeira de armários antigos. "Meu amor", disse num fio de voz. Roçou os lábios pelo tecido, veludo verde e gasto como o das roupas dos príncipes dos reinos decadentes. Irreais. Inúteis.

Foram andando de mãos enlaçadas.

— Conrado, você já sabe que vou viajar?

— Viajar? Quando?

— Resolvi já faz algum tempo. Quer dizer, eu tinha resolvido outra coisa, viagem também, pois não deixava de ser uma viagem. Mas agora vai ser uma viagem de vida. Preciso, sabe? Preciso me arrancar e tem que ser agora. Tomarei um navio e irei por aí com um mínimo de bagagem, com um mínimo de planos ou sem plano algum, melhor ainda.

— Mas, Virgínia, você, assim, sem experiência nenhuma, sozinha...

— Tem que ser, Conrado. Meu pai me ajudará no começo. Depois hei de me arrumar, quero dar esta oportunidade a mim mesma. — Apertou-lhe a mão. — Uma vez você me citou um verso, era mais ou menos assim, "Nascemos todos os dias quando nasce o sol". E depois?

— Começa hoje mesmo a vida que te resta.

Ela lançou um olhar ao poente.

— Deve haver fora do mapa um lugar chamado Golconda ou Ophir, várias vezes já me surpreendi repetindo este nome. Ophir...

— Pretende ir logo?

— O navio que escolhi parte dentro de quatro dias. Chama-se *Lucerna*. Natércio já está providenciando tudo — acrescentou. E voltou-se para Conrado, surpreendida, pela primeira vez dizia *Natércio* e não *meu pai*. Sorriu. — É um navio modesto, desses que vão costeando os portos, um dia aqui, outro lá adiante, numa viagem vadia... Eu, que sempre fui medrosa, não sinto mais medo e isso para mim é tão extraordinário que tenho vontade de gritar de alegria. Libertei-me. Vou estudar, trabalhar. Em quê? É o que eu vou descobrir.

— Mas qual é o seu itinerário, Virgínia?

— Não me pergunte, Conrado, porque também não sei ainda. Quando já estiver no mar, decidirei. Hei de me guiar por alguma daquelas estrelas que me dirá onde devo descer.

— E noutro tom: — Ah, Conrado, ao menos isto eu quero, já que é preciso aceitar a vida, que seja então corajosamente.

— Várias vezes a imaginei assim mesmo e dizendo estas mesmas coisas. E me vi falando como falo agora, eu já sabia, Virgínia. Eu já sabia.

— Deixo-lhe meus livros, foram do meu pai, agora serão seus. Gostaria de lhe mostrar os meus preferidos. Mas não há mais tempo — murmurou, fixando-se no seu perfil grave e fino, com qualquer coisa de vacilante. "Meu príncipe." Daniel era da mesma família de delicados.

— Quer dizer que não nos veremos mais? Minha Virgínia, tudo tão rápido!

O rio já ficara para trás. Vista assim do alto, a copa da árvore era uma cabeça amável inclinando-se sobre o espelho móvel das águas.

— A despedida deve ser aqui — disse ela aproximando-
-se mais. — Eu pretendia conhecer a casa, mas já está tarde,
devo ir antes que anoiteça.
— Mas sozinha? Virgínia, espera...
— O carro está na estrada, não tem problema. — Acariciou-lhe o queixo. — Você não é muito de escrever cartas,
não, Conrado?
Fosse qual fosse a resposta, tinha certeza de que não haveria correspondência. Ou melhor, haveria nos primeiros
tempos. Depois as cartas iriam rareando. E depois, nada.
Conversaram meio fragmentadamente sobre lembranças comuns, mas tudo em meio de longas pausas. Tinham
atingido um ponto em que as palavras eram desnecessá-
rias. Ao atravessarem a clareira, ele retardou o passo.
— Hoje é o último dia do ano. Podíamos ficar juntos, Virgínia. Quer mesmo ir?
— É preciso, meu amor. A despedida não pode se arras-
tar, ficaria dolorida demais. — E vendo que ele se dispunha
a acompanhá-la pela vereda das árvores, deteve-o: — Fique
exatamente aqui onde está. No meio do caminho eu me vol-
tarei para vê-lo assim, debaixo deste resto de sol. Quero levar isto comigo, entende? E assim saberei que ainda é dia.
Trocaram um leve beijo. Depois ela prosseguiu sozinha
pelo estreito caminho de sombra. Quando julgou ter atingido a metade, voltou-se. Lá estava Conrado, na mesma posição em que o deixara, de pé na clareira. Mas os frouxos raios
de sol que o iluminavam já tinham desaparecido. "Apagou-
-se", pensou ela acenando-lhe pela última vez. Ainda ouviu
o grito do pássaro rompendo a quietude, porém não o achou
mais parecido com a risada de Otávia. Era apenas um som
anônimo, perdido na tarde.

Sobre Lygia Fagundes Telles
e Este Livro

"Não é sem motivo que os nomes de Katherine Mansfield e Virginia Woolf foram lembrados para situar *Ciranda de Pedra*. Nós acrescentaríamos o de Rosamond Lehmann, afirmando, entretanto, que essas aproximações em nada diminuem a originalidade e a alta qualidade desse belo e corajoso romance."

PAULO RÓNAI

"Um ponto digno de nota na construção desse romance é o poder imaginativo ou, mais precisamente, associativo de Virgínia, a personagem central, em quem a visão criadora das coisas será com certeza uma projeção da romancista. [...] Nesse livro tudo se situa dentro de planos bem conhecidos, e o que vai conferir a todas as cenas um caráter singular e, a muitas, uma inesquecível força, é o poder da autora — que, com os suaves instrumentos de sua arte, vai desdobrando entre nós a sua criação."
OSMAN LINS

"Sente-se em todas as páginas a presença de uma ficcionista talentosa [...]. Em matéria de estilo, o livro da sra. Lygia Fagundes Telles é exemplar: economia de meios e expressividade se amalgamam surpreendentemente. [...] A infância, analisada por uma inteligência sagaz que não abdica em nenhum momento do direito de comover-se e, comovendo-se, comover-nos, eis a melhor virtude de *Ciranda de Pedra*. [...] Sabendo harmonizar, goethianamente, poesia e verdade, conseguiu a autora traçar, em seu romance de estreia, o mais convincente retrato da infância de que se pode orgulhar a novelística brasileira."
JOSÉ PAULO PAES

"Lygia Fagundes Telles conseguiu o milagre raro de encontrar aquele tipo ideal do romance, em que a beleza da prosa faz corpo com a própria tessitura da narração, aquele estilo 'inaparente', que funde harmoniosamente os vários planos em que se desenvolve o romance, o diálogo com a ação, o passado com o presente."
ADOLFO CASAES MONTEIRO

"Responsável pelo encanto dessas páginas é, antes de tudo, o estilo de Lygia Fagundes Telles, ficcionista que parece mais preocupada com as possibilidades do que com as impossibilidades da língua. Em uma linha, em poucas palavras, sabe ela sugerir a atmosfera: as venezianas fechadas, a luz acesa no quarto da doente. E o sol lá fora."
OTTO MARIA CARPEAUX

O Avesso da Festa
POSFÁCIO / SILVIANO SANTIAGO

Depois de se afirmar como mestre na arte do conto na década de 1940, Lygia Fagundes Telles publica seu primeiro romance em 1954. *Ciranda de Pedra* chega às livrarias num ano particularmente feliz para a cidade de São Paulo e, graças aos próprios méritos, arranca palavras entusiásticas e elogiosas da ranzinza crítica literária nacional. O avesso na "descrição de uma família", para retomar uma expressão do romance, contraponteava de modo crítico as atividades culturais que enobreciam as festividades cívicas em torno do quarto centenário da capital. A ocasião exigia do escritor textos longos e complexos, de risco. *Ciranda de Pedra* surge no momento em que o ficcionista brasileiro não se contentava com os efeitos dramáticos manipulados pelo saber sociológico. Na análise das relações humanas, investia na vertigem do corte cirúrgico psicológico.

Com o correr das décadas, *Ciranda de Pedra* foi ganhando novas edições. Chega ao novo milênio como um clássico do século xx. O sucesso, que o segue desde o berço, levou por duas vezes a Rede Globo a transformá-lo em telenovela de repercussão nacional — em 1981 e em 2008.

A epígrafe do romance — tomada de empréstimo aos *Sonetos a*

Orfeu, do poeta Rainer Maria Rilke (1875-1926) — serve como chave de entrada para a leitura. Nos dois versos de Rilke, agiganta-se a "boca da fonte", que, generosa e inesgotavelmente, está sempre a *dizer* a mesma água. Tanto na coleção de poemas como no soneto invocado, saltam à vista dois temas caros a Rilke — o do devir outro e o da superação dos desdobramentos identitários. Abordemos a metáfora contida na epígrafe. A terra se metamorfoseia em água e escorre pelo aqueduto até chegar à boca da fonte. Pela abertura, a terra concede ao ser humano uma dádiva vital, sempre a mesma e sempre pura. Terminado o périplo, a água retorna à terra que a tinha gerado, sobrelevando a diferença originária. "E a terra nada mais faz/ do que falar a si mesma" — ela é boca e diz e é orelha e escuta a própria voz. A poesia de Rilke aponta para a separação e o distanciamento, a fim de que se cumpra um intrincado sistema universal de relações.

Em suas metamorfoses, o ser humano — se não se deixar assombrar pela morte — açambarca uma visão congruente e totalitária da vida no planeta Terra, constituída por analogias inéditas ou por "correspondências", para se valer do poema de Charles Baudelaire: "Os sons, as cores e os perfumes se harmonizam". Ele enxerga o Todo em sua multiplicidade, sem limitações — em *aberto*, portanto, como quer Rilke nos sonetos e nas *Elegias de Duíno*.

Ao final de *Ciranda de Pedra*, Virgínia, "que sentia um gozo obscuro em ir passando de mão em mão" (154), descobre que não pode se liberar das sucessivas *faces* modeladas pelas experiências sentimentais. Tampouco pode apagá-las com "borracha", isso "porque tinha qualquer coisa de comum que permanecia no fundo de cada uma delas, qualquer coisa que era como uma *misteriosa unidade* ligando umas às outras, sucessivamente, até chegar à face atual. Mil vezes [Virgínia] já tentara romper o fio, mas embora os elos fossem diferentes, havia neles uma *relação indestrutível*" (173, grifos nossos). Fios, elos e relações compõem o personagem. "[...] mais importante do que nascer é ressuscitar" (197), nada do que é humano começa pelo zero, tudo recomeça. Como se lê em outra passagem do romance: "O essencial era desvencilhar-se da face antiga com a naturalidade da lagarta na metamorfose" (148). A vida sentimental de Virgínia — descobre o leitor — se passa "numa sequência sem começo nem fim" (173). Como em Rilke, o ser humano tem de viver *em aberto*, embora a todo o momento o queiram *fechar* — isto é, podar suas asas de anjo — pela obsessão da morte.

Não é estranho, pois, que o narrador de *Ciranda de Pedra* comece por conceber a menina Virgínia e os demais personagens do romance em linguagem alucinatória,[1] para deixar a trama ir retirando a ela e a eles lá de dentro até o final da narrativa. Na página inicial, o mundo animal — paralelo ao mundo humano — se enreda e interage com o processo de crescimento sentimental de Virgínia e dos personagens que lhe são queridos, dando origem a um *amálgama estilístico* original, que é marca registrada da ficcionista paulista. Ao identificar Virgínia com o inseto (no caso, uma formiga), o discurso romanesco a transporta a outro lugar, reflexivo, e a diferente/semelhante sistema de circulação. A formiga é o duplo de Virgínia, diferente dela porque não pressente a morte. Companheira na crise e anjo zeloso. Ao se abrir à experiência do inseto, Virgínia afirma pelo mal a personalidade desnorteada, ainda em formação. O amálgama estilístico criado por Lygia vai superar, no entanto, a separação e o distanciamento entre o mundo humano e o animal, enlaçando-os.

O desvio pelo lugar e a fragilidade do inseto descortinam o potencial de vida. "Começa hoje mesmo a vida que te resta" (199). Torna-se capaz de enfrentar a teimosia hipócrita de Natércio, que a renegou e a distanciou dos seus. Recuperada pelo Falso Pai (Natércio), já sabe que ele existirá na narrativa para ser também superado. Com precisão, o narrador de *Ciranda de Pedra* aponta para os familiares separados, cujo sentido de *honra* aniquila Virgínia: "Eram traidores mas não delatores. A estranha ciranda!"(158). Compete à Virgínia renegar o medo e o ódio inculcados pela estranha ciranda, fazendo-os submergir na alucinação e no delírio, nos quais o humano e o animal comungam o mesmo cotidiano.

A vida de Virgínia começa — se for possível falar de *começo* em romance de Lygia — por linguagem alucinatória. O apego do narrador à escrita do delírio é apenas aparentemente irracional, já que é ela que propicia que se abram as cortinas cristãs (estas, sim, irracionais) do casarão paulista. No palco, o antagonismo familiar. A mãe (Laura) e a filha caçula (Virgínia) foram excluídas pelo patriarca (Natércio) e separadas das irmãs (Otávia e Bruna). Em causa, a traição de Laura com Daniel, médico da família e pai de Virgínia. A primeira separação será dissolvida na primeira parte do romance. Virgínia retorna ao casarão patriarcal e passa a conviver com Natércio, as duas irmãs e Frau Herta. A morte de Laura e o subsequente suicídio do amante garantem o retorno definitivo da caçula. A força dominante na casa de Natércio é a *Bíblia Sagrada* e as leis que excluem e punem a mulher adúltera e o fruto de seu ventre.

Descobre Virgínia, ainda confiante: "Abandonei minha mãe no momento em que ela mais precisava de mim. [...] Mas lá tudo era feio, pobre e eu queria o conforto da casa do meu pai" (175). Porta-voz bíblico, fala Bruna em contraponto preocupante: "Nossa mãe está pagando um erro terrível, será que você não percebe? Abandonou o marido, as filhas, abandonou tudo e foi viver com outro homem. Esqueceu-se dos seus deveres, enxovalhou a honra da família, caiu em pecado mortal!" (43). Virgínia ainda é criança, não tinha acesso ao sentido do verbo *enxovalhar*.

O traslado de Virgínia para o casarão, bem como a morte subsequente de Laura e de Daniel, vai transformar a filha excluída em bastarda. Até então sem o saber, ela era o agente da separação na família e do distanciamento na discórdia. A bastarda se encaminha para a condição de intrusa na casa de Natércio. Ela foi e volta a ser o pivô do antagonismo: "Então levei a inquietação para a casa onde pensei ser bem recebida, lá fui atormentar Natércio com minha presença. Ele queria esquecer e eu não deixava, eu com os olhos do outro [de Daniel], com o andar do outro, lembrando a traição, ressuscitando tudo" (175-6).

Ciranda de Pedra não tem *começo*, mas Virgínia nele *nasce* para ser a assassina da formiga. Está em concordância com o clima da casa materna. Em crise de afeto, a menina sobe as escadas de casa e se tranca no quarto. Vê uma formiga que também sobe pelo batente da porta. Ao descobrir e acompanhar o andar arriscado da nova companheira, tenta salvar a formiga — e a si — da fresta perigosa. Da morte que o inseto não pressente. A vida descuidada da formiga perde o sentido que lhe é próprio e passa a se referir ao instante tenso e dolorido por que passa

Virgínia. Esta enxerga as próprias unhas, roídas até a carne. Compara suas mãos às delicadas da irmã. A inveja apressa o desejo de morte. Recusa o duplo que a desvela. Esmaga a formiga.

No campo dos afetos e por efeito de eco, é introduzido na narrativa o jovem Conrado. Na verdade, ele é o alvo do olhar amoroso de Virgínia e o será até as páginas derradeiras do romance, quando se revelará um "São Francisco de Assis burguês" (167). Ao esmagar a formiga, a menina se lembra de palavras do jovem. Morta, a formiga ressuscita em sua imaginação para instaurar um primeiro abalo no ser — na casa — onde se pressente a morte da mãe. "Pensava em Conrado a lhe explicar que os bichos são como gente, têm alma de gente, e que matar um bichinho era o mesmo que matar uma pessoa" (15). Assegurada a interação sentimental entre os dois mundos, o assassinato num plano repercute no outro para despertar — no presente caso — um efeito catequizador. "Se você for má" — é ainda Conrado quem fala — "e começar a matar só por gosto, na outra vida você será bicho também, mas um desses bichos horríveis, cobra, rato, aranha..." (156). É preferível virar borboleta — um inseto do bem. Acrescenta o texto: "Mas quem ia ser borboleta decerto era Otávia, que era linda" (16). Pela inveja da irmã e pelo ressentimento, Virgínia se distancia da fresta perigosa. Reafirma a vida na morte.

Mas não se esgota aí o filão esclarecedor da narrativa. Laura, a mãe infiel, surge no romance em decorrência de outra lembrança de Virgínia. Ainda os insetos — a aranha e a mariposa, agora — a desempenharem papel importante na linguagem alucinatória. Carreados pelos bichinhos, sobressaem na trama o risco de continuar a viver e a consciência da morte. Virgínia se lembra de ter visto uma mariposa imprevidente, enredada numa teia de aranha. O primeiro impulso é salvar o inseto — e a seu duplo, a mãe: "Fuja depressa, fuja!" (23). Mas não intervém.

> Mas a mariposa se deixava envolver sem nenhuma resistência no viscoso tecido cinzento que a aranha ia acumulando em torno de suas asas. Assim via a mãe, enleada em fios que lhe tapavam os ouvidos, os olhos, a boca. (23).

É ainda por efeito de eco que entra na narrativa o afeto sentido pelo par masculino, antes Conrado e agora o amante: "Apenas uma pessoa conseguia penetrar no emaranhado: Daniel" (23).

No universo delirante da filha, a morte da mãe vai ganhar corpo na comparação com outro inseto, o besouro — comparação que reaparecerá por todo o restante do romance. "E besouro que cai de costas não se levanta nunca mais" (38). Coube a Daniel libertar a experiência da morte da amante/mãe de seus cerceamentos terrenos. Ele a libera no elogio de um devir livre e eterno para o ser humano. Leiamos as palavras que dirige à filha: "Dentro desse corpo, Virgínia, há como que um sopro, isso é o que a gente é de verdade. E isso não morre nunca. Com a morte esse sopro se liberta, vai-se embora varando as esferas todas, completamente livre, tão livre..." (63).

Entre o assassinato da formiga e a mariposa que se enreda sem resistência na teia de aranha, Virgínia segue sua vida convivendo com a imagem inexorável do besouro. A menina ricocheteia na morte da mãe e no suicídio do pai até o momento em que passa a viver sob o controle imperioso do distante Natércio, de Frau Herta e das irmãs. Fala Bruna, sensata em suas palavras quase maternais: "Já está em tempo de você ficar sabendo certas coisas, não tem cabimento falar a vida inteira como uma criança, preste atenção..." (43). A inclusão acarreta a perda da inocência. A narrativa passa a ressaltar outra imagem — a dos anões, ou duendes, em ciranda pelo jardim.

O processo de inclusão de Virgínia na família será, na verdade, a forma mais terrível de aniquilamento de sua personalidade em formação. Sente-se envenenada por Frau Herta, a assassina de animais domésticos. Ela se salva da intoxicação sentimental em ritmo de bloco de carnaval. Ampara-se no riso malicioso de um dos anões da ciranda de pedra. "Virgínia então subiu nos ombros do anão, 'Vamos, abra a roda que eu quero passar!'" (80).

De novo, Virgínia esbarra numa formiga, agora a carregar, como ela, um fardo pelo jardim. Fala Virgínia:

Diz aonde quer ir e eu te levo [...] Tinha a obscura esperança da formiga ser uma fada: "Disfarçou-se assim só para me experimentar". E já ia arrancar-lhe a carga, "Deixa, querida, que eu a carrego", quando a formiga se enfurnou na terra e desapareceu.

Conclui o parágrafo: "Até os gigantes e os bichos tinham sido tocados do céu. 'Desapareceram todos'." (81). A protagonista está prestes a adentrar pelo subterrâneo da adolescência estudiosa, momento de pura negatividade na narrativa. Virgínia perde as balizas éticas. Duvida do que seja verdade e do que seja mentira. À porta do buraco, ela se contém e aprende a se calar. Nas palavras de Natércio, "Só quer ficar aí pelos cantos, roendo as unhas, despenteada feito bicho" (93). É mais bicho do que humana. O fardo da vida é pesado. Como a formiga, enfurna-se no internato do colégio de freiras (não aceita o regime de semi-internato de Otávia e Bruna), e desaparece. Não há afeto nas relações com os familiares. O contato se faz por cartas, que serão rasgadas. No dia a dia, convive com as freiras mais velhas, superioras e conselheiras, e com as companheiras de estudo, carentes e sonhadoras. No subterrâneo, o ambiente é escorregadio. A estrada do ensino é tão hipócrita quanto a familiar, nelas domina um único verbo: rezar. Se houver manifestações de afeto sentimental no subterrâneo exclusivamente feminino, elas serão descobertas, policiadas e proibidas pelas freiras.

A crise de identidade no interior da família patriarcal perde fôlego e é substituída por forma que joga o foco de luz nas ambiguidades e nas máscaras do desejo adolescente feminino. A preferência sexual de Virgínia perde o alvo singular — Conrado. À semelhança do professor de pintura que se apaixona pelo aluno — fato mencionado por Bruna em carta —, Virgínia enfurna-se "na maior confusão de sentimento" (102). Leva uma vida clandestina, determinada por situações ambivalentes e palavras de duplo sentido. (Compete ao leitor descodificá-las.) Ofélia, colega de quarto, passa-lhe um bilhete inocente e comprometedor: "Virgínia, eu me mato se nos separarem!" (109). Os afetos se dissimulam e se agigantam à luz da imaginação. Adverte-lhe a freira: "Minha Virgínia, você é muito dramática, sem querer exagera, culpa da sua imaginação! As coisas não são bem assim como você diz" (105). Não são?

Virgínia deixa o colégio reafirmando a verdadeira identidade familiar — ela sai "na ponta dos pés". A casa de Natércio é outra: os ciprestes foram cortados, o filete de água não sai mais da fonte. "Seria melhor acreditar que também a fonte já não existia" (113). Recomeça a vida num mundo para o qual está despreparada. Todos são adultos, entregues aos prazeres do sexo e às manobras do amor que conduzem ao casamento e aos filhos. Ela é a mesma. Em conversa com Conrado, diz que gostaria de mudar, de ter voltado diferente, sem as marcas antigas, e acrescenta que quer apagar a Virgínia que tinha sido no passado. Por quê? — pergunta-lhe Conrado, para retomar o tema da *misteriosa unidade*: "Não tem nada que se negar, Virgínia! A menininha continua, não adianta querer escondê--la, vamos, abra-lhe os braços..." (130).

De braços abertos, a nova Virgínia acata o velho São Francisco de Assis transformado em anacoreta. Conrado é um homem que se distanciou das coisas terrenas. Sublima fome e sede, emoções e sentimentos, em busca de uma realização de vida que se confunde — no autoaniquilamento — com a santidade. O anacoreta passa pela vida sem tocar nas pessoas, importunar os animais ou movimentar os objetos. "Ouça, Virgínia, é preciso amar o inútil. Criar pombos sem pensar em comê-los, plantar roseiras sem pensar em colher as rosas, escrever sem pensar em publicar, fazer coisas assim, sem esperar nada em troca" (135). A inutilidade no trato do cotidiano e da vida é o caminho mais curto para chegar ao belo e ao reino dos céus. Afirma ele que: "no inútil está a Beleza. No inútil também está Deus" (136).

Para retomar versos de Carlos Drummond de Andrade, Conrado é um homem partido, que se perdeu no meio do caminho. Sua vida sexual, como se verá, é inexistente. Também inútil. Não pode amar totalmente a mulher amada. Não pode procriar. É impotente, descobrirá Virgínia nos capítulos finais do romance. Talvez seja por isso que seja ele o único personagem que se *apaga* definitivamente no parágrafo derradeiro de *Ciranda de Pedra* (200). Sua fala e ideias são idealistas, platônicas, como se diz. Tudo se resume na sublimação da falta que ama, para retomar outro verso de Drummond. Tudo se resume na negação da experiência amorosa — completa e feliz — com o outro. É um estorvo. Ele se enfurna de modo tão radical na solidão que assusta a ex-enfurnada Virgínia. "A distância mais curta entre dois pontos" — ensina ele — "pode ser a linha reta, mas é nos caminhos curvos que se encontram as melhores coisas"(135).

Ao regressar ao convívio dos familiares e amigos, Virgínia não se envereda por caminhos curvos. Quer entrar na roda, de onde sempre fora excluída. Cansou-se de viver num círculo esquecido por Dante na *Divina Comédia* — o dos rejeitados. Em outra passagem, introjeta palavras da irmã: "E Otávia não estava certa? O mais aconselhável era não inventar classificações e ir fazendo tudo que desse ganas, sem esperar depois qualquer castigo ou prêmio" (148). O amoralismo voluntarioso da rejeitada é diametralmente oposto ao recolhimento beato de Conrado. Não há como se entrosarem.

Portanto, Virgínia não entrará na roda pelas mãos de Conrado. Na narrativa sobressai sua irmã, Letícia, jogadora de tênis, de hábitos masculinos e amiga de moças apaixonadas — "fora a primeira a lhe oferecer um lugar na roda" (122). Letícia tinha os cabelos curtos, de menino, e se vestia como rapaz. A preferência sexual anunciada e (talvez) experimentada no internato de freiras é avivada pelo gradativo distanciamento amoroso de Conrado e dos outros rapazes. É fortalecida pela ambiguidade nos encontros amorosos apimentados e nos desencontros afogados no álcool, vividos pelas irmãs e pelos amigos íntimos. O clima de desespero sentimental e de instabilidade emocional atinge os núcleos familiares burgueses da Pauliceia e tem como contrapartida, em Virgínia, um apego à indefinição sexual e à volubilidade nos afetos — sem direito a castigo nem prêmio.

Virgínia transita pelos familiares e pelos amigos de maneira resvaladiça, como gota de mercúrio. Transforma-se na bola da vez. Torna-se uma *teaser*, termo em inglês que aparece na expressão *stripteaser*. Tendo se despido das máscaras — as de caçula, de excluída, de bastarda, de enfurnada e de incluída —, torna-se curinga. Nessa condição, ouve de Letícia o contraponto a suas negaças sexuais: "Você, recusada? — Letícia atirou na lareira o cigarro ainda inteiro. — Mas se todos a disputamos..." (176).

Sintomático que a linguagem alucinatória, condizente com os temas dos capítulos iniciais do romance, seja recoberta nos capítulos pelo clima festivo das festas de fim de ano — a noite de Natal e passagem de ano. Ao se fechar, o périplo de Virgínia se abre para a experiência do congraçamento cristão e do adeus ao passado. Abre-se para a troca de presentes, o *réveillon*, a saudade e, principalmente, para a viagem.

Fecha-se também a geografia paulista do romance para que a narrativa se abra a lugares do mundo que estão fora do mapa — Golconda ou Ophir... Faltava a Virgínia tomar posse da chácara da família de Conrado, onde nunca tinha posto os pés quando criança. Não podia ressuscitar na mariposa, que — sem resistência — era presa da teia tecida pela aranha. Não podia ficar "enleada em fios que lhe tapavam os ouvidos, os olhos, a boca" (23).

No último dia do ano, vai à chácara de Conrado. Sua vida se abre para as viagens ao estrangeiro — "Aceito o risco" (189). Perguntada por Conrado sobre o itinerário a ser obedecido, Virgínia responde que não o tem ainda. E se justifica: "Quando já estiver no mar, decidirei. [...] Ah, Conrado, ao menos isto eu quero, já que é preciso aceitar a vida, que seja então corajosamente" (199).

Fechemos o posfácio, abrindo-o para a epígrafe de Rainer Maria Rilke. Das *Elegias de Duíno* ressaltemos versos da oitava elegia, os quais estão subscritos *em aberto* por *Ciranda de Pedra*, isto é, estão subscritos pelo fervor da artista e pela originalidade estilística da criadora:

O que está além pressentimos apenas
na expressão do animal; pois desde a infância
desviamos o olhar para trás e o espaço livre perdemos,
ah, esse espaço profundo que há na face do animal.
Isento de morte. Nós só vemos
morte.[2]

---

1 "A realidade é que o pai, a mãe, Luciana, os móveis, as roupas — tudo aquilo desaparecera como se fizesse parte de um delírio" (187).
2 *Elegias de Duíno*. São Paulo, Globo, 2001, p. 73. Tradução de Dora Ferreira da Silva.

SILVIANO SANTIAGO doutorou-se na Universidade de Paris-Sorbonne e é professor emérito da Universidade Federal Fluminense. É ficcionista, poeta e crítico literário.

CARTA / CARLOS DRUMMOND DE ANDRADE

Rio, 18 fevereiro 1952.

Lygia:

Ciranda de Pedra é um grande livro, e V. é uma romancista de verdade — eis, em resumo, o que tenho a dizer-lhe depois de ler seus originais com um interesse que não excluía o espírito crítico e se foi convertendo em emoção de leitor fascinado pelo texto. Contando com grande fôlego, dispondo cenas e episódios com uma segurança de quem sabe o que está fazendo, criando realmente pessoas vivas e não simples personagens, V. compôs um livro perturbador, que nos prende e nos assusta, que nos faz sofrer e ao mesmo tempo nos oferece o remédio compensador da própria arte, pois a força da criação resolve num plano mágico os conflitos que ela mesma suscita.

Admirei particularmente o instinto sutil de ficcionista, que evitou as cenas fáceis ou de mau gosto, abrindo caminho sempre através do difícil mas não deixando transparecer o esforço da construção. É um livro duro, mas sem nenhuma passagem escabrosa. As notações psicológicas são as mais finas, e a evolução da trama vai oferecendo quadros de costumes que dão à obra importância como documento social, sem entretanto lhe tirar qualquer de suas qualidades como obra puramente literária, isto é, obra de arte, válida por si mesma. A cena da noite de Natal é um dos episódios de romance mais completos que já li, e bastaria, sozinha, para consagrar um autor. Lygia, V. correspondeu cem por cento à confiança que os amigos depositavam na sua capacidade criadora. Seu livro ganha longe da nossa ficção raquítica de hoje, e se coloca num plano de dignidade literária que lhe assegura permanência. V. deve sentir-se bem paga de toda a canseira que isto lhe custou, do sofrimento que sem dúvida foi seu companheiro durante dias e dias em que os problemas da criação se acumulavam, desafiando-a. Imagino sua alegria justa, e a do Goffredo também.

Demorei a escrever porque, logo depois de ter recebido os originais, tive de ir a Minas, lá me demorando algum tempo. E aqui a vida me pegou na sua engrenagem de coisinhas chatas. Agora vou tratar de levar seu livro ao editor, e o que desejo é que os avaliadores da obra estejam em condições de sentir a sua alta qualidade.

A telefonista de Araras esforçou-se há dias para fazer a ligação que V. pedira. Ouvi uma voz no éter: "a fazenda... porque a fazenda..." depois mais nada. E foi pena. Lygia, estou contente e orgulhoso de ser seu amigo (sempre estive, mas agora mais, depois de *Ciranda de Pedra*).

Abraços e saudades do velho
Carlos

DEPOIMENTO / PROF. SILVEIRA BUENO

Com toda a tristeza que a leitura deste raro romance moderno espalhou em minha alma, revejo, em anos já bem distantes, a menina Lygia, moreninha esbelta, irradiante de simpatia, assentada, com tantas da sua idade, numa das minhas classes da Escola Normal da Praça. Era das mais inteligentes e, naquela sua aparente distração, a mais moderna das normalistas, com certo atrevimento de atitudes, fugindo, quando a ausência da vigilante lhe permitia, para fumar, às escondidas, no fundo do ensolarado pátio da escola. Fumar, naquela época, era só dos homens, e naquela idade de menina, quase um escândalo. Lygia fumava e através das espirais do cigarro compunha as histórias que eu determinava, como trabalho, a tantas moças de que, hoje, como o velho mestre, se há de recordar com muita saudade. No dia 21 de setembro, na "festa da primavera", que eu instituíra para dar um pouco de ideal às minhas alunas, quando todas deviam comparecer à aula enfeitadas de flores, Lygia era das mais "floridas", contrastando com o seu moreno pálido a vivacidade das rosas que lhe enfeitavam o uniforme azul da velha Escola Normal da Praça. Passaram-se os anos mas nunca passou, na lembrança da aluna, a figura do mestre. De longe, sabendo-a já então acadêmica de direito, lhe acompanhei a ascensão intelectual, o desabrochamento de suas, já bem minhas conhecidas, qualidades literárias. Vieram os contos, veio agora este romance. Li-o todo, eu que não tenho muito pendor aos romances, e senti reviver o gosto da literatura que os deveres da filologia quase mataram dentro de mim. Li-o todo, li-o esquecido de que sou ainda professor de português, de que tenho dentro do cérebro uma gramática permanente. Li-o, emocionei-me com suas páginas, e venho dizer à antiga aluna que, na literatura brasileira, nada há que se possa comparar com seu trabalho: trama de assunto, arquitetura de livro, singular poder de reunir o que parece disperso, de dispersar o que se pensaria, continuasse na sequência do tempo, emoção, grande emoção, mas contida, quase sóbria, tipos excelentemente criados, língua conveniente a cada um dos personagens, tudo espontâneo, fluido e límpido, sem atitudes preconcebidas, sem tiradas patéticas, uma delícia!! Só não achei bom o título: há no livro uma grande ciranda de caracteres, de seres que se sucedem, que se contrastam entre si, muito humanos, dessa humanidade que eu diria desumanidade, nada porém de pedra, tudo de sangue e lágrimas, com os poucos parênteses de felicidade que Deus abre na sequência de sofrimentos que é a vida. Que tipos, porém! O de Virgínia, figura central do romance, é extraordinário. Como sabe Lygia, com uma simples frase, quase como um relâmpago de pensamento, recordar passagens e fatos, fragmentos de um pretérito que nunca deixou de envolver a pequena sofredora! Os seus diálogos são excelentes e o velho Machado de Assis, que nunca soube fazê-los, deveria retornar do túmulo para aprender com a romancista de S. Paulo o segredo de compô-los. Na aparente separação das duas partes do romance, mas que depois se completam como partes integrantes de um todo, só em Anatole France, nesse raro produto do espírito humano que é "Le Crime de Sylvestre Bonnard" pode haver similar. Não sei se Lygia terá lido muito o fino mestre francês, mas encontro muitos pontos de delicado contato entre a maneira de contar de um e de outra: a leve ironia, os pensamentos profundos, ditos de maneira quase imponderável, a esparsa melancolia dos quadros, o perfume de uma tristeza que não chega a molhar os olhos, mas se desprende em suspiros do coração emocionado. Até certas expressões, certas frases que ficam como *leitmotiv* e reaparecem toda vez que o tipo surge na narrativa, como "lábios em pirâmide, boca de pirâmide, olhos azuis que parecem bolinhas de vidro" marcam no romance de Lygia o grande recurso que toda literatura como também a música têm empregado e deu a Anatole uma das graças de seus livros. Nem se pense que estou a aludir a possível e direta influência do mestre francês na já senhora do romance brasileiro: faço apenas referências que muito dignificam a Lygia e lhe dizem o quanto me agradou o seu romance ao ponto de evocar, em mim, velhas reminiscências de quando a literatura era o meu maior cuidado. Receba Lygia estas palavras de elogio e de elogio público como uma compensação daqueles tantos que sempre mereceu, quando estudante, e que a severidade do mestre me impediu de fazer-lhe. A mestra da narração emocional saúda e cumprimenta o discípulo de hoje embora seu professor de outrora.

A Autora

Lygia Fagundes Telles nasceu em São Paulo e passou a infância no interior do estado, onde o pai, o advogado Durval de Azevedo Fagundes, foi promotor público. A mãe, Maria do Rosário (Zazita), era pianista. Voltando a residir com a família em São Paulo, a escritora fez o curso fundamental na Escola Caetano de Campos e em seguida ingressou na Faculdade de Direito do Largo São Francisco, da Universidade de São Paulo, onde se formou. Quando estudante do pré-jurídico cursou a Escola Superior de Educação Física da mesma universidade.

Ainda na adolescência manifestou-se a paixão, ou melhor, a vocação de Lygia Fagundes Telles para a literatura, incentivada pelos seus maiores amigos, os escritores Carlos Drummond de Andrade, Erico Verissimo e Edgard Cavalheiro. Contudo, mais tarde a escritora viria a rejeitar seus primeiros livros porque em sua opinião "a pouca idade não justifica o nascimento de textos prematuros, que deveriam continuar no limbo".

Ciranda de Pedra (1954) é considerada por Antonio Candido a obra em que a autora alcança a maturidade literária. Lygia Fagundes Telles também considera esse romance o marco inicial de suas obras completas. O que ficou para trás "são juvenilidades". Quando da sua publicação o romance foi saudado por críticos como Otto Maria Carpeaux, Paulo Rónai e José Paulo Paes. No mesmo ano, fruto de seu primeiro casamento, nasceu o filho Goffredo da Silva Telles Neto, cineasta, e que lhe deu as duas netas: Lúcia e Margarida. Ainda nos anos 1950, saiu o livro *Histórias do Desencontro* (1958), que recebeu o prêmio do Instituto Nacional do Livro.

O segundo romance, *Verão no Aquário* (1963), prêmio Jabuti, saiu no mesmo ano em que já divorciada casou-se com o crítico de cinema Paulo Emílio Sales Gomes. Em parceria com ele escreveu o roteiro para cinema *Capitu* (1967), baseado em *Dom Casmurro*, de Machado de Assis. Esse roteiro, que foi encomenda de Paulo Cezar Saraceni, recebeu o prêmio Candango, concedido ao melhor roteiro cinematográfico.

A década de 1970 foi de intensa atividade literária e marcou o início da sua consagração na carreira. Lygia Fagundes Telles publicou, então, alguns de seus livros mais importantes: *Antes do Baile Verde* (1970), cujo conto que dá título ao livro recebeu o Primeiro Prêmio no Concurso Internacional de Escritoras, na França; *As Meninas* (1973), romance que recebeu os prêmios Jabuti, Coelho Neto da Academia Brasileira de Letras e "Ficção" da Associação Paulista de Críticos de Arte (APCA); *Seminário dos Ratos* (1977), premiado pelo PEN Clube do Brasil. O livro de contos *Filhos Pródigos* (1978) seria republicado com o título de um de seus contos, *A Estrutura da Bolha de Sabão* (1991).

A Disciplina do Amor (1980) recebeu o prêmio Jabuti e o prêmio APCA. O romance *As Horas Nuas* (1989) recebeu o prêmio Pedro Nava de Melhor Livro do Ano.

Os textos curtos e impactantes passaram a se suceder na década de 1990, quando, então, é publicado *A Noite Escura e Mais Eu* (1995), que recebeu o prêmio Arthur Azevedo da Biblioteca Nacional, o prêmio Jabuti e o prêmio Aplub de Literatura. Os textos do livro *Invenção e Memória* (2000) receberam os prêmios Jabuti, APCA e o "Golfinho de Ouro". *Durante Aquele Estranho Chá* (2002), textos que a autora denominava de "perdidos e achados", antecedeu seu livro *Conspiração de Nuvens* (2007), que mistura ficção e memória e foi premiado pela APCA.

Em 1998, foi condecorada pelo governo francês com a Ordem das Artes e das Letras, mas a consagração definitiva viria com o prêmio Camões (2005), distinção maior em língua portuguesa pelo conjunto da obra.

Lygia Fagundes Telles conduziu sua trajetória literária trabalhando ainda como procuradora do Instituto de Previdência do Estado de São Paulo, cargo que exerceu até a aposentadoria. Foi ainda presidente da Cinemateca Brasileira, fundada por Paulo Emílio Sales Gomes, e membro da Academia Paulista de Letras e da Academia Brasileira de Letras. Teve seus livros publicados em diversos países: Portugal, França, Estados Unidos, Alemanha, Itália, Holanda, Suécia, Espanha e República Checa, entre outros, com obras adaptadas para tevê, teatro e cinema.

Vivendo a realidade de uma escritora do terceiro mundo, Lygia Fagundes Telles considerava sua obra de natureza engajada, comprometida com a difícil condição do ser humano em um país de tão frágil educação e saúde. Participante desse tempo e dessa sociedade, a escritora procurava apresentar através da palavra escrita a realidade envolta na sedução do imaginário e da fantasia. Mas enfrentando sempre a realidade deste país: em 1976, durante a ditadura militar, integrou uma comissão de escritores que foi a Brasília entregar ao ministro da Justiça o famoso "Manifesto dos Mil", veemente declaração contra a censura assinada pelos mais representativos intelectuais do Brasil.

A autora já declarou em uma entrevista: "A criação literária? O escritor pode ser louco, mas não enlouquece o leitor, ao contrário, pode até desviá-lo da loucura. O escritor pode ser corrompido, mas não corrompe. Pode ser solitário e triste e ainda assim vai alimentar o sonho daquele que está na solidão".

Lygia Fagundes Telles faleceu em 3 de abril de 2022, em São Paulo.

Na página 221, retrato da autora feito por Carlos Drummond de Andrade na década de 1970.

Esta obra foi composta
em Utopia e Trade Gothic
por warrakloureiro
e impressa em ofsete pela
Lis Gráfica sobre papel
Pólen Bold da Suzano S.A.
para a Editora Schwarcz
em dezembro de 2024

A marca FSC® é a garantia de que a madeira utilizada na fabricação do papel deste livro provém de florestas que foram gerenciadas de maneira ambientalmente correta, socialmente justa e economicamente viável, além de outras fontes de origem controlada.